C. R. SCOTT

LIVERPOOL LIZARDS

Mitbewohner gesucht, Liebe gefunden

geschminkt und posierend? Mein Gefühl sagt mir, dass sie nicht begeistert davon sein werden. Und so zögere ich diese Beichte weiterhin hinaus, obwohl es langsam wirklich Zeit wird, ihnen zu ...

Meine Gedanken werden unterbrochen, als plötzlich jemand zu mir kommt und mich anspricht: „Entschuldigung, ist der Platz neben Ihnen noch frei?“

Ich blicke in die dunklen Augen eines Mannes, der in meinem Alter sein müsste. Dann schaue ich mich kurz um und stelle fest, dass um uns herum auch noch mehrere andere Lounge-Sessel frei sind. *Warum möchte er sich ausgerechnet direkt neben mich setzen? Braucht er das als Vorwand, um mich anzubaggern?*

„Ja“, antworte ich trotzdem wahrheitsgemäß und möchte ihn nicht unfreundlich davonscheuchen.

„Super, danke.“ Schon setzt er sich neben mich, nein, er lässt sich regelrecht auf den gepolsterten Sessel plumpsen und atmet dabei fast schon leidvoll durch.

Aufmerksam beobachte ich ihn und warte ab, was als Nächstes passiert, sobald er sein Handgepäck neben sich abgestellt und losgelassen hat. Doch es geschieht nichts weiter, er schaut mich nicht einmal mehr an. Stattdessen holt er sein Smartphone hervor und ist direkt darin vertieft. Anscheinend habe ich zu viel in sein Verhalten interpretiert.

Umso besser.

Ich entspanne mich wieder und wende mich erneut den Fenstern zu, um das einfallende Tageslicht zu sehen und mich in Gedanken zu verlieren.

Ob der Job in Mailand mein letzter Modelauftrag sein wird? Mit meinen 26 Jahren fühle ich mich alles andere als alt, aber wie ist das eigentlich in der Modebranche? Gelten vor allem Frauen dort noch schneller als alt, als es schon im Profisport der Fall ist?

Na ja.

Erst einmal habe ich noch eine Weile lang weiter mit der italienischen Marke zu tun, schließlich haben sie eine ganze Sportmode-Kollektion nach mir benannt: Von Unterwäsche über Bademode bis Oberbekleidung ist alles dabei, immer mit sporttauglichem Schnitt und Material. Bald wird diese neue Kollektion in den Markt eingeführt. Dann startet nicht nur die Werbekampagne mit Fotos von mir, sondern ich soll die Outfits auch immer mal wieder privat tragen und mich darin im Alltag zeigen.

Ich kann nicht gerade sagen, dass das mein Traumjob ist, aber dieses Label macht einen guten Eindruck auf mich, außerdem bezahlen sie mich gut. Zusammen mit meinem neuen Vertrag als Fußballerin für die Frauenmannschaft in Liverpool ermöglicht mir das nun endlich mal die Chance, mir eine finanzielle Basis zu schaffen und Vermögen aufzubauen. Weibliche Fußballerinnen werden nur selten gut bezahlt, deswegen ...

Oh. Als ich wieder zu dem Mann neben mir sehe, bemerke ich, dass er doch tatsächlich eingeschlafen ist. Das Smartphone hält er noch locker in der Hand, der Kopf ist gesenkt. Spätestens jetzt ist der letzte Zweifel verflogen, und ich kann mir sehr sicher sein, dass er mich definitiv nicht anbaggern wollte. Er fand den Platz neben mir anscheinend bloß am ansprechendsten für sich. Vielleicht war es aber auch einfach der erste freie Platz, den er gesehen hat.

Alle Achtung, innerhalb kurzer Zeit ist er wirklich fest eingenickt. Seine ruhige, schwerere Atmung verrät mir, dass er bereits in einen ziemlich tiefen Schlaf abgedriftet ist. Wenn ich jetzt so darüber nachdenke, hat er eben auch schon sehr müde ausgesehen, als wir uns kurz in die Augen gesehen und unterhalten haben. Es wäre möglich, dass er sich noch viel erschöpfter fühlt, als es bei mir der Fall ist.

Beim Betrachten dieses Mannes stelle ich fest, dass er wirklich sympathisch aussieht. Um nicht zu sagen: überaus attraktiv. Seine Konturen, die sich im Takt seiner Atmung bewegen, lassen darauf schließen, dass er trainiert und athletisch ist. Kein aufgeblasenes Muskelpaket, aber sehr wohl top in Form. Ich habe ein Auge für so etwas.

Er sieht allerdings nicht so aus, als hätte er beabsichtigt, einzuschlafen. Mehr und mehr lockert sich sein Griff ums Handy – bald könnte es ihm entgleiten und zu Boden fallen. Außerdem sind wir hier in einer Flughafen-Lounge, das bedeutet, dass auch er vermutlich nur kurz warten und bald weiterfliegen möchte.

Sollte ich nun also zu derjenigen werden, die ihn anspricht, und ihn wecken?

Eine weitere halbe Minute verstreicht, bis ich mich dazu entschließe, es zu tun. Vorsichtig tippe ich ihn an der breiten Schulter an, erst zaghafter, dann mit mehr Druck.

„Hallo?“, verlässt es leise, aber bestimmt meine Lippen.

Leicht zuckt er zusammen, dann öffnet er die Augen und versucht sich zu besinnen, zu orientieren. Bis sein verschlafener Blick auf meinen trifft. „Ja?“ Dann merkt er, dass er eingeschlafen war. „Oh." Das zeigt mir, dass mein Handeln richtig war und er dieses Dösen eigentlich nicht zulassen wollte.

„Ich wollte Sie nicht erschrecken", sage ich und lächle.

Er reckt sich etwas. „Nein, schon gut, Sie haben recht. Ich sollte nicht einschlafen, sonst verpasse ich meinen Flug. Danke."

„Wann geht Ihr Flug denn?"

Sein Griff ums Handy festigt sich und er prüft darauf die Uhrzeit. „In etwa fünfzig Minuten sollte ich zum Gate gehen."

„Genau wie ich", erwidere ich.

Noch immer ist ihm anzusehen, wie schwer ihm die Müdigkeit in den Gliedern hängt.

„Was halten Sie davon", schlage ich vor, „wenn Sie sich noch ein bisschen ausruhen und ich Ihnen Bescheid gebe, sobald Sie zum Gate gehen sollten?"

Kurz überlegt er. „Das würden Sie tun?"

„Klar", entgegne ich mit einem lässigen Achselzucken, „warum nicht? Sie müssten mir allerdings blind vertrauen – wortwörtlich, wenn Sie die Augen wieder schließen wollen."

Nun muss er lachen. „Das ist wohl wahr. Hm." Er betrachtet mich und scheint abzuwägen, ob er mich für vertrauenswürdig genug hält, um es zu wagen. „*No risk, no fun*", lässt er dann verlauten. „Dann sage ich schon mal *danke*." Das Lächeln, das er an den Tag legt, steht ihm gut.

Wortlos nicke ich ihm mit freundlicher Miene zu. Nur wenige Wimpernschläge später ist er auch schon wieder eingenickt, wofür er aber vorher noch schnell das Smartphone weggepackt und die Arme vor dem Oberkörper verschränkt hat. Schnell scheint er auch diesmal in den Tiefschlaf zu fallen – er muss wirklich kaputt sein.

Was ihm wohl so zu schaffen gemacht hat, mitten am Tag?

Wobei … Ich weiß ja nicht, aus welcher Zeitzone er gerade kommt.

Allerdings klingt er ebenso britisch wie ich, so viel steht fest. Es könnte daher sein, dass er …

„Ich bin seit mehr als vierundzwanzig Stunden unterwegs“, murmelt er auf einmal und macht die Augen wieder auf. Als hätte er meine Gedanken gehört … oder meinen Blick auf sich gespürt.

„Das ist lang“, kommentiere ich. „Wie kommt man auf diese Dauer, wenn ich fragen darf?“

„Ich bin von Brisbane nach Sydney geflogen, dann über Singapur hierher. Von München aus geht es dann gleich weiter nach Liverpool.“

„Liverpool – da fliege ich auch hin“, erzähle ich ihm im Gegenzug.

Er grinst. „Umso besser, dann kann ich es ja wirklich nicht verpassen, wenn das Boarding beginnt. Spätestens, wenn Sie aufstehen, bekomme ich es mit und werde wach.“

„Sind Sie sich sicher?“, erlaube ich mir, ihn zu triezen. „Das sah mir gerade vielmehr nach einem Tiefschlaf als nach oberflächlichem Powernapping aus.“

Stille kommt zwischen uns auf. Um uns herum herrscht weiterhin die typisch gedämpfte Geräuschkulisse einer

Lounge, und zwischen uns wird auch kein Wort mehr gewechselt. Vielleicht habe ich mir gerade doch zu viel herausgenommen und er fühlt sich angegriffen.

Doch im nächsten Moment gehen seine Mundwinkel nach oben. „Ach ja? Dann sollten Sie mich mal im Bett erleben."

Stutzig blinzle ich mehrmals. Im ersten Moment wollte ich erleichtert darüber sein, dass er mir meine Direktheit nicht übelnimmt, aber ... *was hat er da gerade gesagt?*

Ihm scheint die Doppeldeutigkeit seiner Aussage inzwischen selbst aufzufallen, denn jetzt winkt er ab. „Sorry, so war das nicht gemeint. Ich hatte mich lediglich darauf bezogen, wie ich bin, wenn ich mich wirklich mal im Tiefschlaf befinde. Aber wenn ich so darüber nachdenke, ist selbst das wohl keine interessante Vorstellung. Dabei hatte ich gerade nur an meine Atmung gedacht, die dann noch viel ruhiger wird, wie ich mir habe sagen lassen." Er setzt ab, atmet durch, lächelt. „Noch mal von vorne, in Ordnung?" Er streckt mir die Hand entgegen. „Hi. Ich bin Corey."

Diesmal bin ich diejenige, die schmunzeln muss. „Lorraine." Kurz berühren sich unsere Finger, sodass ich zu spüren bekomme, dass seine angenehm warm sind.

„Freut mich, Lorraine. Und jetzt entschuldige mich bitte für eine Dreiviertelstunde – ich brauche jetzt einen Powernap. Wir sehen uns. Hoffe ich." Er zwinkert, dann macht er auch schon die Augen zu, verschränkt die Arme wieder und senkt den Kopf.

Sofort ist mir klar, wie er das meint: Er hofft mich deswegen wiederzusehen, weil das bedeutet, dass er den Flug nach Liverpool nicht verpasst.

Die darauffolgenden fünfundvierzig Minuten sind … seltsam. Immer wieder muss ich zu Corey sehen und verfalle ins Grinsen, anstatt mich auf etwas anderes zu konzentrieren. Warum das so ist, kann ich nicht genau sagen. Ich schätze, unser Wortwechsel hat mir gefallen.

Als die Dreiviertelstunde um ist, halte ich mein Wort und wecke ihn ein weiteres Mal sanft auf. Das Lächeln, das er mir entgegenbringt, als er zu sich kommt und mich erblickt, ist überaus charmant, das kann ich nicht anders sagen.

„Und, wie war der Powernap?“, frage ich.

„Gut – wir haben gewonnen.“

„Gewonnen?“

Er erhebt sich und nimmt sein Handgepäck. „Ich ziehe nach Liverpool, um für das neue Rugbyteam zu spielen.“

„Die *Lizards*?“, vergewissere ich mich.

„Genau. Und obwohl ich die Jungs noch nicht kenne, habe ich gerade geträumt, dass wir gute Teamarbeit leisten und den Gegner fertigmachen.“

Auch ich greife mir mein Gepäck und setze mich an Coreys Seite in Bewegung. „Mit dieser Einstellung schaffst du auf jeden Fall die besten Voraussetzungen dafür. Mit der Moral steht und fällt beim Ballsport oftmals alles.“

„Du kennst dich mit Ballsport aus?“, will er wissen.

Spätestens in dem Moment wird mir diese Gemeinsamkeit selbst vollends bewusst, sodass ich grinse. „Ich ziehe auch gerade nach Liverpool, und zwar, weil die Fußball-Frauenmannschaft mich unter Vertrag genommen hat.“

Corey staunt. „Das ist ja witzig. Damit ist es amtlich: Die Sportchefs in Liverpool haben einen exzellenten Geschmack. Der Beweis dafür sind wir beide.“

Mit ausgelassener Stimmung schlendern wir durch den Flughafen zu unserem Gate. Ob unser Boarding inzwischen aufgerufen wurde, bekomme ich gar nicht mit, da ich so ins Gespräch mit Corey vertieft bin.

„Rugby und Fußball sind ja auch zur selben Zeit in derselben Gegend entstanden“, sagt er gerade, als wir am Gate ankommen. „Deswegen gibt es so viele Parallelen zwischen den beiden Sportarten.“

„Na ja, so viele sind es nun auch wieder nicht“, widerspreche ich amüsiert. „Die Unterschiede sind doch schon ziemlich gravierend.“

Bevor wir den Schalter erreichen, bleibt Corey stehen und sieht mich an, sodass auch ich anhalte. Er wirkt, als hätte er soeben einen Geistesblitz, der ihm gut gefällt und den er gerne mit mir teilen würde. „Was hältst du davon, wenn wir nachfragen, ob wir nebeneinandersitzen können? Vielleicht ist noch ein Platz auf dem Flug frei, sodass sich das arrangieren lässt.“

Kurz denke ich darüber nach und spüre, dass ich die Idee genial finde. Ich sitze während des überschaubaren Fluges doch viel lieber neben einem Mann, von dem ich schon weiß, dass mir seine Nähe nicht unangenehm ist, anstatt zu riskieren, neben einem Fremden zu landen, mit dem es anders wäre. „Fragen kostet nichts“, antworte ich daher und setze mich weiter in Richtung Schalter in Bewegung, woraufhin mir Corey dorthin folgt.

Es klappt. Kurzfristig bekommen wir unsere Sitzreservierungen so umgebucht, dass wir nebeneinandersitzen können. Dadurch landen wir zwar recht weit hinten, aber das stört uns bei der kurzen Flugdauer von München nach Liverpool keineswegs.

„Dann liegt es einfach an deiner langen Reise und der Zeitverschiebung, dass du heute so müde bist?“, frage ich Corey, nachdem wir im Flieger Platz genommen haben.

„Ja, definitiv. Ich meine … früher gab es mal eine Phase, da war ich echt dauermüde.“

„Nun, zufälligerweise habe ich gerade etwas Zeit“, sage ich lächelnd. „Magst du mir davon erzählen?“

Er kratzt sich am Hinterkopf. „Na ja, ich bin mit fünf Geschwistern nahe Edinburgh aufgewachsen. Uns hat es nie an etwas Wichtigem gefehlt, aber meine Eltern hatten nicht das Geld, um mir das College zu finanzieren. Deswegen musste ich parallel zum Studium sehr viel jobben. Teilweise hatte ich drei Nebenjobs auf einmal.“

„Konntest du denn kein Stipendium beantragen? Wenn die *Liverpool Lizards* dich nehmen, dürftest du ja damals nicht allzu schlecht im Rugby gewesen sein.“ Ein Zwinkern meinerseits.

„Das könnte man meinen, oder?“, gibt er grinsend zurück. Dann wird er jedoch ganz ernst. „Ich verstehe es bis heute selbst nicht. Sowohl meine sportlichen als auch meine schulischen Leistungen waren prima, und natürlich habe ich mich für ein Stipendium beworben.“

„Du wurdest abgelehnt?“, deute ich seine Worte.

Mit leicht zusammengedrückten Lippen nickt Corey. „An meinem Wunsch-College in Sheffield. Damit hatte ich nicht gerechnet, vor allem, weil ich mein Motivationsschreiben richtig gut fand. Das hat mir den Boden unter den Füßen weggezogen." Sowohl seiner Stimmlage als auch seiner Körperhaltung ist anzusehen, dass ihm das bis heute zu schaffen macht. „Aber leider hat es nicht gereicht. Vielleicht war ich zu selbstsicher, zu ... arrogant."

„Das wage ich zu bezweifeln."

„Ja?", fragt er und sieht mich wissbegierig an.

Entschlossen nicke ich. „Arrogante Menschen würden nicht ohne Weiteres in Betracht ziehen, arrogant zu sein. Es besteht also noch Hoffnung bei dir."

Corey lacht. „Okay, das ist gut zu wissen."

„Dann hattest du also wegen deiner drei Nebenjobs während des Studiums viel mit Müdigkeit zu kämpfen, oder?", greife ich den roten Faden wieder auf.

Auch jetzt wieder reibt er sich die Augen. „Ja, das war echt schlimm. Vier Jahre lang gab es für mich nur die Arbeit, das Training und das Studium. Ich habe Medizin studiert, um nach meiner aktiven Karriere als Rugbyspieler hoffentlich Sportmediziner zu werden."

„Wow", entfährt es mir. „Medizin? Nicht schlecht."

„Mag sein, aber wenn ich dann endlich mal ins Bett fallen konnte, bin ich schnell eingeschlafen und konnte besonders tief schlummern. Es war fast schon, als würde ich sofort ins Koma fallen. Vor lauter Erschöpfung. Gesund war das eher weniger."

„Das muss hart gewesen sein."

„Das war es", bestätigt er. „Aber als ich meinen ersten Profi-Vertrag bekam, wurde es einfacher. Deswegen will ich mich nicht beschweren. Der Einsatz hat sich gelohnt. Ich freue mich darauf, in Liverpool bei den *Lizards* anzufangen. Das Team ist noch recht neu. Ich glaube, das ist eine interessante Chance."

„Wo hast du vorher gespielt?"

„Zwei Jahre lang in Australien."

„Ah, deswegen bist du in Brisbane gestartet", wird es mir klar.

„Exakt. Aber nun komme ich in die Heimat zurück." Er dreht den Kopf weiter zu mir – wann genau das Flugzeug abgehoben ist, kann ich nicht sagen. Ich glaube, Corey geht es ähnlich. „Und du, Lorraine? Wo hast du vorher gekickt?"

„Ich komme aus der Nähe von Manchester und habe mit siebzehn einen einjährigen Schüleraustausch gemacht, der mich nach Frankreich führte. Dort wurde ich als Talent entdeckt und gefördert. Als ich wieder zurück in England war, studierte ich ganz klassisch Sport. Ich habe nun zwei Jahre in Frankreich sowie zwei Jahre in Süddeutschland gespielt. Dadurch habe ich den Sprung in die englische Nationalmannschaft für Frauenfußball geschafft."

Diesmal ist Corey derjenige, der ein „Wow" von sich gibt, gefolgt von: „Gratuliere."

„Danke. Ich finde es genauso schön wie du, dass ich nun in die Heimat zurückkehren kann, weil ich für Liverpool spielen werde. Bedenkt man, dass weibliche Profi-Fußballerinnen weniger verdienen, haben sie mir ein gutes Angebot gemacht."

Corey schüttelt bedauernd den Kopf. „Es ist leider so, dass Frauen in vielen Sportarten weniger verdienen als Männer. Was das angeht, hinkt unsere Gesellschaft der Zeit hinterher."

„Wohl wahr", sage ich. „Aber ich darf nicht zu verbittert über die Realität werden und will mich auf das Positive konzentrieren."

„Zum Beispiel darauf, dass Frauenfußball endlich mehr Beachtung findet, oder?"

„Ja, genau", stimme ich ihm zu. „Und dass neuerdings immerhin darüber geredet wird, gemischte Teams zuzulassen. Das ist ein Schritt in die richtige Richtung."

Den halben Flug über unterhalten wir uns angeregt weiter, obwohl Corey nach wie vor die Tortur seiner langen Reise ins Gesicht geschrieben steht. Erst, als ich mich kurz entschuldige und nach zwei Minuten vom WC wiederkomme, sehe ich, dass er eingeschlafen ist. Unser Gespräch hat ihn davon abgehalten, aber sobald ich weg war, hat ihn wieder die Müdigkeit übermannt.

Der Arme.

Aber da es jetzt nur eine Ausnahme und der langen Reise geschuldet ist, dass er so kaputt ist, ist das ja nicht so schlimm. Grundsätzlich müssen wir Profisportler mit dem Reisen sowieso klarkommen, das gehört zu unserem Berufsbild unumstößlich dazu. Auch das Fliegen, inklusive der ganzen Warterei.

Lächelnd betrachte ich ihn ein weiteres Mal beim Dösen

und stelle endgültig fest, dass Corey von den *Liverpool Lizards* ein angenehmer Sitznachbar ist. Obwohl seine Atmung wieder darauf schließen lässt, dass er tief abgedriftet ist, schnarcht er nicht einmal.

Leider wird er bald darauf von der Durchsage der Flugkapitänin aus dem Schlaf gerissen, die verkündet, dass wir gleich landen werden.

Bald darauf stehen wir zusammen am Gepäckband und haben unsere Koffer wieder.

„Hast du für deine restlichen Sachen auch ein Umzugsunternehmen beauftragt?“, fragt er.

Ich nicke. „Ja, anders geht es gar nicht, wenn man umzieht.“

„Genau.“

Wir beide wissen, was jetzt kommt: der Abschied.

„Dann wünsche ich dir viel Erfolg bei den *Lizards*“, fange ich an.

„Danke, das wünsche ich dir in deinem neuen Team auch, Lorraine.“

Schweigen. Lächeln. Nicken. Schweigen.

Ich will mich gerade abwenden und gehen.

„Hey“, hält Corey mich auf, sodass ich mich ihm wieder zuwende, „bekomme ich deine Nummer?“

Automatisch runzle ich die Stirn, als ich mich frage, ob er sich nun doch mehr mit mir vorstellen kann. Dabei steht eines fest: Ich bin im Moment nicht auf der Suche. Absolut nicht.

Als ich sechzehn war, hatte ich einen Jugendschwarm:

Oliver Rogers, der beste Freund meines Bruders. Doch als ich für einen Schüleraustausch nach Frankreich ging, verloren wir uns aus den Augen. Allerdings lief auch davor nichts zwischen uns – er hat mich mehr wie eine Schwester gesehen, dessen bin ich mir sicher. Als ich dann erwachsen war, hatte ich meine erste richtige Beziehung, und zwar mit meinem Co-Trainer. Das mit uns hielt nur ein paar Monate, denn wie sich zeigte, kam er mit meiner Eigenständigkeit nicht klar und wollte lieber eine Frau an seiner Seite haben, die weniger selbstbewusst ist und ihn … mehr anhimmelte und brauchte. Es passte ihm nicht, dass ich mehr im Mittelpunkt stand als er. Damit konnte er nicht umgehen. Auch wenn er das niemals zugeben würde. Stattdessen meinte er bei unserer Trennung, dass ich nicht weiblich genug wäre. Nicht auf mein Selbstbewusstsein bezogen, sondern darauf, wie ich aussehen würde. Und vielleicht hat er das auch wirklich so gemeint – zusätzlich. Denn er blieb nicht der einzige Mann, der so etwas in der Art zu mir sagte. Als Profi-Fußballerin habe ich recht breite Schultern und eher schmale Hüften, wenn man mich mal mit einem typischen Model vergleicht. Selbst ein feines Sixpack habe ich, dazu eine tendenziell dunkle Stimme für eine Frau. Die Nuancen sind klein, und das mit der rauen Stimme ist auch nur auf dem Spielfeld in Aktion so. Dennoch scheint das für viele Männer schon auszureichen, um mich nicht attraktiv genug zu finden … oder um dieses Argument zumindest vorzuschieben, wenn ihnen in Wahrheit etwas anderes nicht an mir passt.

So oder so:

Bisher hatte ich kein Glück mit den Männern. Oder mit Beziehungen.

Ausgerechnet jetzt zu testen, ob es auch anders ablaufen könnte, ist der falsche Zeitpunkt. Ich fange ganz neu bei der Frauenfußballmannschaft von Liverpool an – da ist es mir wichtig, mich im Team zu beweisen und mich in nächster Zeit komplett darauf zu konzentrieren.

Und so zögere ich mit gerunzelter Stirn, als Corey mich nach meiner Handynummer fragt.

„Sorry, du musst natürlich nicht“, fügt er an, als er bemerkt, dass ich ins Stocken geraten bin. „Es war nett, sich mit dir zu unterhalten.“ Zur lässigen Verabschiedung hebt er die Hand, dann greift er sich seinen Rollkoffer und will gehen.

„Warte“, platzt es aus mir heraus, weil ich sichergehen möchte, bevor sich unsere Wege womöglich für immer trennen.

Corey dreht sich wieder zu mir.

„Warum genau hast du nach meiner Nummer gefragt?“

Nach wie vor wirkt er cool. „Na, weil wir beide Profisportler und neu in Liverpool sind. Da dachte ich mir, wir könnten in Kontakt bleiben und uns austauschen, vielleicht auch mal gegenseitig Tipps geben.“

„Ach so.“ Ich prüfe seine Mimik und versuche zu ergründen, ob seine Frage nach meiner Handynummer tatsächlich rein platonischer Natur war. „Hm ...“

2. Kapitel

~ Corey ~

Pünktlich zum verabredeten Zeitpunkt stehe ich am vereinbarten Treffpunkt und halte nach zwei Personen Ausschau: Nach dem Verkäufer, der mich hier treffen will, um mir die Wohnung zu zeigen – und meine Begleitung, die einen zweiten Blick auf die Immobilie werfen soll, damit ich möglichst keinen Fehler begehe.

Es ist meine Begleitung, die ich nach einigen Momenten als Erste entdecke. Mit eleganten Bewegungen kommt sie auf dem Bürgersteig auf mich zu. Als sich unsere Blicke zum ersten Mal an diesem Tag begegnen, zaubert sich in ihr Gesicht ein ähnliches Lächeln wie in mein eigenes.

„Hey, bist du schon lange hier?“, begrüßt sie mich und widmet mir eine kurze Umarmung, die ich erwidere.

„Nein, keine Sorge, du bist pünktlich.“ Ich sehe mich weiter um. „Ich hoffe, das trifft auch auf den Verkäufer zu.“

„Ihr habt doch einen Termin, richtig?“, fragt Lorraine.

„Ja, schon, aber du weißt ja, wie die letzten Besichtigungen gelaufen sind.“

Da knirscht sie mit den Zähnen. „Wem sagst du das ...“

Drei Wochen ist es mittlerweile her, dass wir uns kennengelernt und Nummern ausgetauscht haben. Seitdem sind wir nicht nur in Kontakt geblieben, sondern haben uns so gut wie jeden Tag gesprochen, geschrieben oder gesehen. In unserem Fall bietet sich das einfach an. Wir sind beide neu in Liverpool und suchen eine Bleibe, die sich gut für einen

Profisportler eignet. Platz für ein paar Fitnessgeräte wäre nett – oder ein gutes Fitnessstudio sollte in der Nähe sein. Am liebsten wäre mir ja beides. Doch langsam befürchte ich, dass ich nicht allzu wählerisch sein darf. Seit unserer Ankunft in Liverpool hatten Lorraine und ich beide bisher kein Glück bei der Wohnungssuche. Es scheint generell von Jahr zu Jahr schwieriger zu werden, etwas Gutes zu finden, ohne dass es einen oder sogar mehrere Haken gibt. Immobilienbesitzer wissen um ihre Position und verhalten sich dementsprechend: sie erhöhen die Miet- und Verkaufspreise, kümmern sich kaum um Instandhaltungen und nehmen abgemachte Termine nur wahr, wenn sie in dem Moment auch wirklich Lust darauf haben. Der Mietmarkt ist praktisch leergefegt, sodass der Kauf einer Immobilie aktuell der einzige realistische Weg ist, eine Wohnung zu finden. Selbst Makler, mit denen ich in den vergangenen Tagen schon zu tun hatte, lassen einen spüren, dass man austauschbar ist. Das macht es nicht leichter, individuelle Bedingungen an die Wohnung zu stellen, die man kaufen möchte, um ein Dach über dem Kopf zu haben.

Aber Lorraine und ich, wir geben nicht auf. Und ich finde, wir sind ein gutes Team. Vorgestern sind wir zusammen bei den Behörden gewesen, um einige weitere Dinge für unseren Umzug zu erledigen. Formellen Papierkram eben. Gestern haben wir uns dann eine Wohnung angeschaut, für die sie sich interessiert hat. Da war ich der Erstgutachter an ihrer Seite, und mir ist aufgefallen, dass es unter dem Boden Schimmel gibt. Nicht, dass ich mich mit so etwas besonders gut auskennen würde. Aber zufällig bin ich auf ein loses Parkettbrett getreten, so führte eines zum anderen. Es schadet eben nie, noch jemanden dabei zu haben, wenn man sich eine Immobilie anschaut. So konnte Lorraine es sich sparen, den Kontakt zur Verkäuferin warmzuhalten und einen offiziellen Gutachter zu beauftragen.

Mal sehen, ob wir heute mehr Erfolg haben, wenn ich mein Glück bei jemandem versuche, der seine Eigentumswohnung verkaufen möchte.

„Die Bilder im Internet machen schon mal einen guten Eindruck“, sagt Lorraine und schaut sich ebenfalls um, ob jemand auf uns zukommt, da wir direkt vor dem Hauseingang stehen.

„Ja, oder?“, stimme ich ihr zu. „Hast du das große Wohnzimmer gesehen? Das erinnert schon fast an ein kleines Loft im Industriedesign.“

Sie nickt. „Das sah auf den Fotos cool aus. Dazu die ebenerdige Dusche …“

„Das ganze Badezimmer soll erst vor einem halben Jahr renoviert worden sein. Und dann erst …“

„Der Ausblick auf die Stadt“, entfährt es uns im selben Moment begeistert.

Beide lachen wir, als wir merken, dass wir soeben im Chor gesprochen haben und einer Meinung sind. Die Wärme, die ihre blauen Augen ausstrahlen, empfinde ich als überaus angenehm.

Doch ehe wir uns weiter unterhalten könnten, bemerke ich, dass ein Mann mittleren Alters auf uns zukommt. „Mr. Hamilton?“, spricht er mich an, als er sieht, dass ich vor der Hauseingangstür warte.

„Ja, genau.“

Wir geben uns die Hand.

„Sehr schön", sagt er, „ich bin Walter Beck." Er deutet auf den dritten Stock. „Mir gehört die Wohnung."

„Ich bin schon sehr gespannt darauf und habe mir erlaubt, Verstärkung mitzubringen." Anschließend stelle ich Lorraine und Mr. Beck einander vor, sodass auch sie sich einem kurzen Händeschütteln widmen.

Er schließt die Eingangstür auf und führt uns durchs Treppenhaus nach oben. „Wie Sie sehen können, gibt es auch einen Fahrstuhl. Sie beide machen einen fitten Eindruck auf mich, aber für schwerere Einkäufe oder so ist ein Aufzug nie verkehrt."

„Oder für den Einzug", ergänzt Lorraine.

„Das auch, ja", stimmt er zu und kramt den Schlüssel für die Wohnungstür heraus, als wir uns dem Objekt nähern.

Wenige Wimpernschläge später befinden wir uns im Flur der Eigentumswohnung und schauen uns um. Zufrieden stelle ich fest, dass zunächst alles so aussieht, wie die Bilder es versprochen haben. Unauffällig tauschen Lorraine und ich einen erfreuten Blick aus.

Nach und nach begehen wir zusammen mit Mr. Beck die Räume. Neben der Küche, dem Badezimmer und einer Abstellkammer gibt es das loft-artige Wohnzimmer, dazu aber auch noch zwei weitere Räume. Für eine Person ist das viel Platz, da bleiben keine Wünsche offen.

„Pass auf, dass ich dir die Wohnung nicht wegschnappe", sagt Lorraine leise zu mir, als sie gerade dicht neben mir steht und Mr. Beck kurz telefoniert. Zwinkernd grinst sie mich an, dann geht sie weiter.

Ihr frecher Spruch bringt mich zum Schmunzeln, denn mir sind zwei Dinge bereits klar: Erstens hat sie offenbar einen ähnlichen Geschmack wie ich und mag dieses Objekt ebenfalls. Doch zweitens würde sie es nicht wagen, ihre Drohung wahrwerden zu lassen. Wir ziehen an einem Strang. Deswegen werde auch ich sie weiterhin zu ihren Besichtigungsterminen begleiten und ihr ehrlich meine Meinung zu den Wohnungen sagen.

Es wundert mich daher nicht, dass sie mir auf ihre charmante Art grünes Licht für diese Eigentumswohnung gibt. Alles scheint in einem guten Zustand zu sein. Die Angabe im Internet, dass die Wohnung erst vor einigen Monaten modernisiert wurde, scheint zu stimmen. Ein Sachverständiger könnte das genauer beurteilen, sollte es dazu kommen. Außerdem gibt es eine große Terrasse, auf der man sogar mit mehreren Gästen grillen kann. Hierhin könnte ich meine neuen Teamkollegen von den *Liverpool Lizards* mal einladen – das sehe ich schon bildlich vor mir.

„Schön", sage ich nach einigen weiteren Minuten und schlendere zurück zu den anderen in den großen Wohnbereich, nachdem ich mir gerade noch mal allein die Küche angesehen habe und mir direkt vorstellen konnte, dort zu kochen, ebenfalls gerne in Gesellschaft einiger Teamkollegen oder so. „Warum wollen Sie eigentlich verkaufen, Mr. Beck?"

„Ich habe hier zusammen mit meinem Lebensgefährten gewohnt, und eigentlich haben wir die Modernisierungsmaßnahmen für uns selbst durchführen lassen. Aber dann hat er ein Jobangebot aus Australien bekommen, das er nicht ablehnen konnte. Tim wäre jetzt übrigens auch gerne bei der Besichtigung dabei gewesen, aber leider ist ihm ein beruflicher Notfall dazwischengekommen."

„Australien", wiederhole ich hellhörig. „Da komme ich gerade her. Also, da habe ich bis vor drei Wochen gelebt. In Brisbane, um genau zu sein."

„Oh", entfährt es ihm entzückt, „das ist ja ein lustiger Zufall. Uns zieht es jetzt nach Brisbane."

Ein weiteres Mal tauschen Lorraine und ich Blicke aus und machen strahlende Gesichter, als würden wir seit Ewigkeiten auf diese Weise miteinander kommunizieren.

„Und Sie folgen Ihrem Partner auf die andere Seite der Erde?", fragt Lorraine ihn.

Mr. Beck bewegt den Kopf zu einem verträumten Nicken. „Ja, wissen Sie, das letzte Mal ist er mir zuliebe umgezogen, das war vor acht Jahren. Jetzt bin ich dran. So ist das in einer Beziehung, finde ich."

„Jedenfalls in einer *guten*", erwidere ich lächelnd.

„Genau", gibt er zurück, dann deutet er nacheinander auf Lorraine und mich. „Deswegen finde ich es auch schön, dass Sie sich die Wohnung als Paar anschauen."

Sofort sucht mein Blick aufs Neue Lorraine, und sie tut es mir gleich.

Bevor einer von uns Einspruch erheben kann, ergänzt Mr. Beck: „Mein Lebensgefährte und ich, wir möchten unsere alten vier Wände nicht so gerne an einen Single verkaufen – dafür ist sie doch viel zu groß, fast schon protzig, finden Sie nicht auch?"

Ich halte inne und ziehe die Brauen hoch, mein Fokus fällt weiterhin auf Lorraine. Uns dürfte beiden gerade klargeworden sein, dass der Verkäufer uns für ein Paar hält und fest davon ausgeht, dass wir die Eigentumswohnung gemeinsam kaufen wollen. Nicht nur das: Sollte dies nicht der Fall sein, hat er offenbar nicht vor, sie an einen von uns zu verkaufen.

Wir sollten ihn also aufklären, oder? Sollten ihn die Wahrheit wissen lassen. Nur einer von uns möchte den Kaufvertrag unterschreiben, und zwar ich.

Allerdings würden wir damit schlagartig das Risiko erhöhen, dass jemand anderes diese schöne Wohnung bekommt. Und das zu einer Zeit, in der es nahezu unmöglich erscheint, ein so gutes Zuhause mitten in Liverpool zu finden.

Instinktiv reagieren wir beide auf Mr. Becks Frage, ob wir ihm zustimmen, schließlich mit einem Nicken und einem Lächeln. Es stimmt ja auch – hier könnten locker auch zwei Menschen leben. Ein Paar könnte aus dem einen Raum ihr Schlafzimmer machen ... und aus dem anderen ein Kinderzimmer. Auch viele andere Möglichkeiten kämen infrage, um die Räume für zwei Bewohner sinnvoll zu nutzen.

Etwa ... als Wohngemeinschaft. Ja, genau. Dann wären die beiden abgetrennten Räume Schlafzimmer. Jeder hätte seinen eigenen Bereich.

„Wie viele andere Interessenten haben Sie denn im Moment, Mr. Beck?“, will Lorraine wissen und wirkt ebenfalls nicht mehr ganz so entspannt, passend zu meiner Wenigkeit.

„Ich war der Erste, der sich gemeldet hat, habe ich das richtig verstanden?“, werfe ich ein.

Er kratzt sich an seiner Halbglatze. „Das stimmt, Mr. Hamilton, das hier ist der allererste Besichtigungstermin. Ihre Anfrage kam, kurz nachdem wir die Anzeige überhaupt online gestellt hatten."

Perfekt, denke ich mir. *Damit lässt sich doch hoffentlich arbeiten.*

„Aber in der Zwischenzeit haben sich natürlich viele weitere gemeldet, die die Wohnung gerne sehen würden", fährt er fort.

Das ist weniger perfekt, gehen meine Gedanken weiter, *doch das darf mich nicht überraschen.*

Lorraine winkt ab. „Diese Besichtigungstermine können Sie sich ruhig sparen, Mr. Beck." So sympathisch, wie sie das sagt und dabei gestikuliert, verlangt sie ihm damit ein Grinsen ab.

„Ich verstehe. Ihnen gefällt die Wohnung also?" Erwartungsvoll sieht er uns an.

„Nun ...", beginne ich und sehe zu Lorraine.

„Es ist ..." Auch sie setzt ab und hält meinem Blick mit derselben Ratlosigkeit stand.

Da winkt Mr. Beck ab. „Natürlich. Sie möchten sich kurz zu zweit darüber unterhalten. Das war bei meinem Tim und mir nicht anders, als wir uns unsere neue Wohnung in Brisbane angesehen haben. Nur zu." Er macht eine auffordernde Handbewegung, dann wendet er sich auch schon ab und zieht sich in eines der Zimmer zurück, macht sogar die Tür hinter sich zu.

Nun sind Lorraine und ich allein im Wohnbereich und

begeben uns zum Fenster, um sicherzugehen, dass wir außer Hörweite sind.

Unsere Blicke werden tiefer, intensiver.

„Denkst du das Gleiche, was ich denke?“, meint sie.

„Na klar überlege ich gerade auch schon, ob ein Gas- oder ein Elektrogrill für den Balkon besser wäre“, kontere ich und grinse verschmitzt. „Aber vielleicht müssen wir uns dazu dann einfach mal im Fachgeschäft beraten lassen.“

Auch Lorraine schmunzelt, legt dabei aber einen vorwurfsvollen Blick an den Tag. „Wir haben gerade keine Zeit zum Scherzen, Corey. Der Verkäufer will gleich eine Antwort haben, also lass uns nachdenken. Ich habe eine Idee. Du auch? Oder ist mein Einfall der einzige Strohhalm, den wir gerade haben?“

„Was denkst du, warum ich so gelassen bin?“, entgegne ich schulterzuckend. „Selbstverständlich habe ich auch eine Idee. Und vielleicht meinen wir ja wirklich das Gleiche. Erzähl du mir erst einmal deine.“

„Okay, pass auf.“ Sie wirkt nahezu verschwörerisch, als sie näherkommt und leiser weiterspricht. „Wir ziehen es durch und lassen ihn in dem Glauben, dass wir ein Paar sind. Was ist schon dabei? Wir schaden ihm und seinem Partner damit nicht. Im Gegenteil. Wir helfen ihm dabei, dass die Wohnung einen tollen neuen Eigentümer bekommt und nicht verkommt. Aber den Kaufvertrag unterzeichnest du allein, weil … na, dafür fällt uns schon ein plausibler Grund ein. Wir sind sicherlich nicht das erste Paar, bei dem das so ist. Außerdem – warum guckst du denn jetzt so komisch?“, unterbricht sie sich auf einmal selbst.

Mir ist selbst bewusst, dass ich sie mit jedem Satz, den sie gerade von sich gegeben hat, verstörter angesehen habe als vorher.

„Ich weiß, das ist eine moralische Grauzone“, verteidigt sie ihren Plan. „Wir belügen einen Mann, der nett zu sein scheint. Aber hast du mir gerade richtig zugehört? Wir benachteiligen ihn dadurch nicht – wir verschaffen dir bloß einen Vorteil gegenüber den anderen. Du warst sowieso der Erste, und dann habt ihr auch noch Australien als Gemeinsamkeit. Greif zu, wenn das Universum dir ein Geschenk macht, Corey. Du …“ Sie stutzt und prüft vorsichtshalber kurz, ob die Tür zu Mr. Beck immer noch geschlossen ist, ehe sie wieder stärker ins Flüstern übergeht. „Du siehst mich ja immer noch so komisch an!“

Mir fehlen die Worte, deswegen bleibe ich zunächst weiter still.

„Dir hat ein ganz anderer Plan vorgeschwebt“, wird es Lorraine trotzdem im nächsten Moment bewusst. „Welcher denn?“

Ich verziehe den Mund und versuche auch diesmal, allein durch Mimik mit ihr zu kommunizieren.

„Warte mal“, murmelt sie. „Wieso hast du eben gesagt, dass *wir* uns für den Grill beraten lassen sollten?“

Leicht senke ich den Kopf, um sie inständiger anzusehen.

Da reißt sie den Mund auf. „Du willst das mit dem Liebespaar-Ding wirklich durchziehen!“

„Nein, aber wir könnten dennoch beide hier einziehen“, sage ich.

„Als … WG?“

„Als WG, Lorraine.“

Ihr Mund bewegt sich erneut, doch zunächst kommt kein Ton mehr aus ihr heraus.

„Jeder hat sein eigenes Schlafzimmer“, ergreife ich wieder das Wort.

„Und was ist mit den Fitnessgeräten, die jeder von uns hat und die bald ankommen?“, wirft sie ein.

Ich deute auf den riesigen Wohnbereich um uns herum. „Hier ist Platz genug. Wir könnten unsere Geräte nebeneinanderstellen … und vielleicht sogar das verkaufen, was wir doppelt haben. Zu dem Industrielook hier im Raum passt es sogar ganz gut, wenn einfach noch ein paar Trainingsgeräte herumstehen, oder?“

„Hm …“, kommt es zart und nachdenklich von ihr, während sie die Vorstellung auf sich wirken lässt. „Könnte sein. Aber …“

„Ja?“, hake ich nach, als sie erneut ins Stocken gerät.

Sie holt Luft, setzt abermals ab, dann muss sie lachen. „Mir fällt kein *Aber* ein.“

Erfreut lächle ich. „Außerdem müssten wir den netten Mr. Beck nicht anflunkern“, zähle ich einen weiteren Vorteil auf. „Ich glaube, er wird unsere Ehrlichkeit schätzen, wenn wir ihm sagen, dass wir kein Paar, sondern Freunde sind. Trotzdem werden zwei Leute hier einziehen und beide den Kaufvertrag unterschreiben. Wir könnten ihm ja auch davon erzählen, dass wir in derselben knallharten Branche arbeiten, und es wirklich sehr bereichernd für uns wäre, zusammenzuleben.“

„Du meinst *praktisch*“, korrigiert sie mich. „Es wäre praktisch. Für uns. Auch weil wir beim gemeinsamen Kauf dieser Wohnung Kosten sparen würden. Wobei das wohl nicht unser Hauptargument wäre. Aber auch das wäre sehr praktisch für uns.“

„Ich bleibe bei *bereichernd*.“ Mein Lächeln wird breiter.

Spätestens in dem Augenblick wird Lorraine wohl bewusst, dass ich es ernst meine und nun alles von ihrer Entscheidung abhängt. Ich für meinen Teil habe längst einen Entschluss gefasst, innerhalb weniger Sekunden. Nun ist es an ihr, ob aus dem Wagnis WG etwas wird.

Ein Außenstehender könnte meinen Standpunkt jetzt für unüberlegt halten, aber ich für meinen Teil bin mir sicher, damit eine kluge Wahl zu treffen. Lorraine hat gleich am Tag unseres Kennenlernens charmant und doch unmissverständlich klargemacht, dass ihr nicht der Kopf nach einer romantischen oder sexuellen Beziehung steht, jedenfalls nicht mit mir. Die Gründe dafür kenne ich noch nicht, aber das ist auch nicht weiter wichtig im Moment. Wir verstehen uns gut und sind uns gegenseitig sympathisch. Wir tun uns gegenseitig gut.

Unser Verhältnis ist praktisch.

Bereichernd.

Mit wem sollte man eine Wohngemeinschaft gründen, wenn nicht mit einem Menschen, zu dem man von Anfang an eine besondere Verbindung hat, die aber rein platonisch ist?

Denn noch etwas wird uns bei einem Zusammenleben nicht in die Quere kommen: Auch ich bin aktuell nicht auf der Suche nach einer festen Freundin. Was ich mit meiner Ex durchgemacht habe, hängt mir immer noch nach. Es wird noch eine ganze Weile dauern, bis ich mich von dem ganzen Auf-und-Ab mit Cynthia erholt habe. Deswegen tut es für mich nichts zur Sache, dass ich mit Lorraine Richardson eine Mitbewohnerin bekommen würde, die ich attraktiv finde. Zwischen uns soll es keine Romantik geben. Wäre es anders, hätte sie niemals zugelassen, dass wir Nummern austauschen und uns überhaupt wiedersehen. Höchstens wenn ich sie geblendet hätte. Und das habe ich nicht.

„Also?“ Mein Lächeln gilt weiterhin ihr, ist aber inzwischen nicht mehr frech, sondern durchweg hoffnungsvoll. „Was sagst du, Lorraine? Möchtest du meine Mitbewohnerin sein?“

3. Kapitel

~ Lorraine ~

„Was ist, wenn einer von uns die Wohnung mal ganz für sich haben möchte?“, frage ich Corey.

Nachdem wir Walter Beck nicht noch länger warten lassen wollten, habe ich Coreys Vorschlag angenommen. Daraufhin haben wir dem Verkäufer gesagt, dass wir die Wohnung gerne zu zweit kaufen würden, aber als Freunde, die sehr ähnliche Berufe und Lebensstile haben. Die Tatsache, dass wir uns erst seit drei Wochen kennen, haben wir ihm verschwiegen. Und es hat geklappt: Wir haben den Zuschlag erhalten!

Unter einer Bedingung, habe ich vorher allerdings noch unter vier Augen zu Corey gesagt.

Die da wäre?, hat er daraufhin gefragt.

Wir sprechen noch mal ganz in Ruhe darüber. Sollten wir dann zu dem Ergebnis kommen, dass eine Zweier-WG mit uns beiden doch keine gute Idee ist, springen wir vom Kauf ab, bevor unterzeichnet wird.

Das war für Corey in Ordnung: *Gerne. Das dürfen wir ruhig tun. Wir wollen die Entscheidung ja nicht bereuen müssen. Es kommt tagtäglich vor, dass ein geplanter Immobilienkauf doch nicht zustande kommt. Deswegen weiß ich auch ganz genau, dass Mr. Beck weitere Besichtigungstermine zulassen wird, bis die Tinte auf dem Kaufvertrag trocken ist.*

Und so sitzen wir uns nun in einem Restaurant gegenüber und reden genau über alles, während Mr. Beck den Kaufvertrag bereits erstellen lassen möchte.

„Wenn einer von uns die Wohnung mal ganz für sich haben will?“, greift Corey meine Frage auf, gefolgt von einem lässigen Schulterzucken. „Darin sehe ich kein Problem. Ich bin mir sicher, dass wir uns einig werden. Wir sprechen einfach offen darüber und finden Kompromisse. Ich glaube, jeder von uns beiden ist bereit, auf den anderen Rücksicht zu nehmen, oder?“

Ich stutze. „Sprechen wir gerade von derselben Angelegenheit?“

„Du meintest doch Männerbesuch für dich ... und Frauenbesuch für mich, richtig?“ Nach wie vor zeigt er sich entspannt, wenn es um dieses Thema geht. „Ich denke nicht, dass wir jedes Mal, wenn es dazu kommt, den Mitbewohner gleich wegschicken müssen. Jeder hat sein eigenes Schlafzimmer. Und wenn einer von uns gerne im Wohnbereich ein Date haben möchte – na ja, das kann man vorher ja abstimmen, dann sorgt die andere Person wahrscheinlich schon freiwillig dafür, dass sie an dem Abend unterwegs sein wird. Oder wie siehst du das?“

„Da bin ich ganz deiner Meinung“, erwidere ich, „aber tatsächlich meinte ich etwas anderes: Stellen wir uns mal vor, es vergeht einige Zeit. Zwei Jahre zum Beispiel. Und dann möchte einer von uns gerne die Wohnung für sich haben, weil er den nächsten Schritt in seinem Privatleben gehen möchte.“

„Ah. Du meinst, weil dann lieber der Partner hier einziehen soll, anstatt dass der Mitbewohner weiter hier wohnen bleibt.“ Verstehend nickt er. „Das könnte natürlich irgendwann passieren.“

„Mal angenommen, wir haben dann beide den Wunsch, die Wohnung zu behalten – wie regeln wir das dann?“, will ich wissen.

„Lorraine." Corey lächelt. „Ich habe mir nun schon mehrere Spiele deiner bisherigen Mannschaft angesehen und habe einen guten Eindruck davon bekommen, wie du als Fußballerin auf dem Spielfeld drauf bist."

Oh wow, das hat er gemacht?

Meine Augen werden schmaler, auch wenn ich dabei schmunzeln muss. „Willst du mich jetzt mit Komplimenten dazu bewegen, dass ich im Falle der Fälle dir die Wohnung überlasse, oder was hast du vor?"

Er bleibt ganz ernst. „Nein. Aber ich weiß über dich, dass du nie aus einer Frustration heraus mit Absicht foulst, provozierst, dich arrogant gibst, eine Szene machst, eine Herausforderung auf die leichte Schulter nimmst oder deine Manieren vergisst. Nicht einmal, wenn dein Team punktemäßig deutlich im Rückstand ist. Du bist fair. Immer. Was auch immer in zwei Jahren sein wird – ich gehe davon aus, dass wir eine Lösung finden werden, bei der sich keiner von uns beiden übergangen fühlt."

Mehrere Sekunden lang sehe ich ihn einfach nur an und lasse seine Worte auf mich wirken. „Wow", sage ich dann. „Nun hast du mir ja doch ein Kompliment gemacht. Aber eines, das Hand und Fuß hat. Ich verstehe, was du meinst."

Nun lächelt auch er wieder. „Wie Menschen sich in Stresssituationen verhalten, sagt viel über ihren Charakter aus. Praktischerweise gibt es viel Anschauungsmaterial über dich in Form von Fernsehaufzeichnungen vergangener Fußballspiele."

Ich lache. „Dann muss ich mir bei Gelegenheit wohl auch

mal Rugbyspiele anschauen, bei denen du als Flügelstürmer dabei gewesen bist. Sonst bist du mir ja in Sachen Charakterstudien voraus."

Ermutigend prostet er mir mit seinem Glas zu, welches er gerade in die Hand genommen hat. „Tue dir keinen Zwang an. Lass mich hinterher gerne wissen, was mein Verhalten auf dem Spielfeld über mich aussagt."

„Das werde ich. Bisher weiß ich nur technische Dinge über dich als Rugbyspieler, etwa dass du enorm schnell und wendig bist. Aber das werde ich ändern. Schließlich kann es nicht schaden, über seinen Mitbewohner Bescheid zu wissen." Auch ich proste ihm zu, als ich dies von mir gebe.

Coreys dunkle Augen werden etwas größer. „Dann kannst du dir weiterhin vorstellen, dass wir den Kaufvertrag zusammen unterschreiben?"

Nickend stelle ich das Glas wieder ab, nachdem ich mir einen Schluck vom Sprudelwasser gegönnt habe. „Wir können alles Mögliche schriftlich festhalten. Unsere Rechte, unsere Pflichten. Was nicht sowieso schon im Kaufvertrag steht, machen wir unter uns aus und lassen unsere Unterschriften notariell beglaubigen."

„Klar, das klingt vernünftig", stimmt er mir zu.

Wie unaufgeregt, offen und reflektiert wir darüber sprechen können, gibt mir ein gutes Gefühl.

„Wir können einen Putzplan aufstellen", schlägt er vor.

„Unbedingt, das wäre sinnvoll. Und der Rest ergibt sich je nach Belieben. Also, zum Beispiel, ob wir feste Tage haben, an denen wir zusammen kochen, oder ob wir das spontan halten."

„Sehr schön, dann wäre das ja auch geklärt", stellt Corey zufrieden fest.

Ich halte inne. „Aber um auf die Sache mit dem Männer- und Frauenbesuch zurückzukommen ..."

„Ja?"

„Worauf darf ich mich einstellen? Verrätst du mir das?"

Lachend weicht er meinem Blick aus, ehe er mich wieder ansieht. „Willst du wissen, wie oft ich voraussichtlich Frauenbesuch haben werde? Na ja, man kann nie wissen, was die Zukunft bringt, aber für die nächste Zeit wird es bei mir ruhig bleiben, was das angeht. Zumindest beziehungstechnisch."

„Oh, okay", mache ich und sehe ihn weiter an. Neugierde macht sich in mir breit. Gerne würde ich wissen, was genau es damit auf sich hat. Steckt er in einer Fernbeziehung? Wartet in Brisbane jemand auf ihn? Oder hat er keine Lust auf eine Beziehung, so generell? Will er lieber nur One-Night-Stands haben? Als Mitbewohnerin sollte mir das egal sein, deswegen halte ich es für unhöflich, nachzubohren und ...

„Sie heißt Cynthia", fängt er auf einmal an zu erzählen und legt eine gedankenversunkene Miene an den Tag. „Ihre reichen Eltern schickten sie für ein Jahr aus Brighton fort nach Edinburgh, um Erfahrungen fernab der Heimatstadt zu sammeln, so lernten wir uns kennen. Sie ist Physiotherapeutin. Da ich ja Medizin studiert habe, lernten wir uns gegen Ende meines Studiums am College kennen."

Nickend höre ich ihm zu.

„Als ich nach Australien ging, folgte sie mir. Zusammen zogen wir nach Brisbane, damit ich dort für die Rugby-Mannschaft spielen konnte."

Ich lächle. „Genau wie bei Walter Beck und seinem Tim."

Coreys Gesichtszüge bleiben allerdings ernst. „Ja, nur mit dem Unterschied, dass Cynthia sich äußerst schwer damit tat, sich in der neuen Umgebung einzuleben. Sie mag mit mir umgezogen sein, wofür ich ihr auch wirklich dankbar war … aber sie hat Brisbane nie eine Chance gegeben, verstehst du? Sie hat gar nicht erst versucht, sich zu integrieren, und hatte lauter Vorurteile gegenüber den Australiern. Hätte ich gewusst, dass sie diese Einstellung hat und beibehält, wäre es leider besser gewesen, wenn sie niemals mitgekommen wäre."

„Wärst du denn ohne sie auf einen anderen Kontinent und in eine andere Zeitzone gezogen?", frage ich.

„Darüber kann man jetzt im Nachhinein wohl nur spekulieren. Jedenfalls lehnte sie jedes Jobangebot ab, dass sie in Brisbane bekam. Ständig beschwerte sie sich bei mir über irgendetwas. Das Klima war ihr zu heiß, die Leute zu unkonventionell … Sie musste nicht zwingend arbeiten, ihre Eltern machten das mit, mochten sie an meiner Seite und gaben ihr viel Geld. Aber natürlich erfüllte Cynthia dieser Lebensstil nicht auf Dauer. Mit der Zeit wurde ihr langweilig."

Spätestens in diesem Moment beschleicht mich die Befürchtung, dass Corey mir gar nicht von der Fernbeziehung erzählen will, die daraufhin zustande gekommen ist, sondern … von der Trennung.

„Nach etwa einem Jahr wurde es ihr zu viel, also beschloss

sie, zurück nach England zu gehen."

„Ohne dich?"

Corey verzieht den Mund. „Ich hatte einen klassischen Zwei-Jahres-Vertrag, das heißt, es blieb nur noch ein weiteres Jahr für mich in Australien. Zwölf Monate Fernbeziehung würden wir schon hinbekommen. Dachte ich."

„Es muss dich verletzt haben, dass sie nicht für dich durchgehalten hat und schon mal ohne dich wieder abgereist ist", sage ich.

„Das stimmt, aber andererseits wollte ich sie zu nichts zwingen." Verträumt blickt er an mir vorbei. „Ich wollte daran glauben, dass wir diese Herausforderung meistern."

„Und wie war die einjährige Fernbeziehung dann für dich?"

Corey seufzt. „Ehrlich gesagt wäre ich gerne sogar noch viel länger in Australien geblieben. In Australien ist Rugby besonders populär und es gibt tolle Mannschaften. Brisbane ist eine davon." Ein nahezu schwärmerisches Funkeln blitzt in seinen Augen auf. „Ich fühlte mich wohl in der Mannschaft, wir waren ein tolles Team. Ich konnte mich als Spieler merklich weiterentwickeln und die Stimmung in der Mannschaft war klasse. Man wollte meinen Vertrag gerne verlängern."

Das klingt toll, dennoch ahne ich weiterhin, dass die Geschichte unschön endet. „Was ist dann passiert?"

Das Funkeln in seinen dunkelbraunen Iriden verblasst. „Cynthia bestand darauf, dass ich nach England zurückkomme. Die Stadt, für die ich künftig spielen würde, wäre ihr egal, aber das Land nicht." Er schluckt, als würde sich ein Kloß in seinem Hals bilden. „Also unterschrieb ich neun Monate nach ihrem Umzug zurück nach England bereits meinen Vertrag bei den *Liverpool Lizards*."

„Oh", entfährt es mir betroffen. „Dabei dachte ich, du würdest dich darüber freuen, zurück in dein Heimatland zu kommen."

„So habe ich es ja auch zu dir gesagt, und irgendwo stimmt das auch", entgegnet Corey. „Irgendwann wäre es sicherlich sowieso dazu gekommen. Aus freien Stücken. Allerdings erst etwas später. Eigentlich. Wenn Cynthia nicht von mir gefordert hätte, damit nicht zu warten."

„Ich verstehe. Aber ... dann seid ihr jetzt also beide wieder hier in England, wo sie sich wohlfühlt. Trotzdem seid ihr nicht zusammengezogen – offensichtlich."

Bestätigend bewegt er den Kopf zu einem kurzen Nicken. „Jetzt kommt die Krönung: Einen Monat vor meiner Rückkehr nach England machte sie mit mir Schluss."

„Was?"

„Ja, keine Ahnung." Er reibt sich die Augen, als würde ihn die Erinnerung an all das wieder so müde machen, wie er am Tag unseres Kennenlernens gewesen ist. „Sie meinte, dass es mit uns nicht passt. Auf einmal. Es würde nicht funktionieren. Auf einmal."

„Sorry, wenn ich das so sage, aber das hätte ihr wirklich früher einfallen können. Immerhin konntest du so kurzfristig deinen Vertrag mit den *Lizards* nicht mehr lösen, um doch noch in Brisbane zu bleiben."

„So ist es. Aber das ist okay. Nun bin ich wieder in der Nähe meiner Familie. Außerdem stehe ich zu meinem Wort. Die *Lizards* rechnen fest mit mir, also bekommen sie mich auch."

Ich erlaube mir ein kleines Lächeln. „Dann hast du die Trennung echt sportlich hingenommen."

„Ich kann ja sowieso nichts an ihrer Entscheidung ändern. Kurz darauf habe ich bei Facebook gesehen, dass sie einen neuen Mann an ihrer Seite hat. Ich kenne ihn nicht, aber wahrscheinlich war er der Grund, warum sie plötzlich der Meinung war, dass wir keine gemeinsame Zukunft haben können."

„Denkst du, da hat sich möglicherweise irgendetwas überschnitten?", traue ich mich zu fragen. „Dass sie sich schon mit dem anderen Mann getroffen hat, als ihr noch zusammen wart?"

Er hält meinem Blick mit seinem stand. „Ich sehe keinen Sinn darin, mir darüber noch den Kopf zu zerbrechen, da es sowieso keine neue Chance für uns gibt."

Oh Mann. Was für ein trauriges Ende dieser Geschichte. Corey hätte mir davon nicht erzählen müssen, aber ich bin froh, dass er es getan hat. So kann ich in kein Fettnäpfchen treten, was das Thema betrifft. Nun verstehe ich auch noch besser, warum er kein Problem darin sieht, mit mir zusammenzuziehen.

„Von Beziehungen habe ich fürs Erste jedenfalls die Nase voll", sagt er im nächsten Augenblick, passend zu meinen Gedanken. „Ob ich lockere Bettgeschichten haben werde ... keine Ahnung. Aber sollte sich da irgendetwas anbahnen, kläre ich das mit meiner Mitbewohnerin ab." Nun kann er wieder lächeln.

Ich erwidere den freundlichen Gesichtsausdruck. „Danke, dass du mir davon erzählt hast. Dann weiß ich Bescheid. Ich werde in nächster Zeit übrigens auch keinen sogenannten Männerbesuch in unserer WG haben. Bettgeschichten sind nicht so mein Ding, und eine feste Beziehung kommt für mich erst einmal auch nicht infrage. So eine lange Beziehung wie du hatte ich noch nie, aber Enttäuschungen habe ich auch ein paar einkassiert. Da passt mir der Tapetenwechsel ganz gut. Der Umzug nach Liverpool. Ich will mich nun erst einmal darauf konzentrieren, mich in der neuen Mannschaft zu etablieren."

Corey grinst. „Du hast gerade *in unserer WG* gesagt", stellt er erfreut fest.

Als mir klar wird, dass er recht hat, muss auch ich schmunzeln.

„Dann bleibt es dabei?", fragt er. „Wir kaufen die schöne Wohnung gemeinsam und ziehen zusammen?"

Ich sehe ihn an und spüre, wie gut ich mich in seiner Gegenwart fühle. Gleichzeitig spricht alles dafür, dass es zwischen uns unkompliziert abläuft, wenn wir uns zu einer Wohngemeinschaft zusammentun. Temporär. Vorübergehend. Auf Zeit. Ein paar Jahre lang – irgendwie so. Bis einer von uns sowieso wieder umzieht, weil er einen Vertrag für eine andere Mannschaft unterschrieben hat. In der Branche des Profisports ist das überaus wahrscheinlich. Vermutlich wird keiner von uns die Wohnung ewig lang behalten. Die Chancen stehen daher wirklich gut, dass wir uns nie um sie streiten werden. Vor allem weil es zu stimmen scheint: Wir sind beide fair und nehmen Rücksicht auf andere. Das sind gute Voraussetzungen. Besser geht es kaum.

Und so lasse ich Corey bereits mit meiner Mimik wissen, was ich denke, ehe ich es dann auch laut ausspreche: „Lass es uns tun. Kaufen wir zusammen diese Wohnung!“

4. Kapitel

~ Corey ~

Er ist also wirklich hier. Craig Thompson. Meine Sinne haben mir somit keinen Streich gespielt. Leider.

Als ich mir im Vorfeld angeschaut habe, wer alles schon für die *Liverpool Lizards* spielt, da ist mir sein Foto direkt ins Auge gestochen. Die kalten, graublauen Augen würde ich überall sofort wiedererkennen. Dieses verschlossene Gesicht. Einfach alles an ihm ist mir nur zu gut im Gedächtnis geblieben.

Vor allem natürlich, was er mir angetan hat. So etwas vergisst man nicht. Nie.

„Also seid alle schön nett zu unserem Neuling, ja?“, beendet Steve Caldwell meine Vorstellung gegenüber der versammelten Mannschaft. Er ist der Coach der *Lizards*, und ich finde es interessant, dass er mich vor den anderen als *Neuling* bezeichnet.

Ich meine ... es stimmt ja. Ich bin neu hier. Aber wer von den Anwesenden ist das nicht? Dieses Rugby-Team wurde gerade erst gegründet und nimmt dieses Jahr zum ersten Mal an der A- und der B-Liga teil. Selbst der Coach ist somit ein Neuling. Aber vielleicht meinte er den Spruch ja gerade deswegen als Scherz.

Oder haben sich die anderen schon gut aufeinander eingespielt? In dem Fall wäre ich gerne der einzige Neue unter ihnen.

Heute werde ich jedenfalls zum allerersten Mal in dem blau-weißen Trikot der *Lizards* zu meinem ersten Teamtraining antreten. Nachdem der Coach damit fertig ist, mich den anderen Spielern vorzustellen, gebraucht er nicht mehr viele Worte, um sich zu verabschieden und aus der Umkleidekabine zurückzuziehen, um auf dem Spielfeld auf uns zu warten. Auf den ersten Blick wirkt er recht streng, und wenn er das als Trainer auch wirklich ist, könnte uns das zugutekommen. Gleichzeitig meine ich Gutmütigkeit in seinen Gesichtszügen zu erkennen. Es wird sich zeigen, ob ich damit richtig liege.

Als der Coach weg ist, kann ich es mir nicht verkneifen, den nächsten verstohlenen Blick auf Craig zu erhaschen. Dieser ist längst damit beschäftigt, sich fürs Training umzuziehen, anstatt mir Beachtung zu schenken. Auch er hat dem Coach gerade zugehört, als dieser mich allen vorgestellt hat, und ich bin mir zu tausend Prozent sicher, dass er mich ebenfalls sofort wiedererkannt hat.

Wehe, wenn nicht. Zwar bin ich nicht scharf darauf mit ihm zu reden, aber sollte er nach allem, was damals war, ernsthaft nicht mehr wissen, wer ich bin, würde ich die Fassung verlieren und ...

„Hi", unterbricht jemand meine Gedanken und stellt sich vor mich, um mir die Hand hinzuhalten. „Ich bin Oliver. Willkommen bei den *Lizards*, Corey."

Ich brauche eine Sekunde, um mich zu sortieren. Dann kann ich mich darauf konzentrieren, dass ein Spieler vor mir steht, der schon sein Trikot anhat und in etwa so groß ist wie ich, allerdings eine deutlich kräftigere Statur hat. Anstelle von Wendigkeit dürfte er daher auf dem Feld mit Muskelkraft bestechen. „Ah, Oliver Rogers, richtig?", erinnere ich mich dann an die Teamaufstellung, die ich studiert habe. „Warte – sag nichts ..." Ich fasse mir an die Schläfe und denke nach. „Du bist Außenverteidiger." Nun lasse ich mich auf einen Handschlag ein.

Zufrieden grinst er. „Bingo, mein Freund. Und du bist also der neue Flügelstürmer. Ein ziemliches Leichtgewicht unter uns Rugbyspielern, hm?", kommentiert er mit Blick auf meine Konturen. „Ich hoffe, du bist wirklich so schnell, wie es heißt."

„Schneller", kontere ich grinsend.

Oliver lacht. „So jemanden können wir immer gut gebrauchen."

Ich entledige mich meines Shirts sowie meiner Jeans und streife mir das Trikot über, das ich ausgehändigt bekommen habe und auf welches mein Nachname *Hamilton* gedruckt wurde. „Und wie ist die Stimmung in der Mannschaft so?", frage ich.

Daraufhin zuckt er mit den Schultern. „Das versuche ich auch noch herauszufinden. Es ist zu früh, um etwas dazu zu sagen."

„Hm", mache ich, denn das ist nicht die Antwort, die ich mir erhofft habe. Seine Zurückhaltung lässt mich Schlimmes ahnen, aber vielleicht irre ich mich ja. Gut wäre es.

Craig lacht auf, nachdem ein anderer Spieler gerade anscheinend einen coolen Spruch von sich gegeben hat. Unweigerlich sehe ich wieder zu ihm und merke, wie sich mein Magen unangenehm zusammenzieht.

„Kennst du unseren Kampfroboter etwa schon?", lenkt Oliver meine Aufmerksamkeit wieder auf sich.

„Wie bitte?" Mein Kopf schwenkt zurück zu ihm und ich muss blinzeln. *„Kampfroboter?"*

Warum wundert es mich nicht, dass Craig Thompson hier prompt diesen Spitznamen verpasst bekommen hat? Sicherlich meinen sie damit, dass er verdammt gefühllos sein kann.

Na ja.

Und dass er auf dem Feld knallhart wie eine Maschine sein kann. Wie auch immer.

„Ja, so nennen wir ihn hier", kommt es von Oliver zurück, der mich zu mustern scheint. „Du kennst ihn von früher, kann das sein?"

„Stellst du immer so viele Fragen?"

Er zieht einen Mundwinkel hoch und bleibt lässig. „Nur, wenn jemand ein Gesicht macht, als hätte er gerade den Teufel persönlich gesehen."

Oh, wenn du wüsstest, wie richtig du damit liegst. Diesen Gedanken behalte ich jedoch lieber für mich.

Ein paar weitere Spieler kommen zu mir, als ich mich fertig umgezogen habe, und heißen mich mit einem Handschlag im Team willkommen. Anscheinend haben sie damit extra gewartet, bis ich mein Trikot anhabe und wie einer von ihnen aussehe. Gerne lasse ich mich in eine erste lockere Unterhaltung mit ihnen verwickeln, um sie kennenzulernen. Wie es scheint, sind auch die anderen Jungs so sympathisch wie Oliver.

Nur Craig denkt nicht daran, mich anzusprechen, geschweige denn zuzulassen, dass unsere Hände sich für eine kameradschaftliche Begrüßung berühren.

Tja, wir beide wissen nun mal: Die Zeiten des Friedens und

guten Miteinanders sind vorbei. Traurig, aber wahr!

Als ich den Vertrag unterschrieben habe, wusste ich nicht, dass er auch hier sein würde. Zu dem Zeitpunkt gab es dazu noch keinerlei Informationen. Vielleicht hat er selbst gerade erst seine Unterschrift gesetzt, um in Liverpool anzufangen. Hätte ich anders entschieden, wenn ich früher gewusst hätte, dass ich ihn hier wiedertreffen würde? Darüber kann ich jetzt sowieso nur noch Vermutungen anstellen. Es ist, wie es ist.

Craig ist jedenfalls der Erste, der die Kabine verlässt. Als wollte er sichergehen, nicht mit mir reden zu müssen. Mir soll das nur recht sein. Ich glaube, ich muss aufhören, ihn zu beachten, wann immer es nicht zwingend als Spieler dieser Mannschaft nötig ist.

Schließlich setzt sich auch der Rest in Bewegung – meine Wenigkeit eingeschlossen. Einige Augenblicke später sind wir in der Trainingshalle und wärmen uns für die Übungen und Spielzüge auf, die der Coach heute mit uns durchgehen will.

Als ich bei der ersten Übung ausgerechnet Craig gegenüberstehe und wir einen Blickkontakt nicht verhindern können, nickt er kaum merklich.

„Corey“, brummt er mit keinerlei Regung.

Meine Nasenflügel weiten sich und ziehen sich wieder zusammen, mehr bringe ich nicht zustande. Abgesehen von einem finsteren Blick, der ganz automatisch über mich kommt.

„So sieht man sich wieder.“

Spar dir solche Kommentare – in der Kabine habe ich für dich gerade doch auch nicht existiert, und du existierst für mich erst recht nicht, will ich zurückzischen.

Gerade, als ich noch abwäge, ob ich diesen Gedanken laut aussprechen soll, macht unser Coach auch schon die nächste Ansage, damit die eigentliche Übung beginnt. Abwechselnd sollen Craig und ich uns nun gegenseitig tackeln, also mit Wucht zu Boden rammen, wobei der andere dies ohne großartige Gegenwehr über sich ergehen lässt.

Das dürfte interessant werden. Das hier ist zwar bloß ein Training unter Teamkameraden, aber … ich gehe jede Wette ein, dass wir mehr blaue Flecken und Schürfwunden davontragen werden, als man jemals zählen könnte.

***

Als ich die Wohnung betrete, die Lorraine und ich kürzlich zusammen erworben haben, bahnt sie sich ihren Weg durch die noch nicht ausgepackten Umzugskartons zu mir und macht große Augen. „Meine Güte, wie siehst du denn aus?"

Sofort ist mir klar, dass sie damit meint, wie demoliert ich aussehe. Selbst im Gesicht bin ich verletzt, da musste ihr das ja schnell auffallen. „Mach dir keine Sorgen", versuche ich sie direkt zu beruhigen. „Das ist bei mir normal, also gewöhn dich besser daran. Rugby ist wie Football, nur mit kaum Schutzausrüstung, weswegen es häufiger und in schlimmerem Ausmaß zu Verletzungen kommt."

Seufzend kommt sie näher. „Deswegen kann man ja auch nur verrückt sein, wenn man sich freiwillig für Rugby entscheidet. Verrückt oder lebensmüde." Den letzten Satz sagt sie leise und sanft, denn inzwischen steht sie unmittelbar vor mir und hat die Hände an meinen Kopf gelegt, um ihn leicht zu drehen und die Wunden genauer zu betrachten. „Die ersten Ligaspiele haben für euch doch noch nicht einmal stattgefunden. Weshalb muss man sich jetzt schon so schlimm zurichten lassen? Im Training!“

„Na, damit das Training genauso realistisch ist wie die Ligaspiele. Die wollen wir doch simulieren.“ Die Tatsache, dass ich heute beim Tackle-Training ausgerechnet an Craig Thompson geraten bin, bringe ich lieber nicht zur Sprache. Wenn Lorraine sich so schon Sorgen um mich macht, möchte ich diese Empfindung bei ihr nicht auch noch verstärken.

„Und wieso hast du die Wunden nicht wenigstens gleich vor Ort verarzten lassen?“, lautet ihre nächste Frage, während sie sich nun erlaubt, die Finger an meinen Oberkörper zu legen und ihn zu ertasten. Tatsächlich verziehe ich schmerzerfüllt das Gesicht, als sie die Stelle erreicht, an der ich mir eine Prellung zugezogen habe.

„Weil ich ... au!“, gebe ich von mir, als sie die nächste Verletzung ertastet. Dort, wo Lorraines Hände mich berühren, fühlt sich mein Körper plötzlich heiß an. Das mag an den Wunden liegen. „Es sieht schlimmer aus als es ist, wirklich. Die anderen haben sich auch nicht verarzten lassen. Soll ich da an meinem ersten Tag etwa aus dem Rahmen fallen?“

„Das ist das Blödeste, was ich je gehört habe, Corey.“ Entschlossen begibt sie sich zu einer ihrer Umzugskisten, öffnet sie und sucht darin etwas.

„Was hast du vor?“, will ich wissen und schließe zu ihr auf.

„Dich verarzten, was denn sonst?“ Schon kramt sie ihr

Verbandswerkzeug hervor, welches sie als Profisportlerin natürlich auch für Zuhause besitzt. „Los, setz dich."

Zusammen lassen wir uns auf dem Boden nieder, dann fängt sie an, sich mit Desinfektionsmittel und Tupfer um meine Wunden zu kümmern, bevor sie sie verbindet. Das fühlt sich gut an. Weil es nun mal das ist, was man mit Wunden machen sollte, wenn man sich welche zugezogen hat.

„Okay, vielleicht wollte ich vor einem bestimmten anderen Spieler cool wirken und bin deswegen aus dem Training und aus der Kabine gegangen, ohne mich vorher verarzten zu lassen", gebe ich nach einigen Schweigesekunden zu.

Lorraine schüttelt den Kopf und kümmert sich weiter um mich. „Erhoffst du dir jetzt, dass das als Ausrede weniger bescheuert klingt?"

Beide müssen wir lachen.

„Wer ist er?", fragt sie dann, während es zu weiteren Berührungen zwischen uns kommt, als sie mich verarztet. „Kennst du ihn von früher?"

„Ja, wir waren bis zum Abschluss auf derselben Schule. Und ich bin alles andere als gut auf ihn zu sprechen."

„Er hat dir also damals etwas Schlimmes angetan?"

„Oh ja", knurre ich.

„Darf ich fragen, wie er heißt?"

„Ist das wichtig?", lautet meine Gegenfrage.

„Ja, für die Einweihungsparty, die wir bald veranstalten. Zu der sollten wir ihn dann ja besser nicht einladen." Sie sagt dies mit einer Selbstverständlichkeit, die mir gefällt – was die

Party und was Craig angeht.

Ich lächle. „Das stimmt wohl. Er heißt Craig. Craig Thompson.“

„Okay, ist abgespeichert. Craig Thompson kommt nicht in diese Wohnung, selbst wenn er es versucht.“

„Ich denke nicht, dass er das versuchen wird“, sage ich.

„Weil er weiß, dass er dir etwas Schlimmes angetan hat? Oder weil auch er nicht gut auf dich zu sprechen ist und die Schuld für euer angespanntes Verhältnis bei dir sieht?“

Ich zucke mit den Schultern. „Für mich spielt es sowieso keine Rolle, was er denkt.“

„Wenn es so wäre“, entgegnet Lorraine, „dann hättest du heute nicht versucht, vor ihm den Coolen zu geben.“

„Was heißt denn bitte *versucht*? Ich *bin* cool geblieben.“

„Und lass mich raten: Er auch.“

Ich schnaube.

„Ihr habt euch also beide im Training gegenseitig demoliert, womit ihr gezeigt habt, dass ihr euch gegenseitig überhaupt nicht kalt lasst. Danach wart ihr dann aber plötzlich ganz, ganz cool, weil ihr mit unbehandelten Verletzungen nach Hause gehen konntet. Habe ich das so richtig zusammengefasst? Zuerst wart ihr uncool, und dann cool?“

„Du bist doof“, fällt mir dazu nur noch ein.

Lächelnd kümmert sie sich auch um meine letzte Wunde. Belächelnd, aber gewissenhaft.

Anscheinend hat unsere WG sogar Vorzüge, von denen ich bisher noch gar nichts geahnt hatte: Lorraine und ich, wir können uns gegenseitig verarzten.

***

Auch die nächsten Trainingseinheiten sind nicht mit dem zu vergleichen, was ich in Brisbane erlebt habe. Leider merkt man sogar noch deutlicher, dass diese Mannschaft hier erst kürzlich gegründet wurde, als ich schon befürchtet hatte. Egal, ob in der Kabine oder auf dem Spielfeld – unser Team fühlt sich nicht wie eine aufeinander eingeschworene Einheit an. Alle *Lizards* sind zwar freundlich zueinander, und doch sind da diese Details, die verraten, dass ein ausgeprägter Teamspirit noch fehlt.

Da wären zum Beispiel Sean Mackenzie und Darren Ashford. Auch zwischen ihnen scheint aktuell eine Fehde im Gang zu sein. Ich glaube, das liegt daran, dass sie unterschiedlich viel verdienen. So deute ich jedenfalls die Bemerkungen, die sie sich gegenseitig an den Kopf werfen, und das ist beim Rugby leider auch nicht unüblich: Es gibt gutbezahlte Topspieler, so wie Craig und mich … und es gibt solide Stammspieler, die sich mit einem deutlich geringeren Gehalt zufriedengeben müssen. Diese Stammspieler machen in vielen Teams sogar den Großteil aus.

Das kann zu einem Problem werden. Wenn man genau weiß oder zumindest meint, dass man gleich viel leistet, aber sehr unterschiedlich bezahlt wird. Für benachteiligte Spieler ist das natürlich frustrierend.

Ich glaube, dieses Ungleichgewicht trägt maßgeblich dazu bei, dass ich keinen Teamspirit verspüre. Wann immer es möglich ist, gibt es Grüppchenbildung auf dem Spielfeld und in der Umkleide. Einzelne Spieler gehen sich privat aus dem Weg, wenn nach dem Training gefragt wird, ob man noch zusammen etwas unternimmt.

Kann ich es ihnen verübeln? Mich würden auch keine zehn Pferde dazu bringen, nach einem wichtigen Match, das wir für uns entscheiden konnten, den Sieg an Craigs Seite zu feiern.

Das soll der Kampfroboter gefälligst in einer anderen Clique tun als ich.

Gottverdammt, ich wollte doch nicht mehr über ihn nachdenken ...

Aber ihn oder andere Spannungen auszublenden, ist gar nicht so einfach und wahrscheinlich auch nicht das Gelbe vom Ei. Der Teamspirit kann spielentscheidend sein. Fehlt er komplett, hat man ein Problem.

Zwischendurch bekomme ich mit, wie unser Coach Steve Caldwell sich mit den Fingern durch den ergrauten Ansatz seiner blonden Haare fährt und etwas ratlos wirkt. Ich denke schon, dass er sich der Herausforderungen einer ganz neuen Rugby-Mannschaft bewusst ist und sie nicht auf die leichte Schulter nimmt. So weit, so gut. Aber wird er dafür auch effektive Lösungen finden?

„Hey, Corey“, spricht Oliver mich nach dem heutigen Training in der Umkleidekabine an. „Ein paar von uns gehen gleich zusammen noch etwas essen. Es gibt um die Ecke einen tollen Italiener, den du unbedingt kennenlernen musst.“

Hm. Soll ich mitgehen? Lorraine hat heute Abend sowieso

keine Zeit für ein gemeinsames Dinner. Das Frauenfußballteam ist bereits gut aufeinander eingespielt, und die anderen haben sie gut in ihrer Mitte aufgenommen. Heute ist sie direkt auf einen Geburtstag einer ihrer Teamkolleginnen eingeladen.

Aber ... kommt Craig etwa auch mit in dieses italienische Restaurant?

Zu meiner Erleichterung stelle ich fest, dass er bereits fertig umgezogen ist und die Kabine als einer der Ersten verlässt, ohne sich nach Oliver umzusehen. Auch sonst widmet er niemandem aus dem Team eine verabschiedende Geste. Er verschwindet einfach. Es wirkt, als hätte er noch etwas Wichtiges vor. Als würden anderswo Verpflichtungen auf ihn warten. Ich darf also davon ausgehen, dass der Kampfroboter nicht zu denen gehört, die gemeint sind.

„Was gibt es da zu überlegen, Amigo?“, fügt Oliver an, als ich still bleibe. „Das war keine Frage. Es ist daher sinnlos, abzulehnen.“ Er zwinkert.

Ich grinse. „Na, dann habe ich ja gar keine andere Wahl, als mitzukommen.“

Wenig später finde ich mich zusammen mit Oliver und zwei weiteren aus der Mannschaft in dem Lokal wieder – Sam und Chris. Die zwei sehen mit ihrem hellblonden Haar und der gebräunten Haut wie echte Sonnyboys aus. Wir haben gerade die Bestellung fürs Essen aufgegeben und auch schon unsere Getränke bekommen.

„Cheers, big ears“, sagt Chris mit einem ganz bestimmten Akzent, als wir die Gläser in der Hand halten und prosten.

Woraufhin Sam mit demselben Akzent antwortet: „Same

goes, big nose.“

Begeistert sehe ich sie an. „Up your nose with a rubber hose.“

Nur Oliver macht ein verdutztes Gesicht. „Was verpasse ich hier gerade?“

„Australische Trinksprüche“, kläre ich ihn auf.

„Okay – und was bedeuten die?“

„Sie müssen keinen Sinn ergeben“, merkt Chris an. „Hauptsache, sie reimen sich.“

Sam nickt. „Genau. Es geht doch nichts über wahre Kneipen-Poesie.“

„Ihr seid die beiden Teammitglieder aus Down Under“, erinnere ich mich nun wieder, davon in der Aufstellung gelesen zu haben. Dabei war ich mir in den letzten Tagen noch nicht ganz sicher, ob sie nicht vielleicht eher einen neuseeländischen Akzent haben. Aber nein. Das sind die zwei Australier, die nach Liverpool gezogen sind.

„So ist es“, entgegnet Sam lässig.

„Cool! Ich bin gerade aus Brisbane hergezogen“, erzähle ich ihnen. „Was sind eure letzten Stationen gewesen?“

Daraufhin unterhalten wir uns angeregt darüber, was wir an Australien jetzt schon vermissen.

Auch Oliver beteiligt sich ausgelassen am Gespräch, wie man es von ihm gewohnt ist. Obwohl sich seine Erfahrungen rund um Australien in Grenzen halten, hat er dazu viel zu sagen: „In Australien gibt es etliche Tiere, die dich töten können: Schlangen, Spinnen, Wespen, Quallen – selbst die

Ameisen dort sind hochgiftig, Mann!“

Chris grinst. „Und vergiss nicht die Krokodile.“

„Und Kängurus“, fügt Oliver an.

„Die sind nicht giftig und haben auch kein gefährlich kräftiges Gebiss“, kommt es von Sam.

„Aber sie können kickboxen“, sage ich. „Das darf man nicht unterschätzen.“

„Okay, und worauf wollen wir gerade hinaus?“, fragt Chris.

Wieder lässt Oliver sein Glas gegen unsere klirren. „Darauf, dass ihr alles richtig gemacht habt und lieber für immer hier in England bleiben solltet. Hier ist es nicht so gefährlich beim Spazierengehen.“

Sam zieht eine Braue hoch. „Du gehst spazieren?“

„Joggen“, korrigiert Oliver sich.

„Hier wurden aber auch schon mal giftige Schlangen gesichtet“, sage ich.

„Und Pumas“, ergänzt Chris.

Oliver winkt ab. „In ländlichen Gegenden – und dann auch nur als große Ausnahme.“

„Lizards können auch giftig sein“, merke ich an. „Aber solche kommen weder in England noch in Australien vor.“

„Doch, jetzt schon.“ Selbstsicher deutet Oliver auf uns vier.

So unterhalten wir uns noch eine ganze Weile weiter. Ich habe derart viel Spaß dabei, dass ich zwischendurch kein einziges Mal aufs Handy sehe oder die Uhrzeit prüfe. Dass ich mich so gut mit Oliver, Sam und Chris verstehe, gibt mir

Hoffnung für die *Liverpool Lizards*. Möglicherweise ist es nur eine Frage der Zeit, bis sich unter uns allen echter Teamspirit ausbreitet. Bis aus dem frisch zusammengewürfelten Haufen eine aufeinander eingestimmte Mannschaft wird, die länger bestehenden Rugby-Teams gefährlich werden kann. Bis wir uns in eine Horde giftiger *Lizards* verwandeln, vor der man sich in Acht nehmen muss.

Oliver ist immer gut drauf. Und dass ich mit Chris und Sam auch noch zwei Australier im Team habe, werte ich gerne als zusätzliches gutes Omen für die Zukunft unserer jungen Mannschaft. Der Manager, der uns unter Vertrag genommen hat, wird sich ja auch schon irgendetwas dabei gedacht haben, all das Geld in uns zu investieren. Er und die Investoren.

Sollte Craig also der Einzige aus dem Team bleiben, mit dem ich nicht klarkomme, könnte es klappen, dass ich mich bei den *Lizards* eines Tages so heimisch fühle wie zuvor in Brisbane.

Die nächsten Wochen werden es zeigen.

5. Kapitel

~ Lorraine ~

„Hier!“, rufe ich der Mitspielerin im Ballbesitz zu, um sicherzugehen und sie darauf aufmerksam zu machen, dass ich gerade ungedeckt und nicht im Abseits bin und angespielt werden kann.

Im selben Moment stellt sie sowieso schon Blickkontakt zu mir her, erkennt die Situation und kickt den Ball zu mir. Souverän nehme ich den Pass an und presche mit dem Ball vor. Nacheinander spiele ich zwei Gegner aus und komme an ihnen vorbei, nähere mich dem Tor, zögere nicht länger, nachdem ich die Bewegungen der Torhüterin eingeschätzt habe und donnere den Ball mit Wucht, aber gezielt und unerreichbar links oben in den Kasten.

Tooor!

Das fühlt sich doch jedes Mal aufs Neue fantastisch an.

„Ausgezeichnet, Lorraine“, lobt mich die Trainerin.

Auch von der ein oder anderen Teamkameradin bekomme ich ein anerkennendes Schulterklopfen. Darunter sind auch welche von den sogenannten Gegnern, denn heute haben wir nur ein Trainingsspiel und üben die Spielzüge unter uns.

Mit einem zufriedenen Lächeln atme ich durch und wische mir etwas Schweiß von der Stirn, der den Ansatz meiner Haare schon getränkt hat.

Dann gehen die Spielerin, die vor mir den Ball hatte, und ich aufeinander zu.

„Ich hätte gar nichts rufen müssen“, sage ich zu ihr. „Du

hast sowieso gesehen, dass ich frei bin. Ohne meinen Ausruf wäre der Pass für den Gegner noch überraschender gekommen."

„Genau für solche Erkenntnisse haben wir das Training ja", erwidert sie mit freundlicher Stimme. „Wir haben beide alles gegeben – das ist doch gut."

Ich nicke. „Für das nächste Mal weiß ich dann Bescheid."

Es ist toll, dass ich mich so auf die Körpersprache zwischen den anderen und mir verlassen kann, obwohl ich erst seit Kurzem dabei bin, denke ich mir, als ich einige Zeit später geduscht und umgezogen bin. *Man merkt, dass das Team schon aufeinander abgestimmt ist. Es fällt mir leicht, mich als einzige Neue einzufinden.*

„Hey, Lorraine", sagt unsere Torhüterin zu mir, „ich freue mich schon auf nachher. Kann ich noch irgendetwas mitbringen?"

Mein freudiger Blick gilt ihr. „Gute Laune und Zeit – der Klassiker also. Ansonsten ist eigentlich für alles gesorgt, was das Herz begehrt."

Sie lacht. „Prima. Vielleicht bringe ich trotzdem eine meiner begehrten Fingerfood-Platten mit."

„Gerne, da sage ich nicht nein", erwidere ich zwinkernd.

Ausgelassen begeben wir uns alle zusammen aus der Umkleidekabine – als eingeschworene Einheit. Erst, als wir draußen aufgrund unserer Routen dazu gezwungen sind, löst sich die Clique nach und nach auf.

„Bis später", verabschiede ich mich von den anderen, was sie gerne erwidern.

Gut gelaunt begebe ich mich nach Hause, um die letzten Vorkehrungen für die Einweihungsparty zu treffen. Das Meiste haben Corey und ich gestern schon erledigt, aber das Essen wollen wir heute ganz frisch zubereiten.

„Hallo!“, rufe ich fröhlich in die Wohnung hinein, nachdem ich die Tür aufgeschlossen und den Eingangsbereich betreten habe, der nahtlos in das große Wohnzimmer-Loft übergeht.

„Hey“, kommt es ebenso vergnügt von Corey aus der Küche zurück.

Also begebe ich mich zu ihm und sehe, dass er schon angefangen hat, Gemüse zu schälen und zu schneiden. „Oh, du bist ja schon fleißig.“ Ich stelle meine Trainingstasche ab, wasche mir die Hände und mache mich auch direkt ans Werk für einen der anderen Salate, die wir geplant haben.

„Ja, heute hat jeder für sich trainiert, und ich habe spontan früher angefangen, um rechtzeitig hier zu sein“, erzählt er. „Wie war dein Tag?“

Ich grinse, denn längst ist es zu einem festen Bestandteil unseres Alltags geworden, dass wir uns dies gegenseitig fragen, sobald wir uns nach getaner Arbeit zu Hause sehen. „Unser Training war heute besonders gut. Der Spirit in der Mannschaft ist echt super. Das motiviert mich total.“

„Schön, das freut mich.“

Mit ernsterer Miene hole ich Luft. „Ja …“

Corey setzt das Messer ab und schaut zu mir. „Aber?“ Wieder einmal kann er mir ansehen, dass ich etwas auf dem Herzen habe, und ignoriert es nicht.

„Na ja, die Torquote ist in letzter Zeit zu niedrig gewesen“, sage ich achselzuckend. „Ich verstehe ja, dass sie sich genau deswegen mit mir eine Stürmerin neu ins Boot geholt haben. Aber dementsprechend mache ich mir auch viel Druck, verstehst du? Sollte sich die Quote in nächster Zeit nicht ändern …“ Ich breche den Satz ab, denn es ist mir zuwider, es laut auszusprechen, dass ich dann versagt hätte. Genau das denke ich jedoch leider.

„Das wird sie“, ist Corey sich sicher.

„Und wenn nicht?“

Inständig schaut er mich an. „Lorraine. Du bist eine ausgezeichnete Torjägerin. Sollte die Torquote trotzdem unverändert bleiben, liegt es nicht an dir. Aber so, wie du von euch als Team sprichst, scheinen die Voraussetzungen prima zu sein. Hab Vertrauen. Aber falls die Quote erst einmal nicht sofort hochgeht, dann ist es ganz sicher nicht deine Schuld, und das sollten auch alle wissen. Sie *würden* es wissen. Nur wird es dazu gar nicht erst kommen.“

Erleichtert lächle ich. „Genau das musste ich jetzt hören. Danke.“

In der kommenden Stunde schnippeln und kochen wir gemeinsam, wie wir es schon des Öfteren getan haben, nur diesmal mit deutlich größeren Zutatenmengen. Schließlich wollen wir heute Abend nicht nur uns satt bekommen, sondern auch all die Gäste, die wir eingeladen haben.

„Von den *Lizards* kommen ja auch alle, richtig?“

„So gut wie alle, ja“, sagt Corey. „Mal sehen, ab wie viel Uhr wir die hierher strömenden Leute in der Wohnung stapeln müssen.“

„Zum Glück sind Berufssportler in der Regel besonders beweglich“, entgegne ich schmunzelnd.

„Nicht nach den Zimt-Scones, die Oliver mitbringen will. Schon gar nicht nach den Mengen, die er angekündigt hat. Aber bei ihm weiß man nie so recht, wann er eine Ankündigung ernst meint.“

„Oliver, ja?“, murmle ich, gefolgt von einem „Mmh …“ Sofort drifte ich in Gedanken ab. In Erinnerungen.

Vor rund zehn Jahren, da hatte der Name Oliver für mich eine große Bedeutung. Denn so hieß damals auch der Junge, der nicht nur der beste Freund meines Bruders William, sondern auch mein Jugendschwarm gewesen ist. Erst jetzt fällt mir die Ironie auf, die das Schicksal mir aufgebunden hat: William und Oliver haben sich als Teenager für Rugby interessiert. Das ging sogar so weit, dass sie sich gegen mich verschworen hatten und damit aufzogen, dass Frauenfußball doch voll uncool sei im Vergleich zu Rugby. Das konnte ich nie nachvollziehen, war von den beiden aber auch mehr als Spaß gemeint, um mich einfach zu ärgern, das weiß ich. Und nun wohne ich sogar mit einem Rugby-Spieler zusammen. Daran habe ich noch gar nicht gedacht.

Schließlich war Rugby dann irgendwann kein Thema mehr in unserer Familie. Als ich für den Schüleraustausch nach Frankreich ging, brach jeglicher Kontakt zwischen Oliver und mir ab. Zwischen uns hat sich sowieso nie mehr als Freundschaft abgespielt, denn dass er sich nie mehr als das vorstellen konnte, habe ich ihm deutlich angesehen. Er war immer nett zu mir, hat mich aber stets wie eine Cousine oder so betrachtet. Wie Williams kleine Schwester eben. William selbst strebte nach dem Schulabschluss keine Karriere als professioneller Rugby-Spieler an, sondern konzentrierte sich auf sein Studium und wurde Lehrer.

Und was Oliver betrifft ...

Ich weiß, dass er nach der High-School weiterhin Rugby gespielt und eine Ausbildung zum Fitnesstrainer gemacht hat. Aber irgendwann habe ich aufgehört, seinen Werdegang aus der Ferne zu verfolgen, da ich mir davon nichts versprochen habe. Jedenfalls nichts Gutes. Ich wollte nach vorne blicken und nach einem Mann Ausschau halten, der in mir mehr sieht als nur einen vorübergehenden Kumpel. Mittlerweile spielt Rugby trotzdem wieder eine Rolle in meinem Alltag - seit Corey in mein Leben getreten ist. Sollten er und mein großer Bruder William sich irgendwann kennenlernen, werden sie sich bestimmt gut verstehen. Für mich ist es nur eine Frage der Zeit, bis es dazu kommt.

Nun ist Corey derjenige, der sich amüsiert zeigt. „Du wirkst ja wie weggetreten, seit ich von den Zimt-Scones erzählt habe. Aber du hast schon recht: Wann dürften wir mal so richtig sündigen, wenn nicht heute, zur Feier des Tages?"

Ich komme mit dem Kopf wieder in der Gegenwart an. „Wollte er die Scones denn allesamt selbst backen?"

„Zumindest hat er nun tagelang beim Training groß damit angegeben."

„Dann bin ich mal gespannt", sage ich, „ob er welche dabeihat und, falls ja, wie sie sind."

Auf jeden Fall klingt es, als wäre der Namensvetter meines heimlichen Jugendschwarms ein lustiger Typ.

Wenig später steht alles bereit und ich habe mich für

unsere Party in ein rotes Maxikleid gehüllt, dazu die Haare leicht in Lockenform gebracht und etwas mehr Make-up aufgetragen als sonst.

„Wow", bringt Corey mir raunend entgegen, als er mich zum ersten Mal in einer schickeren Aufmachung sieht. „Darf man zu seiner Mitbewohnerin sagen, dass sie umwerfend aussieht?"

Ich lache. „Natürlich darf man das. Aber nur, wenn man der Mitbewohnerin erlaubt, das *Wow* zurückzugeben." Mit einer Handbewegung deute ich auf Corey, denn die Marken-Jeans sowie das oben etwas offene Designer-Hemd stehen ihm ausgesprochen gut. Dazu hat er sich frisch rasiert und etwas mehr Gel im dunklen, vollen Haar als sonst. Mir entgeht auch nicht das Aftershave, das er trägt und das anregend männlich riecht. „Du hast dich für deine Freunde also auch in Schale geworfen. Nett."

Dies quittiert er mit einem Grinsen. Doch als er einatmet und etwas sagen will, kommt ihm das Türklingeln zuvor.

Aufgeregt sehen wir uns an.

„Die ersten Gäste sind da", sage ich und begebe mich mit ihm auch schon zum Eingang. „Lassen wir sie nicht warten."

„Auf keinen Fall – ich kann es kaum erwarten, ihnen unsere schöne Wohnung zu zeigen."

In den darauffolgenden eineinhalb Stunden trudeln nach und nach immer mehr unserer neuen Freunde und Teamkollegen ein. Es ist angenehm, dass sich ihre Ankunft auf die Dauer eines Fußballspiels verteilt. So habe ich Gelegenheit, mich auf jeden Einzelnen wenigstens kurz zu konzentrieren, ehe ich den nächsten Gast begrüße.

Es dauert nicht lange, bis sich die Leute in der ganzen Wohnung verteilt haben. Selbst unsere getrennten Schlafzimmer dürfen sie sich heute ausnahmsweise ansehen. Immer zur vollen Stunde geben Corey und ich abwechselnd eine Führung für alle Interessenten und genießen dies richtig, da wir immer noch sehr stolz darauf sind, diese schöne Eigentumswohnung ergattert zu haben.

„Und dann habt ihr dem Verkäufer ganz spontan einfach gesagt, dass ihr die Wohnung zu zweit kaufen wollt?“, fragt Darren aus Coreys Rugby-Team. Vor ihm und einigen anderen geben wir diese Anekdote gerade zusammen zum Besten.

Lässig zuckt Corey mit den breiten Schultern. „Wir haben eine einmalige Gelegenheit erkannt und prompt zugeschlagen.“

„So machen wir *Lizards* das!“ Stolz legt Sam den Arm um ihn.

„In jeder Lebenslage“, gibt Corey ihm schmunzelnd recht.

„Gab es denn Streit wegen der Schlafzimmer-Wahl oder so?“, will eine meiner Teamkameradinnen wissen.

Gelassen kann ich den Kopf schütteln. „Lustigerweise waren wir uns schnell einig.“ Mein Blick gilt Corey. „Irgendwie ist das bei uns oft so.“

Auch Corey nimmt mich in den Fokus, hält sein Glas höher und prostet mir damit zu. „Auf ein gutes Zusammenleben.“

„Auf unsere schöne Wohnung“, erwidere ich und tue ihm die Geste gleich, woraufhin wir mit den Menschen, die direkt neben uns stehen, auch richtig darauf anstoßen.

Wieder klingelt es an der Tür. „Ah, da kommt noch ein

Nachzügler", sage ich und sehe mich um. Dabei stelle ich fest, dass alle da sind, die ich eingeladen habe. „Jemand von den *Lizards*, nehme ich an."

Da Corey in ein Gespräch mit Chris und Phil aus seiner Mannschaft verwickelt ist, gehe ich gerne zur Tür, um aufzumachen. Fröhlich und nichtsahnend lasse ich den Gast herein. „Corey, vielleicht sollten wir die Tür nun einfach auflassen, falls …" Ich schaue geradeaus, erblicke den Mann, der geklingelt hat, und erstarre mit aufgerissenen Augen.

Vor mir befinden sich nicht nur ein riesiger Teller mit einem großen Stapel Zimt-Scones, sondern auch …

Mein Oliver!

„Oliver Rogers", gebe ich nahezu flüsternd von mir und habe immer noch Mühe, mich zu regen.

Er ist es. Mein Oliver ist Coreys Oliver. Mein Jugendschwarm ist der noch fehlende Rugby-Spieler von den *Lizards*. Ich glaube es nicht!

Sicher, ein Teil von mir hat vorhin in Gedanken Scherze darüber gemacht, dass es möglich sein könnte. Dass Corey und ich haargenau denselben Oliver meinen, wenn er über Scones redet und ich an meine Jugendliebe denke.

Aber der vernünftige Teil in mir hat das für einen zu großen Zufall gehalten. Für zu viel Ironie des Schicksals auf einmal. Für zu verrückt. Zu unwahrscheinlich.

Jetzt steht er allerdings vor mir! Gut zehn Jahre, nachdem wir uns das letzte Mal gesehen haben. Natürlich ist er in der Zeit älter geworden. Um nicht zu sagen: männlicher. Aber seine großen, kräftigen Konturen habe ich sofort wiedererkannt.

Auch er macht ein Gesicht, das verrät, dass ihn mein Anblick alles andere als kalt lässt. „Lorraine."

Oh mein Gott, er weiß direkt, wer ich bin! Und das nach all der Zeit, die seit unserer letzten Begegnung vergangen ist!

Der Teenager in mir möchte vor Entzückung quietschende Geräusche von sich geben, zumal ich mich urplötzlich in die damalige Zeit zurückversetzt fühle ... aber das erlaube ich mir lieber nicht, sondern unterdrücke diesen Drang mit einem Räuspern.

Ich schaue auf die Zimt-Scones, dann wieder in seine ausdrucksstarken Augen. „Du bist also der Oliver aus Coreys Team."

„Und du bist seine – ich zitiere – charmante Mitbewohnerin."

Spätestens in diesem Moment kann ich es nicht verhindern, dass sich meine Wangen wärmer anfühlen als eben noch. „Bitte, komm rein. Darf ich dir das abnehmen?"

„Ja, gerne. Danke."

„Oliver!", bemerkt Corey, dass er gekommen ist, und kommt mit ausgebreiteten Armen auf ihn zu. „Da bist du ja endlich. Bist du am Scones-Rezept verzweifelt, oder was war los?"

Während ich die gläserne Platte mit den Zimt-Scones auf dem Esstisch abstelle und sich sofort die ersten Gäste darauf stürzen, beobachte ich, wie Oliver frech grinst. „Das Beste kommt zum Schluss, das weißt du doch." Er schaut sich um und atmet durch. „Das sind sie also – die legendären vier

Wände des Corey Hamilton."

Es ist irgendwie komisch, zu sehen, wie die beiden sich in den nächsten Minuten angeregt unterhalten, als würden sie sich seit Ewigkeiten kennen. Offenbar haben die zwei schon nach kurzer Zeit einen guten Draht zueinander gefunden. Eigentlich darf mich das aber auch nicht weiter wundern. Corey ist ein sympathischer Typ, den man einfach nur mögen muss – und Oliver ist anscheinend immer noch der verschmitzte Spaßvogel, der er früher schon gewesen ist.

Damit wäre die Frage beantwortet, ob Oliver Rogers immer noch Rugby spielt. Das tut er durchaus – für die *Lizards*. Ausgerechnet in der Mannschaft meines Mitbewohners. Ausgerechnet hier in Liverpool, wo ich nun auch gelandet bin.

In mir fängt alles an zu kribbeln. Was hat das zu bedeuten?

Als Corey wieder in Gespräche mit anderen Gästen verwickelt ist, gehen Oliver und ich instinktiv aufeinander zu.

„Wow", sagt er zu meinem Anblick und greift damit Coreys Wortlaut von vorhin auf. Er macht kein Geheimnis daraus, dass sein Blick gerade meine Kurven abscannt. „Du hast dich ziemlich verändert, Lorraine."

„Ja? Du dich irgendwie nicht." Ich grinse. „Oder doch?"

Oliver lacht. „Nicht, dass ich wüsste. Aber du ..." Ein weiteres Mal betrachtet er mich wie gebannt – damit hätte ich noch weniger gerechnet, als ihm heute Abend überhaupt zu begegnen.

Aber das ist nach so langer Zeit wohl normal. Auch ich erwische mich doch tatsächlich dabei, wie mir auffällt, dass seine Muskeln größer sind als vor knapp zehn Jahren. Die Ärmel des hellen Shirts, das er trägt, füllen seine starken Oberarme perfekt aus. Es läuft wohl ganz automatisch ab, dass einem solche Unterschiede zu damals auffallen, wenn man sich so lange nicht gesehen hat.

„Hast du denn noch Kontakt zu William?“, frage ich.

„Manchmal, aber nicht viel. Leider haben wir uns ein bisschen aus den Augen verloren. So, wie wir zwei, Lorraine.“

Sein Blick fesselt mich, doch ich bin mir nicht sicher, wie ich ihn deuten soll. Irgendwie redet er mit mir nicht mehr so locker-lustig wie früher. Mit Corey scheint er aber genau das zu tun. Das muss nichts heißen, oder? Vielleicht ist er einfach genauso überrascht wie ich und fängt sich bald wieder.

„Und du?“ Er lächelt. „Spielst du immer noch Zeitlupenball?“

Aha. Da ist er ja wieder, der Oliver Rogers, der es nicht lassen kann, mich zu hänseln.

„So langsam, wie ihr euch beim Fußball bewegt, grenzt es an ein Wunder, dass eure Zuschauer nicht allesamt einschlafen.“

Ich reiße den Mund auf und zeige mich entsetzt. Allerdings wissen wir beide, dass ich das nur spiele, denn von früher weiß ich genau, dass er seine Neckereien nicht ernst meint. Er hat des Öfteren Fußball mit mir gespielt, auch wenn William gar nicht dabei war. „So eine verdrehte Meinung vom Fußball kann doch nur ein Neandertaler wie du haben“, kontere ich selbstbewusst. „Anscheinend hast du dich wirklich nicht verändert. Passend dazu gehörst du also immer noch zu den Verrückten, die dem Ball lieber prügelnd hinterherlaufen, was?“

Er lacht. „Wie es sich für einen wahren Neandertaler gehört. Aber wenigstens hat unser Ball nicht so eine komische Form.“

„Du meinst … rund?“ Das letzte Wort betone ich extra so, dass er merken muss, wie selbstverständlich es eigentlich für jeden sein sollte, seinen Mannschaftssport mit einem gleichmäßig rund geformten Ball auszuüben.

„Wenn er komplett rund ist, kann man nicht mehr *Ei* dazu sagen“, hat Oliver jedoch direkt den nächsten Spruch auf Lager und lässt sich weiterhin nicht von meiner Wortgewandtheit aus dem Konzept bringen.

Das Gleiche gilt allerdings auch für mich, sodass ich zurückfeuere: „Es traut sich nun mal nicht jeder, mit Kokosnüssen zu hantieren. Das respektiere ich.“

Seine Augen werden schmaler und strahlen eine unverkennbare Faszination aus. Anscheinend bin ich nicht die Einzige, die unseren Schlagabtausch genießt und sich dadurch zurück in eine besonders unbekümmerte Zeit katapultiert fühlt.

„Na gut, Ms. Richardson“, spricht er weiter, „dann erklär mir den Umgang mit Kokosnüssen doch bei einem Dinner. Mittwochabend habe ich Zeit. Was sagst du?“

„Äh …“ Vorbei ist es mit meiner Wortgewandtheit, denn nun habe ich tatsächlich zugelassen, dass Oliver mich aus dem Konzept bringt. Er hätte nun alles Mögliche sagen können, und ich wäre darauf vorbereitet gewesen, aber … fragt er mich gerade wirklich nach einem Date? Oder interpretiere ich seine Formulierung falsch?

„Ich würde gerne mit dir ausgehen, Lorraine", ergänzt er, als könnte er mir ansehen, was mir gerade durch den Kopf geht. „Nur wir beide. Wäre es nicht schön, wenn wir uns neu kennenlernen könnten? Das, was ich gerade erleben durfte, gefällt mir jedenfalls sehr."

Alle Achtung, er fackelt nicht lange.

Eine einmalige Gelegenheit erkennen und prompt zuschlagen, kommen mir Coreys Worte von eben wieder in den Sinn. Damit meinte er unsere Wohngemeinschaft.

Oliver hingegen will mit mir ausgehen. So richtig. Romantisch.

…

Ist es wirklich so? Sieht er in mir also nicht mehr das burschikose Mädchen – das Anhängsel seines damals besten Freundes, das eben manchmal dabei war?

Früher hatte er keinerlei Anstalten gemacht, mir näherzukommen. Aber vielleicht waren wir vor ungefähr zehn Jahren einfach noch zu jung. Oder zumindest einer von uns. Eventuell wusste er schon damals, dass er eine Karriere als Rugby-Spieler anstreben würde, wodurch es ihn theoretisch in andere Länder hätte verschlagen können. Womöglich wollte er sich darauf erst einmal konzentrieren.

Oder er bemerkt seine Gefühle für mich erst jetzt, weil *ich* mich irgendwie verändert habe.

Vielleicht hatten wir in der Vergangenheit nicht das richtige Timing. Bekommen wir nun eine zweite Chance? Meine Empfindungen für ihn sind mir jedenfalls noch genau in Erinnerung. Können sie neu aufflammen?

Ich bin wahnsinnig neugierig darauf, genau das herauszufinden.

6. Kapitel

~ Oliver ~

Ich fühle mich wie verzaubert. Lorraine Richardson heute Abend überhaupt wiederzusehen, habe ich ja schon nicht erwartet. Aber dass sie mich dann auch noch dermaßen umhauen würde – damit hätte ich erst recht niemals gerechnet. Es ist aber nicht allein dieses rote Abendkleid oder wie sie ihr Engelshaar trägt oder das Make-up. Da ist so viel mehr an ihrem jetzigen Ich, das mich umhaut, ich kann es nur nicht weiter benennen. Ihre gesamte Ausstrahlung ist verführerisch feminin und verdammt sexy.

War ich damals vor etwa zehn Jahren derart blind?

Na ja.

Rund zehn Jahre sind eine lange Zeit. Vor allem, wenn sie den Unterschied zwischen Jugendlichen und Erwachsenen ausmachen. Ich schätze, Lorraine hat sich verändert. Oder ich mich. Sicherlich wir beide.

„Und weißt du noch – damals bei Mrs. Litt?", frage ich Lorraine, nachdem wir uns auf den Balkon begeben haben, um Seite an Seite in gemeinsamen Erinnerungen zu schwelgen.

Sie lacht. „Wie könnte ich das vergessen?"

„Damals? Ihr kennt euch?" Mit diesen Worten gesellt sich Corey zu uns.

„Ja, von früher", erwidere ich lächelnd, ehe ich wieder zu Lorraine sehe. „Wir sind zusammen aufgewachsen."

„Oh, dann kommst du auch aus Barryvale?", will Corey

wissen.

Ich nicke. „Von dort stammen die coolsten Leute.“ Bei dieser Bemerkung deute ich auf Lorraine. „Das sieht man doch, oder?“

Auch Coreys Blick ist ihr sicher. „Allerdings.“

„Danke“, antwortet Lorraine schmunzelnd, „aber so, wie ich Oliver kenne, bin ich mir ziemlich sicher, dass er damit gerade auch sich selbst meinte.“

„Niemals“, behaupte ich grinsend.

„So würde ich ihn aber auch einschätzen“, kommt es von Corey. „Auch wenn ich ihn dann ja gar nicht länger kenne als du, wie ich bis eben angenommen hatte.“

„Tja.“ Ich führe mein Glas zu den Lippen, ohne Lorraine aus den Augen zu lassen. „Das Leben hält eben so manche Überraschung bereit.“

Ein intensiver Blickkontakt entsteht zwischen ihr und mir, während ich mir einen Schluck gönne.

„Aber wer ist denn nun diese Mrs. Litt?“, bricht Corey das aufgekommene Schweigen, das ich keineswegs als unangenehm empfunden habe ... vielmehr als knisternd.

Hatte Lorraine schon damals so sinnliche Lippen, an denen ich nur zu gerne knabbern würde?

Kurz muss ich mich besinnen, dann finde ich zu meinem alten Lächeln zurück. „Ach, weißt du, hin und wieder haben Lorraines Bruder William und ich mit ihr Fußball gespielt. Und zwar gerne vor dem Küchenfenster von Mrs. Litt. Eines Tages flog unser Ball mitten durch die Fensterscheibe, sodass sie natürlich zu Bruch ging.“

„Oh-oh“, macht Corey unheilvoll, gepaart mit einem Grinsen, und schaut zu Lorraine.

„Sie ist stinkwütend geworden“, erzählt diese weiter und hat ein ähnliches Strahlen in ihren Augen, wie ich wohl selbst gerade an den Tag lege, wenn ich an die alten Zeiten zurückdenke. „Es hat keine drei Sekunden gedauert, da kam sie nach draußen gestürmt und hat eine finstere Miene gezogen.“

Ich lache, als ich mir den Anblick in Erinnerung rufe. „Oh ja, es hat nur noch das Nudelholz in ihrer Hand gefehlt oder so. Wobei – das hat Mrs. Litt gar nicht gebraucht. So sauer, wie sie zu uns gestampft kam, konnte sie einem auch so schon ordentlich Angst einjagen. Die Frau hatte Haare auf den Zähnen. Mrs. Litt bestand darauf, zu erfahren, wer von uns den katastrophalen Schuss gemacht hätte. Es war William, aber wir waren eine eingeschworene Einheit und dachten nicht daran, ihn auszuliefern.“

„Was ist dann passiert?“, fragt Corey.

„Ganz einfach.“ Anerkennend schaue ich Lorraine an. „Deine Mitbewohnerin hat sich geopfert und behauptet, dass sie den Ball ins Fenster geschossen hätte.“

„Du hast dich geopfert?“, meint er zu ihr.

„Nicht ganz“, erwidert sie. „Ich habe es ausgenutzt, das einzige Mädchen und obendrein die Jüngste von uns dreien zu sein.“

„Du hättest sie sehen sollen“, erzähle ich weiter. „Lorraine hat feuchte Augen bekommen, nervös an den Fingern gespielt und angefangen zu stottern. Selbst ihre Körperhaltung hat sich in dem Moment verändert. Für diese Vorstellung hätte sie eigentlich einen Oscar verdient."

Spätestens nun sieht auch Corey sie fasziniert an, und ich merke, dass mir das nicht gefällt. „Du hast so getan, als wärst du tollpatschig und hättest nur versucht, mit den großen Jungs mitzuhalten?"

„Rückblickend bin ich nicht gerade stolz darauf", sagt Lorraine. „Es ärgert mich zumindest, dass es so leicht war, Mrs. Litt von meiner Darbietung zu überzeugen. Sie hat es mir sofort abgekauft, dass ich als Frau partout kein Fußball spielen kann und bemitleidenswert bin, wenn ich es trotzdem versuche."

Ich winke ab. „Ach, ist doch egal, was sie dachte. Fakt ist, dass William ungeschoren davongekommen ist. Wir alle drei sind das, schließlich sind wir nie wieder auf den Vorfall angesprochen worden. Mrs. Litt ist damit nicht einmal zu euren oder meinen Eltern gegangen. Weil du schnell geschaltet und dir ihre Vorurteile zunutze gemacht hast."

Lorraine lächelt. „Das hast du schön gesagt." Dankend prostet sie mir mit ihrem Glas zu, woraufhin ich das warme Lächeln erwidere.

„Das ist wirklich eine nette Geschichte", gibt Corey neutral von sich. Aber seinen Gesichtsausdruck kann ich nicht deuten. Er scheint nicht an der Erzählung zu zweifeln, und doch scheint er irgendetwas auf dem Herzen zu haben. Falls ich mich nicht irre.

„Wir haben viele solcher Geschichten erlebt", sagt Lorraine und wirkt selig, als sie daran zu denken scheint. „William, Oliver und ich haben zu dritt so einiges erlebt … und so einiges angestellt."

„Aber nie etwas wirklich Schlimmes", werfe ich amüsiert ein.

„Das stimmt", gibt sie mir recht. „Mrs. Litts zerbrochenes Küchenfenster war das Schlimmste, was wir angerichtet haben. Sofern ich mich richtig erinnere."

Mein Lächeln wird breiter. „Wenn wir am Mittwochabend fertig damit sind, über Eier und Kokosnüsse zu sprechen, können wir ja zusammen in unseren Erinnerungen kramen und dieser Frage auf den Grund gehen." Ich zwinkere.

Vorfreudig nickt sie.

Ich erwarte von Corey jetzt, dass er uns fragt, was es damit auf sich hat, dass wir über Kokosnüsse und Eier reden wollen. Doch stattdessen kommt von ihm: „Mittwochabend?" Sein wacher Blick pendelt zwischen Lorraine und mir, und er scheint nicht recht zu wissen, ob er auch Grund zum Lächeln hat oder nicht. „Was ist Mittwochabend?"

„Wir haben uns zum Essen verabredet", lässt Lorraine ihn wissen.

Leicht hebt er den Kopf an. „Ah." Mit prüfendem Gesicht schaut er zu mir. „Was …"

Weiter kommt er nicht, denn irgendjemand von drinnen ruft nach ihm, gefolgt von der Info, dass die Dips fürs Fingerfood alle sind.

„Rettung naht!", ruft er zurück, widmet Lorraine ein kurzes Grinsen und setzt sich auch schon in Bewegung.

„In der Speisekammer ist auch noch Magerquark", wirft sie ihm noch hinterher.

„Ich weiß."

Als ich merke, wie vertraut sie miteinander wirken, werde ich zu demjenigen, der prüfende Züge annimmt und ins Grübeln gerät.

Kaum bemerkt Lorraine dies, zeigt sie sich irritiert. „Na, was geht dir gerade durch den Kopf?“

Schulterzuckend überlege ich mir kurzerhand eine Ausrede und trete näher ans Balkongeländer heran. „Ich habe nur gerade den Ausblick von hier auf Liverpool genossen. Ihr habt wirklich eine schöne Wohnung für euch gefunden – daran besteht kein Zweifel.“

„Danke.“ Sie schließt zu mir auf und legt die Unterarme auf dem Geländer ab, lässt die Umrisse der umliegenden Häuser sowie die Geräuschkulisse der abendlichen Stadt auf sich wirken. „Das war ein echter Glückstreffer für mich.“

Die Wohnung – nicht Corey, richtig?, würde ich nun gerne fragen. *Oder seid ihr zusammen?*

Aber ich sollte wohl besser subtiler vorgehen.

„Habt ihr denn schon alles für euer Zusammenleben geklärt?“, versuche ich es also anders. „Den Putzplan und so weiter.“

„Ja, wir sind uns schnell in allem einig geworden. Das macht unsere Freundschaft ja aus – wir harmonieren super.“

Freundschaft – aha. Sehr gut. Das wollte ich hören.

„Schön.“ Unauffällig betrachte ich Lorraine, deren Haar in der Dämmerung golden schimmert und sich anmutig in der aufgekommenen Brise wiegt. Ihr blumiges Parfüm weht zu mir und betört mich. „Seid ihr denn Single, oder musstet ihr das mit euren Partnern abklären?“

Okay. Das war jetzt weniger subtil. Lorraines Anblick und ihr Duft haben mich dazu verleitet, haben anscheinend bewirkt, dass ein paar Synapsen in meinem Gehirn durchbrennen.

Dementsprechend perplex blickt sie mich nun an. „Du meinst es wirklich ernst, wenn du sagst, dass wir bald ein richtiges Date haben, was?“

Meine Augen werden etwas schmaler vor Entschlossenheit. „Ich mag über alles Mögliche gerne Scherze machen, Lorraine, aber über *das* Thema niemals.“

„Gut. Ich auch nicht. Wenn ich für ein Date überhaupt zusage, bin ich definitiv gerade Single.“

Ich ziehe einen Mundwinkel hoch. „Genau das wollte ich hören“, raune ich zurück.

Nun wirkt sie selbst nahezu neckisch. „Aber was wohl William dazu sagen würde, wenn er jetzt hören könnte, dass wir uns verabredet haben?“

Leicht lege ich den Kopf schräg. „Denkst du, er hätte etwas dagegen, so als dein großer Bruder?“

Lorraine zuckt gelassen mit den recht breiten Schultern. „Eigentlich hat er noch nie den Beschützer raushängen lassen. Auch damals nicht, als wir Teenager waren.“

„Stimmt. Wenn, dann hast *du* ihn beschützt.“ Lächelnd erinnere ich mich ein weiteres Mal daran zurück. „Sei es vor Mrs. Litt oder vor anderen.“

„Außerdem könnte William es vielleicht sogar gutheißen, wenn ich jemanden date, den er gut kennt und mag“, überlegt sie laut weiter. „Das wäre natürlich angenehm, aber niemals ein Entscheidungskriterium für mich. Für dich wahrscheinlich auch nicht, oder?“

Ich merke, wie sehr es mir gefällt, diese Frau zu betrachten. Ihr Anblick ist eine Mischung aus Weiblichkeit und Sportlichkeit – nie hat mich das mehr angesprochen als in diesem Moment. Und nie ist es mir gleichgültiger gewesen, dass sich in diesem Augenblick all meine Teamkameraden von den *Lizards* in meiner Nähe aufhalten. „Lorraine.“

„Ja, Oliver?“

„Lassen wir es auf uns zukommen. Die Meinung deines Bruders zu uns …“

„Zu uns“, wiederholt sie murmelnd.

„Und alles Weitere“, bringe ich meinen Satz nach einer kleinen Sprechpause, die sie genutzt hat, zu Ende. Ich ziehe einen Mundwinkel hoch. „Heute ist heute – morgen ist morgen. Wir werden sehen, was kommt. Sollte es Probleme geben, können wir uns dann immer noch damit befassen. Aber wozu über Eventualitäten grübeln, von denen man nicht weiß, ob sie je eintreten?“

Lorraine macht mit ihrer Mimik kein Geheimnis daraus, dass sie mir zustimmt. „Wusstest du, dass neunundneunzig Prozent der Dinge, über die wir uns Sorgen machen, nie passieren?“

„Das ist eine verdammt hohe Zahl.“

„Deswegen gefällt mir deine Devise“, sagt sie und lässt ihr Glas gekonnt gegen meins klirren.

Kaum habe ich diese Geste erwidert und sie mit einem weiteren zuversichtlichen Lächeln bedacht, spüre ich die

Aufmerksamkeit von jemandem auf mir. Instinktiv sehe ich nach rechts, in die Wohnung hinein. Coreys und mein Blick treffen sich, allerdings nur für eine Sekunde, dann wendet er sich wieder der Person zu, mit der er sich gerade unterhält. Sie gehört zu Lorraines Mannschaft, vermute ich. Jedenfalls sieht sie sportlich aus. Obendrein scheint sie an Corey interessiert zu sein. Kleine Details an ihrer Körpersprache lassen mich das vermuten, etwa wie verträumt sie ihn ansieht und dabei mit den Fingerspitzen an ihren Haaren spielt. Dennoch hat Corey gerade zu Lorraine und mir gesehen, mitten in seinem Gespräch mit ihr, länger als nur für einen Wimpernschlag.

Hm.

Corey ist mir sympathisch, seit ich ihn kennengelernt habe. Ich könnte mir vorstellen, dass er zu den *Lizards* gehört, mit denen ich mich auch privat gerne regelmäßig treffe. Auch auf dem Spielfeld sind wir ein gutes Gespann. Als ein Außenverteidiger, der hart im Nehmen ist, halte ich Corey in unseren Trainingsspielen den Rücken frei, wann immer wir vom Coach für dieselbe Seite eingeteilt werden. Danach macht Corey aufgrund seiner Schnelligkeit oftmals viele Punkte. Die ausgezeichnete Dynamik zwischen uns könnte für die herannahende Liga, an der wir dieses Jahr zum ersten Mal als neues Team teilnehmen werden, entscheidend sein.

Was wird *er* dazu sagen, wenn ich mich Lorraine annähere? Dadurch, dass die beiden Mitbewohner sind, würde das bedeuten, dass ich mich regelmäßig bei ihm zu Hause aufhalte. Auch mal … nachts. Beim Frühstück. Und so weiter.

Ich wette, er wird nichts dagegen haben. Schließlich weiß

ich nun, dass er und Lorraine nur befreundet sind.

Falls er doch ein Problem damit haben sollte, gilt auch hier mein Motto: Damit kann sich mein zukünftiges Ich auseinandersetzen.

Theoretisch.

Vermutlich wird es dazu nämlich nicht kommen.

7. Kapitel

~ Corey ~

Einige Tage später fühle ich mich mehr und mehr in meinem neuen Leben angekommen. Die Wohnung ist nach der Einweihungsparty wieder blitzeblank aufgeräumt, und die Party war ein voller Erfolg. Lorraine und ich, wir hatten eine Menge Spaß mit unseren Freunden und konnten das Team des anderen besser kennenlernen.

Vor allem mit Oliver hat sie sich viel unterhalten. Genau genommen hat sie ihm den restlichen Abend über extrem oft Beachtung geschenkt. Seinetwegen gelächelt. Seinetwegen gelacht. Gestrahlt.

Ja, das ist mir aufgefallen. Und auch jetzt, Tage später, denke ich wieder darüber nach.

Aber gibt es wirklich einen Grund dafür? Die beiden kennen sich von früher, sind zusammen großgeworden. Es muss eine große Überraschung für sie gewesen sein, sich auf der Party wiederzusehen. Hätte ich in ihrer Situation gesteckt, hätte ich mich wahrscheinlich genauso verhalten.

…

Warum geistert diese Beobachtung dann immer noch in meinem Kopf herum wie ein Dämon, der keine Ruhe geben will?

Weil sie sich Mittwochabend wiedersehen wollen, antwortet eine Stimme in mir, die besagtem Dämon gehören könnte. *Ohne dich.*

Doch auch das ist okay für mich, richtig? Ich kann Oliver

doch ebenfalls gut leiden. Sollte sich zwischen den beiden mehr entwickeln und es dann auseinandergehen, muss das keinen Einfluss auf unsere Wohngemeinschaft haben. Lorraine ist eine reife Frau. Niemals würde ihr in den Sinn kommen, ihren Trennungsschmerz an mir auszulassen, bloß weil ich weiterhin mit Oliver in derselben Mannschaft spielen würde. Außerdem: Wer sagt überhaupt, dass sie sich trennen würden? Erst einmal müssten sie ja auch zusammenkommen. Falls dies denn die Idee hinter ihrer Verabredung ist.

Wie dem auch sei. Inzwischen liegt die Einweihungsparty hinter mir. Nun kennen die Jungs aus dem Team mein neues Zuhause sowie meine Mitbewohnerin. Außerdem finde ich mich in Liverpool immer besser zurecht. Das Training für die *Lizards* wird zur Routine. Allmählich fühlt sich alles nach Alltag an – und das ist in dem Fall gut. Sehr gut sogar. Ich fühle mich angekommen, nicht deplatziert, sondern genau dort, wo ich jetzt sein möchte. Im Laufe der kommenden Monate wollen mich sogar meine Eltern und alle meine fünf Geschwister besuchen. Ich habe sie nur gebeten, es nacheinander zu tun und nicht alle auf einmal vorbeizukommen, damit ich mich besser auf jeden Einzelnen konzentrieren kann. Aber ich denke, auch das wird schön werden.

Nun ist Dienstagabend. Ich bin gerade vom Training nach Hause gekommen und möchte mir allein etwas kochen, da Lorraine noch mit einigen aus ihrer Mannschaft unterwegs ist. Wie jeden Tag haben wir auch diesmal beim gemeinsamen Frühstück darüber gesprochen, wann wir in etwa nach Hause kommen. Da jemand aus ihrem Team Geburtstag hat, wird sie heute in einem Restaurant essen. Ein angesagter Mexikaner soll es werden. Inklusive Cocktails. Ich weiß über alles

Bescheid. Denn Lorraine und ich, wir sind nun ebenfalls ein Team.

Natürlich hätte ich mich auch verabreden können, aber hin und wieder weiß ich einen ruhigen Abend, an dem ich nur für mich bin, sehr wohl zu schätzen. Meine Gestaltung für den restlichen Tag steht fest: Ich gehe jetzt in die Küche, bereite mir ein Nudelgericht zu und ...

Auf einmal klingelt es an der Tür, sodass ich aus meinen Gedanken gerissen werde. Verwundert begebe ich mich zum Wohnungseingang und frage mich, wer das sein könnte. Ich erwarte niemanden, trotzdem verrät mir der Klingelton, dass die Person direkt vor der Tür stehen muss, anstatt unten vor dem Gebäude zu warten. Am plausibelsten erscheint mir, dass jemand aus der Nachbarschaft uns im Haus willkommen heißen will. Das haben in den vergangenen Tagen freundlicherweise schon so einige getan, was ebenfalls dazu beiträgt, dass ich mich hier wohlfühle.

Mit diesem neuen Gedanken im Kopf mache ich die Eingangstür beherzt auf – nur, um im nächsten Moment mit geweiteten Augen zu erstarren. „Cynthia ...“, verlässt es perplex meine Lippen.

Tatsächlich steht niemand anderes als meine Ex-Freundin vor mir, und ich brauche einen Moment, um das sacken zu lassen.

„Wie bist du überhaupt ins Gebäude gekommen?“

Freundlich lächelt sie. „Ein Nachbar von dir hatte gerade aufgeschlossen, als ich ankam.“

„Und woher weißt du eigentlich, wo ich nun wohne?“

„Na, von deinen Eltern natürlich. Ich hatte sie gefragt, wohin ich deine Sachen schicken kann, falls ich noch etwas von dir in meinen letzten Kartons finden sollte. Aber soll das etwa deine Begrüßung für mich sein?“ In der nächsten Sekunde kommt sie auf mich zu, schließt mich in die Arme und drückt mich an sich, sodass mir der Duft ihres Parfüms in die Nase steigt. „Hi, Corey.“

„Hi“, erwidere ich irritiert und bleibe steif stehen, nur mein Arm legt sich instinktiv für einen kurzen Moment an ihren zarten Rücken.

Dann vergrößert sie den Abstand zwischen uns wieder, um mich anzusehen. Noch immer lächelt sie, als wäre es das Normalste auf der Welt, dass sie hier und jetzt leibhaftig vor mir steht. Mit meinem Gesichtsausdruck versuche ich ihr zu verstehen zu geben, dass ich hingegen mehr als überrascht von der Situation bin, in welcher ich mich auf einmal befinde.

Cynthia bemerkt dies und seufzt, ohne das warme Lächeln abzulegen. Zugegebenermaßen steht ihr diese Miene noch immer ausgesprochen gut. Sie sieht wirklich toll aus. „Okay, ich weiß, was du jetzt denkst. Lass mich meinen Überraschungsbesuch erklären.“

Ich mache eine auffordernde Geste. „Ich bitte darum.“

„Darf ich vorher vielleicht reinkommen?“

„Ja“, verlangen meine Manieren von mir zu antworten, ehe ich Platz mache und sie eintreten lasse.

Schon sieht sie sich im großen Wohnbereich um, während ich die Eingangstür schließe. „Wow, die Wohnung ist echt schön. Die hast du dir gut ausgesucht.“

„Danke, aber ich habe sie nicht allein bezogen, sondern lebe hier in einer Wohngemeinschaft. Mit …“

„Das ist vorübergehend doch vollkommen in Ordnung“, unterbricht sie mich und wendet sich mir grinsend zu.

Vorübergehend?, denke ich mir und ziehe eine Braue hoch. *Klar, auf ewig soll meine Wohnsituation nicht so bleiben. Irgendwann werde ich die große Liebe finden und mit dieser Person zusammenziehen, entweder hier oder woanders. Aber warum klingt Cynthia jetzt so, als hätte ich mir ihre Erlaubnis dafür einholen müssen?*

„Jedenfalls …“, beginnt sie und atmet durch. Elegant bewegt sie sich in ihrer teuren Markenkleidung durchs Zimmer. „Ich habe nie aufgehört, deine Laufbahn zu verfolgen, Corey. Als ich erfahren habe, dass du wirklich zurück nach England kommst …“ Sie bricht ab.

„Trotz unserer Trennung meinst du?“, ergreife ich das Wort. „Ja, ich bin dabeigeblieben, schließlich hatte ich den Vertrag für Liverpool schon unterschrieben.“ Ich kann es nicht verhindern, dass ein vorwurfsvoller Unterton mitschwingt, als ich dies sage.

Verunsichert lächelt Cynthia weiter. „Natürlich. Du bist treu. Auf dich kann man sich immer verlassen. Das war nie anders.“

Kurz nehme ich mir Zeit, um ihre Aussage zu verarbeiten. „Was möchtest du hier, Cynthia?“, frage ich sie dann.

„Ganz einfach, Corey: Ich möchte, dass wir da anknüpfen, wo wir aufgehört haben. Also, vor der Trennung, versteht sich.“

Es fühlt sich an, als würde mein Herz kurz aufhören zu schlagen, ehe es zu seinem Takt zurückfindet. „Wie bitte?“

„Ich bereue es zutiefst, was passiert ist“, beteuert sie und kommt näher, nimmt meine Hände in ihre, die kleiner sind. „Bitte – gib mir diese Chance. Gib *uns* diese Chance.“

Vorsichtig bewege ich die Finger, sodass sie sie freigibt. „Hattest du einen neuen Partner, mit dem es schiefgegangen ist? Hat er dich fallen gelassen, und nun ...“

„Nein“, unterbricht sie mich aufs Neue, und zwar mit inständiger Stimme. „Nein, so war es nicht. Ich bin aus freien Stücken zu dir gekommen, verstehst du? Ich vermisse dich sehr. Deswegen möchte ich mich ändern und offen für Neues sein.“ Hoffnung prägt ihren Blick. Hoffnung und Zuversicht. „Jeder sollte offen für Neues sein, richtig? Du wusstest das schon immer. Ich habe das nun auch verstanden.“

„Hm“, entfährt es mir bloß. Es liegt mir fern, Cynthia in Ungewissheit zu lassen, doch mein Kopf ist gerade vollkommen leer. „Ich weiß nicht. Eigentlich kommt das zu spät. Deutlich zu spät.“

Unweigerlich muss ich daran denken, wie es sich angefühlt hat, als sie mich vor vollendete Tatsachen gestellt hat. Von einem Tag auf den anderen hat sie mich von sich gestoßen und ist gegangen, ohne zurückzublicken. Eiskalt. Ohne Vorwarnung. Dabei hatte ich extra für sie entschieden, Brisbane zu verlassen und zurück nach England zu kommen. Die Enttäuschung, die sie damit in mir ausgelöst hat, steckt mir noch immer in den Knochen. Zwar bin ich danach eher wütend als traurig gewesen, aber das ist anscheinend meine Art, damit umzugehen, wenn man aus heiterem Himmel mit mir Schluss macht. Bei dieser Vorgeschichte steht ein neuer

Versuch unter keinem guten Stern.

„Corey ...“, sagt sie zart. „Es gab eine Zeit, da war es wirklich schön zwischen uns. Oder etwa nicht?“

„Ja. Früher einmal.“

„So könnte es aber wieder sein. Nein, besser. Es könnte noch besser werden. Gerade weil gewisse Dinge geschehen sind.“

Gewisse Dinge. Das klingt nun wieder so, als wäre auch ich schuld an der Trennung gewesen. Oder als wäre es niemand gewesen. Dabei liegt die Schuld doch allein bei ihr, stimmt's?

„Lass uns ausgehen“, schlägt sie vor, anstatt aufzugeben, und legt nun wieder ein Lächeln an den Tag, von dem ich nicht leugnen kann, dass es toll an ihr aussieht. „Dann kannst du schauen, wie es sich für dich anfühlt. Verlieren kannst du dadurch nichts, oder?“

„Kann ... sein ...“, höre ich mich erwidern. Ein Teil von mir ist immer noch damit beschäftigt, zu verdauen, dass sie wirklich in meinem Wohnzimmer steht.

In Lorraines und meinem Wohnzimmer.

Lorraine ...

Plötzlich sehe ich sie vor mir, wie sie sich gerade mit Oliver unterhält und seinetwegen gute Laune hat. Das macht etwas mit mir. Etwas, das ich nicht weiter erklären kann, außer dass es mich dazu bewegt, Folgendes zu Cynthia zu sagen: „Von mir aus. Lass uns ausgehen und schauen, wohin das führt.“

***

„Okay, das war's für heute", beendet unser Coach das Training und klatscht kräftig in die Hände. Dann zeigt er auf mich. „Corey, das war ausgezeichnete Beinarbeit heute. Du bist dem Gegner und seinen Tackles fast schon davongetanzt – so leicht sahen deine Ausweichmanöver aus, wenn du den Ball hattest. Weiter so."

Zufrieden lächle ich. „Danke, Coach."

Anschließend wendet er sich Chris zu. „Und du, mein Freund ..."

„Was denn?"

„Sorry, aber du musst echt die Abseits-Linie besser im Auge behalten. Dreimal hast du dich vor dem Ball aufgehalten und trotzdem ins Spiel eingegriffen. Wenn du uns in einem Ligaspiel so viele Regelverstöße und somit Penaltys innerhalb einer Halbzeit einhandelst, sieht es düster für uns aus." Anstatt dass er Chris etwas erwidern lässt, knöpft er sich als Nächstes Darren vor. „Und du musst aufpassen, dass dir nicht noch einmal ein *Knock on* passiert, okay? Vorwärtspässe sind nur mit dem Fuß erlaubt, nicht mit den Händen. Das sind absolute Rugby-Basics, meine Güte. Aber gut, wir haben alle mal einen schlechten Tag."

Im nächsten Moment reden Darren und Chris beide gleichzeitig auf ihn ein und rechtfertigen sich. Coach Steve Caldwell hört aber gar nicht mehr richtig zu, und nimmt sich den nächsten Spieler zur Brust, der wiederum ein Lob bekommt. Ein wirres Durcheinander an Gerede entsteht.

Besorgt höre und sehe ich mir das mit an und befürchte, dass die Szene, die ich vor der Nase habe, ein Zeichen dafür ist, dass wir immer noch nicht so gut als Mannschaft funktionieren. Zwar lerne ich die Jungs besser und besser kennen, doch wahrer Teamspirit will nach wie vor nicht aufkommen. Es gibt auch Trainingstage, an denen ich Fehler mache. Vor allem *High Tackles* erlaube ich mir dann, also Fouls am gegnerischen Ballträger, den ich mit dem Arm an der Brust berühre. So oft ist mir das in Brisbane nie passiert. Es könnte also nicht nur an Chris und Darren liegen, dass sie heute Rügen vom Coach einkassieren. Irgendwie funktionieren wir immer noch nicht als Einheit, ganz egal, wie wir für Trainingsspiele aufgeteilt werden, um zu üben.

Hoffentlich bessert sich das bald. Allzu viel Zeit haben wir nicht mehr, bis das erste Spiel für die Liga ansteht. Da werden uns die Sponsoren sowie das Management genau auf die Finger und Füße schauen. Wenn wir dann nicht abliefern, ist unser Aufenthalt in der Liga schneller wieder vorbei, als man *Dropgoal* sagen kann. Das wäre für meine Karriere eine absolute …

„Corey", ertönt es brummend neben mir.

Ich wende mich dem Mann zu, der zu mir kommt und mich angesprochen hat. Leider ist es Craig. Und leider ist es mir nicht erlaubt, ihn komplett zu ignorieren. Dass ich ein freundliches Gesicht mache, kann er aber nun wirklich nicht erwarten. „Was ist?"

„Genau das meine ich. Die Art und Weise, wie du dich mir gegenüber verhältst."

„Ach, *mein* Verhalten ist also das Problem?", gebe ich zurück. „Erkläre mir lieber mal, warum du mich damals so hintergangen hast. Ich muss es verstehen, damit wir die Vergangenheit endlich ruhen lassen und von vorne anfangen können. Vorher ist das nicht möglich. Es liegt bei dir!“

Neue Wut steigt in mir auf, als Craig gar nicht darauf eingeht und sich einfach abwendet, wobei er mir kräftig gegen die Schulter stößt. Auf diese Weise macht er seinen Standpunkt erneut unmissverständlich klar.

Gottverdammt ...

Das Training läuft nicht gut, und Craig werde ich auch nicht los.

Vielleicht habe ich mich geirrt, und ich bin doch nicht dort gelandet, wo ich jetzt sein sollte. Vielleicht bin ich in Liverpool einfach nicht richtig.

Mal abgesehen davon, wie gut das Zusammenleben mit Lorraine klappt. Aber das ist leider auch schon alles.

***

„Und wie läuft es bei dir mit der Arbeit?“, frage ich Cynthia, als wir uns am Abend zusammen in einem Restaurant befinden, das sie ausgesucht hat. Bei romantischem Kerzenschein und Klavierspiel sitzen wir uns gegenüber.

Freudig lächelt sie und streicht sich eine Strähne hinters Ohr. „Es läuft ausgezeichnet. Die Praxis, in der ich jetzt als Physiotherapeutin arbeite, ist topmodern ausgestattet und hat tolle Bedingungen für die Mitarbeiter. Da wir nur Privatpatienten empfangen, habe ich es nur mit angenehmen Menschen zu tun.“

Hm ... Was soll ich davon halten, dass sie dermaßen in

Schubladen denkt?

„Außerdem ist die Praxis eine Filiale einer Kette“, erzählt sie begeistert weiter. „Das heißt: Im Moment bin ich zwar in Manchester tätig, aber ein Wechsel nach Liverpool wäre unkompliziert.“

Schlagartig werde ich hellhörig, als ich mich frage, warum Cynthia dieses Thema auf einmal anspricht. „Du meinst ...“ Mehr sage ich nicht, sondern hoffe, dass das ausreicht, um sie dazu aufzufordern, Klartext zu reden.

Tatsächlich legt sie im nächsten Moment ihre Hand auf meine, woraufhin ich mir nicht sicher bin, was ich davon halten soll. „Damit ich ganz in deiner Nähe sein kann, Corey. So wie früher.“

Stirnrunzelnd sehe ich sie an und versuche, ihre Behauptung nachvollziehen zu können. „Na ja, von Manchester bis Liverpool ist es nur knapp über eine Autostunde. Du solltest nichts überstürzen und kannst auf jeden Fall erst einmal in deiner gewohnten Umgebung bleiben – auch deinen Kunden zuliebe.“

Verunsicherung mischt sich in ihr Lächeln und ihre Hand, die auf meinen Fingern ruht, zuckt kurz. „Worauf willst du hinaus?“

In meinen Bemühungen, diplomatisch zu bleiben, kratze ich mich mit der freien Hand am Hinterkopf. „Ich weiß doch, dass du dich ungern einer neuen Umgebung anpasst. Und deine Patienten in Manchester würden dich sicherlich vermissen. Es gibt also keinen Grund ...“

„Das mit uns zu übereilen?“, vollendet Cynthia den Satz, anstatt mich aussprechen zu lassen. Verständnislosigkeit prägt daraufhin ihre Gesichtszüge. „Aber als du quasi über Nacht mit dieser Lorraine zusammengezogen bist, war das kein Problem für dich, ja?“ Sie zieht ihre Hand weg und lehnt sich zurück. „Dabei kennst du sie doch kaum.“

Ja, richtig. Meine Wohngemeinschaft mit Lorraine kam ziemlich spontan zustande. Darüber haben Cynthia und ich noch gesprochen, als sie bei mir war und nachdem ich zugestimmt habe, dass wir uns mal zum Essen treffen.

Aber:

„Das ist doch etwas vollkommen anderes“, entgegne ich.

Sie verschränkt die Arme vor dem Oberkörper und sieht ungläubig aus. „Inwiefern?“

„Ganz einfach, Cynthia. Lorraine und ich haben keine romantische Beziehung, die in die Brüche gehen könnte. Wir sind befreundet. Freundschaften sind weniger intensiv als Romanzen, erfahrungsgemäß aber auch beständiger.“

Ihr Blick wird weicher.

„Außerdem haben wir für alles, was unsere WG betrifft“, fahre ich fort, „klare Regelungen vereinbart.“

Einen Moment lang denkt sie über meine Worte nach. „Trifft sie sich mit jemandem?“

Ich stutze. „Wie bitte?“

„Du hast gerade von Romanzen und Beziehungen gesprochen. Gibt es jemanden im Leben deiner Mitbewohnerin? Das würde deine Aussage nämlich bestärken.“

Unauffällig schnaube ich, denn dazu kommen mir zwei

Gedanken in den Sinn:

Erstens merke ich, dass es mir lieber ist, Lorraine bei ihrem Namen zu nennen, anstatt sie als meine Mitbewohnerin zu bezeichnen. Warum das so ist, kann ich nicht genau sagen. Es ist einfach so. Nur sollte das im Moment wohl keine Rolle spielen. Zumal Cynthia eine solche Bemerkung in den falschen Hals bekommen könnte – erneut.

Doch zweitens ...

Seit wann bin ich Cynthia irgendeine Rechenschaft schuldig? Sie hat Schluss gemacht. Sie ist einfach gegangen. Und dann ist sie wieder vor meiner Tür aufgetaucht. Einer Wohnungstür, die ich mir inzwischen nun mal mit Lorraine teile. Wenn sich hier einer rechtfertigen müsste, dann Cynthia. Nicht ich – und schon gar nicht Lorraine. Deren Privatleben geht Cynthia kaum etwas an.

„Steht sie auf Rugbyspieler?“, bohrt Cynthia weiter, als ich still bleibe.

Überrascht sehe ich sie an. „Woher weißt du von Oliver?“

„Wer ist Oliver?“ Nun macht auch sie ein verdutztes Gesicht. „Ich meinte dich damit, Corey.“

„Oh.“ Angespannt reibe ich mir das bärtige Kinn. „Ach so.“

Zufrieden schmunzelt sie. „Lorraine trifft sich also mit einem gewissen Oliver?“

Unmut steigt in mir auf. Sicherlich über dieses Verhör, dem ich hier gerade ausgeliefert bin. „Cynthia.“ Ich mache eine ernste Miene. „Wenn du mir misstraust, was Lorraine angeht, dann haben wir sowieso keine gemeinsame Zukunft. Schließlich habe ich dir nie einen Grund geliefert, mir nicht vertrauen zu können. Das war eher andersherum – erinnerst du dich zufällig daran?“

Plötzlich wirkt sie kleinlaut und weicht einen Moment lang meinem Blick aus. „Du hast recht, bitte entschuldige.“ Nahezu flehend gestikuliert sie mit den Händen, die schon bei so manchen Menschen Schmerzen lindern konnten. „Lass uns nicht mehr über deine Mitbewohnerin sprechen und von vorne anfangen, ja?“

Ein Zögern meinerseits. „Das mit uns kann sowieso nicht funktionieren, wenn du Lorraine zum Tabuthema erklärst“, stelle ich klar. „Aktuell ist sie Teil meines Lebens, und vielleicht wird sie das als gute Freundin auch immer sein, selbst wenn wir die WG auflösen sollten.“

„Damit habe ich kein Problem mehr – versprochen. Ich meinte nur, dass wir erst einmal über andere Dinge sprechen könnten, um uns neu kennenzulernen. Bist du damit einverstanden?“

Verhalten presse ich die Lippen zusammen. „Okay. Meinetwegen.“

„Dann erzähl doch mal: Wie hast du dich bisher bei den *Lizards* eingelebt?“

Und so unterhalten wir uns weiter, während das Essen serviert wird. Das Restaurant ist okay. Das restliche Gespräch auch. Nicht unangenehm, sondern ganz nett.

Aber reicht mir ganz nett, um es noch einmal mit Cynthia zu versuchen?

Wahrscheinlich kann ich das nach einem einzigen Abend noch nicht beurteilen und sollte die Sache weiter auf mich zukommen lassen. Denn darum, irgendetwas zu übereilen, geht es mir nun wirklich nicht.

8. Kapitel

~ Lorraine ~

Erwartungsvoll sehe ich Oliver an und höre ihm bei seiner Anekdote zu.

„Ich habe mir also ein Bettlaken umgewickelt. Als Cape."

„Klar", sage ich und grinse. „Schließlich hast du dich für Superman gehalten."

„Ich *bin* Superman, Lorraine. Aber *pssst.*" Verstohlen schaut er sich im Restaurant um. „Verrate es niemandem, okay?"

Ich lache. „Ist gut. Du standest also auf dem Bett und hattest ein Laken als Umhang um. Und was ist dann passiert?"

„Na, was wohl? Ich bin voller Entschlossenheit vom Bett gesprungen, habe die Arme nach vorne genommen, bin auf den Boden geknallt und habe mir den rechten Unterarm gebrochen."

Meine Augenbrauen zucken nach oben. „Obwohl du doch Superman bist? Wieso bist du nicht abgehoben?"

Er lehnt sich in meine Richtung vor und geht in ein geheimnisvolles Flüstern über. „Genau das ist die Frage. Wo hat jemand Kryptonit versteckt, um meine besonderen Fähigkeiten zu blockieren? Und vor allem … wer?"

Amüsiert nicke ich und lasse die Augen schmaler werden. „Es gibt da draußen also jemanden, der dich zu Fall bringen will. Wortwörtlich. Aber wer könnte das sein? Superman hat bekanntlich viele Feinde."

Oliver seufzt und spielt den Leidvollen. „Vielleicht haben sich ja all meine Feinde zusammengeschlossen und gegen mich verschworen.“

„Dann wird es in nächster Zeit besonders hart für dich.“

Er grinst, dann wird er ernster. „Also? Was sagst du?“

Sofort ist mir klar, was er meint. Wir spielen nämlich gerade ein Spiel: Abwechselnd erzählt einer von uns ein Missgeschick, das ihm passiert ist. Der andere muss dann raten, ob sich das Ereignis als Kleinkind oder später im alkoholisierten Zustand zugetragen hat.

„Hm“, entfährt es mir nachdenklich, ohne dass ich aufhören kann zu lächeln. Intensiv betrachte ich Oliver und versuche ihn zu lesen. „Du warst bei dem Sprung vom Bett …“

Auch er widmet mir einen tiefen, interessierten Blick. „Ja?“

„Kleinkind.“

Er lacht auf. „Falsch! Das ist mir während der Fitnesstrainer-Ausbildung auf einer Party passiert, auf der ich zugebenermaßen zu tief ins Glas geschaut habe.“

Fasziniert reiße ich den Mund auf. „Krass. Dabei war ich mir so sicher. Die Grenzen zwischen einem Kleinkind und einem Angetrunkenen sind erschreckend fließend.“

„Genau das macht dieses Spiel so knifflig.“

Vergnügt strahle ich ihn an. „Und spaßig.“ Ich schaue aufs Handy, um kurz die Uhrzeit zu prüfen. „Wow, ist es echt schon so spät? Ich habe gar nicht bemerkt, wie die Zeit vergeht.“

Oliver bekommt einen verträumten Blick. „Ich fühle mich auch sehr wohl in deiner Nähe, Lorraine.“

Was folgt, ist ein Moment des Schweigens, in dem wir uns einfach nur ansehen und die Gesellschaft des anderen genießen.

„Die Vergangenheit ist Vergangenheit, richtig?“, sagt er dann.

Ich bewege den Kopf zu einem weiteren Nicken. „Ja.“

„Und unser Date läuft gut, oder?“

Auch diesmal ist mein Lächeln authentisch. „In der Tat, das tut es.“

„Gut. Dann möchte ich dir gerne sagen, dass ich mir mehr zwischen uns vorstellen kann.“

Als ich Oliver dies sagen höre, werde ich stutzig und muss das erst einmal sacken lassen. Ich kenne ihn ja und weiß, wie selbstbewusst und direkt er ist, aber mit einer solchen Aussage habe ich dann doch nicht gerechnet. Nicht so klar. Und vor allem ... nicht so früh.

„Was sagst du dazu, Lorraine?“, hakt er nach, weil ich noch nicht wirklich auf seine Worte reagiert habe.

Nun bin ich diejenige, die ernster wird. „Oliver.“

„Oh-oh“, macht er und lacht verunsichert.

Fast schon verlegen winke ich ab. „Das soll keine Abfuhr werden. Aber auch keine Zusage. Jedenfalls noch nicht. Verstehst du?“

„Nicht ganz.“ Er macht eine auffordernde Kopfbewegung. „Magst du es mir erläutern?“

„Nun ja.“ Ich atme durch. „Wie viel weißt du darüber, dass ich damals in dich verknallt war?“

Für ein paar Sekunden erstarrt sein muskulöser Körper förmlich zu Eis. „Du meinst … so richtig?“

„Du warst mein Jugendschwarm“, verrate ich ihm. „Hast du das nie mitbekommen?“

„Nein. Irgendwie nicht. Tut mir leid. Oh Mann, das ärgert mich jetzt aber!“

Daraufhin widme ich ihm einen warmen Blick. „Schon gut. Wie war das gerade? Vergangen ist vergangen.“

„Trifft das auch auf deine Gefühle für mich zu?“, fragt er. „Sind sie vergangen?“

Das ist eine verdammt gute Frage, sodass ich mir ein weiteres Mal etwas Zeit nehme, um in mich hineinzuhorchen, bevor ich sie beantworte. „Ich mag dich nach wie vor und du bist mir immer noch sehr sympathisch, Oliver. Aber wenn ich ehrlich sein soll, ist da kein Knistern mehr. Die tieferen, romantischen Gefühle sind weg. Oder vielleicht war es damals auch einfach nur körperliche Anziehung? Schwärmerei? Ich kann es dir nicht genau sagen. Auf jeden Fall fühlt es sich für mich jetzt so an, als würde ich mich mit einem langjährigen Kumpel unterhalten.“

Auch er wartet etwas ab und legt sich anscheinend im Kopf seine Reaktion zurecht, will, dass sie wohlüberlegt ist. Zunächst sieht er enttäuscht aus, doch dann zieht er die Mundwinkel wieder etwas höher. „Danke, dass du ehrlich zu mir bist. Ich bin schon immer ein Fan davon gewesen, offen über alles zu sprechen.“

„Ich weiß“, erwidere ich freundlich.

Dann seufzt er. „Als eine Art Kumpel habe ich dich damals

ja gesehen. Ich schätze, da geschieht es mir nur recht, dass du nun so über mich denkst."

„Das ist irgendwie komisch, oder?", überlege ich laut. „Es ist, als hätten wir die Rollen getauscht." Schon frage ich mich, ob wir uns dann besser nicht mehr treffen sollten.

„Das muss nicht komisch werden", widerspricht er. „Und bei diesem Rollentausch muss es auch nicht bleiben."

Neugierig sehe ich ihn an. „Nein?"

Mehr und mehr findet Oliver zu seiner ausgelassenen Art zurück. „Wir sind inzwischen beide erwachsen geworden, Lorraine. Ich denke, es ist nur fair, wenn wir uns etwas Zeit nehmen, um uns neu kennenzulernen. Dann können wir mit Sicherheit sagen, ob da mehr zwischen uns sein kann oder nicht. Was sagst du?"

Ein weiteres Mal erwische ich mich selbst dabei, wie ich mich in mich zurückziehe und überlegen muss. Er könnte recht haben. Nach nur einem Date kann ich noch nicht zwingend wissen, ob meine Gefühle von damals nicht doch wieder neu entfacht werden können.

Als Corey mich gefragt hat, ob wir die Wohnung gemeinsam kaufen wollen, habe ich auch etwas Bedenkzeit gebraucht und mir die Möglichkeit offengehalten, dass wir dem Vorbesitzer doch noch absagen können bevor wir unterschreiben. Trotzdem – oder gerade deswegen – habe ich am Ende fest zugesagt und bereue die Entscheidung bisher keineswegs.

Es muss also nichts heißen, dass ich Oliver nicht sofort eine klare Antwort geben kann. Wenn wir uns weiterhin treffen, werde ich irgendwann einfach wissen, ob die romantischen Gefühle für ihn noch in mir schlummern. Verlieren kann ich dadurch nichts. Ich riskiere eher, dass ich etwas Wunderbares verpasse, wenn ich es nicht auf einen Versuch ankommen lasse. Stimmt's?

„Hey", bricht Oliver das aufgekommene Schweigen. Sein Lächeln wird breiter. „Eins solltest du noch wissen, bevor du mir antwortest."

„Okay, und was?"

„Sollte aus uns kein Paar werden, aus welchen Gründen auch immer – dann soll das unsere Freundschaft nicht kaputtmachen. Und schon gar nicht wird sich das irgendwie auf William auswirken. Wir sind beide reif genug, um uns das gegenseitig versprechen zu können. Haben wir also einen Deal?" Über dem Tisch reicht er mir seine kräftige Hand.

Ich muss schon zugeben, er ist wirklich erwachsen. Das gefällt mir. Sehr sogar.

„Den haben wir", lasse ich ihn lächelnd wissen und erwidere die Geste, sodass wir uns die Hand darauf geben.

Olivers Finger fühlen sich warm an, als sie meine berühren. Er erlaubt sich, mich mit dem Daumen zu streicheln, ehe wir den Handschlag auflösen. Unangenehm ist mir das nicht. Ich mag es, dass er selbstbewusst ist, ohne dabei ins Arrogante oder Forsche abzurutschen.

Also bestellen wir uns noch einen Nachtisch, den wir uns teilen. Das restliche Date verspricht überaus harmonisch zu werden. Nicht zuletzt, weil fürs Erste alles zwischen uns gesagt ist und es keinen Druck geben wird.

„Na gut, du bist wieder dran", fordert er mich auf und

schmunzelt. „Welche Geschichte hast du noch auf Lager, bei der ich raten darf, ob du zu dem Zeitpunkt ein Kind oder alkoholisiert gewesen bist?“

Ich lache. „Okay, pass auf.“ Dann atme ich ein und fange an, die nächste Anekdote zu erzählen.

***

Als ich zwei Wochen später abends in die Wohnung komme, ist Corey gerade auf dem Laufband und absolviert offensichtlich noch ein letztes Ausdauertraining, bevor der Tag endet.

„Oh, hey“, begrüße ich ihn, denn wir haben uns in den letzten Tagen kaum zu Gesicht bekommen. „Lebst du auch noch?“ Ich zwinkere.

Grinsend trabt er auf dem Laufband weiter. „Das Gleiche wollte ich gerade zu dir sagen. Aber gut zu wissen, dass unsere Wohngemeinschaft noch besteht.“

Seufzend lege ich meine Sporttasche sowie den Schlüsselbund ab. „Ich freue mich eigentlich schon länger darauf, dass wir mal wieder zusammen kochen.“

„Oder dass wir uns gegenseitig bei unseren Spielen anfeuern“, fügt er an, ohne dadurch beim Joggen außer Atem zu kommen.

„Ja. Aber irgendwie kommt immer etwas dazwischen.“ Ich komme näher zu ihm. „Nicht einmal gemeinsame Trainingseinheiten schaffen wir momentan zu Hause. Meine Mannschaft steckt nun mitten in den Ligaspielen – jede Woche haben wir zwei Matches. Dazwischen gibt es tagsüber so intensive Workouts, dass ich abends zu kaputt bin und es auch einfach unvernünftig wäre. Der Körper braucht ja auch mal Ruhe."

Corey winkt ab. „Mir geht es momentan genauso, also mach dir keinen Kopf. Wir haben beide Verständnis dafür, richtig? Deswegen ist unsere WG weiterhin eine prima Idee. Sicherlich kommen auch mal wieder andere Zeiten. Nach der Saison."

Lächelnd nicke ich. „Das denke ich auch. Außerdem: Wie wäre es mit morgen Abend? Da komme ich früher nach Hause. Wollen wir dann zusammen kochen?"

Er drückt auf den Knopf, der das Laufband allmählich zum Stehen bringt, und schnauft durch, ehe er vom Gerät steigt. „Schöne Idee, aber das geht bei mir leider nicht – morgen bin ich nach dem Training schon verabredet."

Sofort habe ich eine Ahnung, wen er damit meint. „Mit Cynthia?"

Nickend trocknet er sich den Schweiß mit einem Handtuch von der Stirn und vom Nacken. „Ja, genau."

Etwas liegt in der Luft, als wir uns daraufhin schweigend ansehen. Ich kann nur nicht sagen, was es ist.

Mir kommen einige Fragen in den Kopf, die ich ihm nun gerne stellen würde. Darüber, wie es zwischen den beiden läuft. Doch der Anstand verbietet mir, sie laut auszusprechen. Oder meine Angst davor, dass mir die Antwort nicht gefallen könnte.

Was hat das zu bedeuten? Traue ich dieser Cynthia etwa

nicht über den Weg, weil sie ihn schon einmal verletzt hat? Meldet sich der Beschützerinstinkt in mir? Es liegt mir allerdings fern, mich da einzumischen. Wie viele Chancen sie noch bekommt, ist allein Coreys Entscheidung. Sollte er zu dem Entschluss kommen, dass sie wieder ein fester Bestandteil seines Lebens sein soll, wird es die richtige Wahl sein und ich werde mich dann gut mit ihr verstehen.

Ist es nicht so?

„Und wann siehst du Oliver wieder?“, höre ich Corey fragen.

Kurz muss ich mich sortieren. „Übermorgen“, antworte ich dann.

„Verstehe. Schön.“

Ein weiteres Mal entsteht eine Stille zwischen uns, die nicht unangenehm ist, mich aber dennoch irritiert.

„Kommt ihr gut miteinander klar?“, würde ich gerne von ihm wissen. Denn vielleicht hat Corey ja Bedenken, was Oliver angeht.

Im ersten Moment sieht er mich an, als wüsste er nicht, was er von diesem Gesprächsthema halten soll. „Ja“, sagt er dann aber. „Sehr gut sogar. Er ist echt nett und ... unkompliziert.“

Ich lächle. „Ich weiß, was du meinst.“

Verhalten erwidert er das Lächeln. „Ich gehe dann mal duschen, okay?“

„Ja, natürlich“, entgegne ich etwas perplex und sehe ihm hinterher, als er ins Badezimmer verschwindet.

Vielleicht habe ich mir gerade nur eingebildet, dass unsere Unterhaltung etwas steif war. Sonst verstehen wir uns doch auch immer super – warum sollte das auf einmal anders sein? Wahrscheinlich sind wir beide nur etwas müde von den durchgetakteten Tagen zurzeit. Ja, das ist alles. Es hat auch nichts mit Cynthia oder Oliver zu tun.

Es freut mich, wenn Oliver und Corey sich blendend verstehen. Das bedeutet, dass Corey sich bei den *Lizards* gut einlebt. Außerdem hat Corey dann wirklich nichts dagegen, sollte er Oliver in Zukunft regelmäßig hier zu Hause antreffen. Als mein Date.

Was *meine* Mannschaft angeht, fühle ich mich dort erst recht gut aufgehoben. Alles entwickelt sich also prima, könnte man sagen.

9. Kapitel

~ *Corey* ~

Wie auch bei den ersten beiden Ligaspielen, die wir zu bestreiten hatten, wird gleich *God save the King* gespielt, wenn wir der gegnerischen Mannschaft gegenüberstehen. Dieses Ritual wird sich als fester Bestandteil durch alle Matches ziehen, die wir im Laufe der Saison haben werden. Allerdings wäre es zur Abwechslung mal ganz nett, wenn wir heute gewinnen könnten. Die bisherigen zwei Spiele konnten wir nämlich leider nicht für uns entscheiden. Zu oft haben wir uns auf dem Spielfeld missverstanden, haben Pässe versaut, uns falsch abgesprochen, sind mit den Spielzügen durcheinandergekommen.

Ob das diesmal gegen die Birmingham Badgers anders sein wird?

Die Sitzreihen sind jedenfalls mehr von deren Teamfarben Rot-Weiß geprägt als von unserem Weiß-Blau. Das war zu erwarten, schließlich existieren die Badgers schon länger und hatten mehr Zeit, um sich eine Fangemeinde aufzubauen. Aber ist das gleichzeitig auch ein schlechtes Omen für uns – aufs Neue?

„Also“, leitet Coach Caldwell seine diesmalige Ansprache an uns ein, bevor er uns aufs Feld schicken wird. „Hoffen wir, dass der heutige Freitag kein Unglückstag für uns wird, sondern wir endlich zeigen können, was wir draufhaben. Aus talentierten Einzelkämpfern muss ein funktionierendes Team werden, versteht ihr, Jungs?“

Einige von uns nicken stumm.

„Ich weiß, das klingt banal. Aber die ersten zwei Spiele haben ja gezeigt, dass das gar nicht so leicht ist. Doch es ist machbar, und ich glaube an euch. Denkt an das, was wir in den letzten Tagen besprochen haben.“ Er streckt den Arm in die Mitte unserer Runde aus, woraufhin wir es ihm gleichtun. „Go, *Lizards*! Never give up!“

„Never give up!“, wiederholen wir Spieler mit kräftiger Stimme.

Dann ist es so weit. Nachdem die Nationalhymne gespielt wurde, stellen wir uns für den ersten offensiven Spielzug auf. Von jetzt an existiert jegliches Zeitgefühl für mich nicht mehr, denn nun bin ich voll in meinem Element und konzentriere mich komplett aufs Hier und Jetzt. Für die nächsten zweimal vierzig Minuten funktioniere ich nur noch als Flügelstürmer meiner Mannschaft.

Zwei Dinge haben mich schon immer an Rugby mehr gereizt als an Football. Nicht etwa, dass man ohne Helm und so weiter auskommen muss. Auch wenn das natürlich eine zusätzliche Herausforderung darstellt. Aber was mich an dieser Sportart ganz besonders packt, sind zwei Tatsachen:

Erstens passiert beim Rugby alles ganz besonders schnell, weswegen es taktisch überaus anspruchsvoll ist. Als Stürmer ist es meine Aufgabe, mir den Ball zu erkämpfen beziehungsweise ihn zu verteidigen, um ihn dann an die diagonal hinten positionierten Backs abzuspielen. Schnelligkeit, Zielstrebigkeit, Entschlossenheit, korrekte Voraussagen, ein gutes Teamplay und weitere Talente sind nötig, um das Ei durch die gegnerische Linie zu tragen und hinter der Mallinie abzulegen, ohne dass der Feind einen daran hindert.

Zweitens ist das Punktesystem relativ komplex, wenn man es mal mit anderen Ball-Mannschafts-Sportarten vergleicht. Wurde der Ball hinter der Mallinie abgelegt? Oder danach zwischen die beiden Malstangen oberhalb der Querstange geschossen? Hat man einen Drop-Kick geschafft, also den Ball während des Spiels zwischen die beiden Malstangen über die Querstange geschossen? Oder handelt es sich um einen Straftritt, der in einem Drop-Kick mündet? Für jeden dieser Fälle gibt es eine bestimmte Anzahl an Punkten.

Langweilig wird es jedenfalls nie. So werden die Zuschauer zu jeder Zeit unterhalten, aber auch wir Spieler kommen nie dazu, Däumchen zu drehen.

Ist ein Spielzug beendet, geht es schnell mit dem nächsten weiter. Gekonnte Pässe, beeindruckende Kicks und spektakuläre Tackles, bei denen der Spieler im Ballbesitz zu Boden geworfen wird, wechseln sich mit weiteren Spielszenen ab.

„Release!“, ruft der Schiedsrichter als Anweisung aufs Feld, damit der Gegner, der mich gerade umgeworfen hat, mich endlich freigibt.

Ich war gerade der Ballträger und bin umgenietet worden. Der Spielzug ist gelaufen, nun soll die Stimmung zwischen uns nicht unnötig hochkochen, bloß weil der gegnerische Spieler mich noch länger gegen den Boden gedrückt hält.

„Move, Twelve! Roll away!“, kommt es als zweiter, mahnender *Communication Tip* vom Referee an den Mann, der eine Zwölf auf seinem Trikot hat.

Widerwillig lässt er von mir ab, richtet sich auf und lässt sich von seinen Fans mit einer entsprechenden Bewegung seiner Arme feiern, sodass im Publikum Jubel ertönt.

Oliver kommt zu mir und reicht mir die Hand, damit ich mich von ihm hochziehen lassen kann. „Na, wie schmeckt das Gras heute für mein Lieblings-Stehaufmännchen?“

Lachend stehe ich mit seiner Hilfe schnell auf und bin wieder auf den Beinen. „Frisch und saftig“, antworte ich genauso lässig, gefolgt von einem: „Danke.“

Wie viele Tackles ich im Laufe des Matches über mich ergehen lassen muss, zähle ich auch heute nicht mit. Ebenso habe ich keinen Überblick darüber, wie viele Tackles und Penaltys die Birmingham Badgers einstecken.

Aber nach zwei zähen Halbzeiten kommt es in der allerletzten Spielminute zu einer entscheidenden Veränderung beim Punktestand, als ich gerade noch rechtzeitig ein Tor machen kann. Die Scoring-Musik ertönt, dann wird der Scorer durchgesagt, nämlich ich. Erst anschließend pfeift der Schiedsrichter das Match ab.

„Gewonnen!“, brüllt Oliver begeistert und stürmt auf mich zu, ohne direkt vor mir ausreichend abzubremsen. Beinahe wirft er mich um.

„Vorsicht“, ermahne ich ihn. „Ich hatte für heute genügend Tackles und weiß keine freie Stelle mehr an mir für einen weiteren blauen Fleck.“ Lachend schließe ich ihn in die Arme und lasse mich von ihm anstecken, wenn es darum geht, einen kleinen Siegestanz mitten auf dem Rasen aufzuführen, den alle Zuschauer sehen können, die live dabei sind oder sich die Fernsehübertragung ansehen.

Weitere unserer Jungs kommen zum gegnerischen Malfeld geeilt und stimmen jubelnd sowie tanzend mit ein. Die Fans, die wir mittlerweile haben, freuen sich mit uns und rasten förmlich aus vor Freude.

„Unser erster Sieg!“, ruft Oliver mir entgegen und strahlt mich an. Dann nimmt er doch glatt mein Gesicht in die Hände und drückt seine Stirn gegen meine. „Du bist echt eine Granate, Corey!“

Ich lege meine Hand auf seinen Arm, „Hey, das waren wir alle zusammen.“

Auch, als ich später verschwitzt, dreckig und überglücklich in der Kabine bin, bekomme ich Lob zu hören: „Corey, du hast heute hervorragende Leistung abgeliefert“, sagt Steve Caldwell zu mir. Eine solche Anerkennung vom Coach vor versammelter Mannschaft tut natürlich gut.

„Danke, aber ohne den Einsatz der anderen wären wir nie so weit gekommen.“ Bei dieser Bemerkung lasse ich den Blick durch die Runde schweifen.

„Es war aber nur ein ganz knapper Sieg“, wirft Craig ein und macht dabei ein ernstes, fast schon verbittertes Gesicht. Energisch pfeffert er dabei sein Trikot von sich, das er sich zuvor ausgezogen hat. „Beinahe hätten wir verloren – mal wieder.“

Der Jubel und das Lachen verstummen. *So eine Spaßbremse!*

„Craig hat recht“, sagt Coach Caldwell nach einigen Wimpernschlägen. „Wir müssen noch besser werden, sonst werden die nächsten Ligaspiele für uns eine Katastrophe.“

„Es gibt mehrere Schwachstellen im Team“, gibt Craig trocken von sich.

Das mag ja stimmen, aber ... muss er das auf diese nüchterne Weise zur Sprache bringen? Ausgerechnet jetzt, wo wir eigentlich den Sieg feiern wollen, wenigstens ein bisschen. Das würde der Moral im Team sicherlich guttun.

„Und jede einzelne davon werden wir in den kommenden Tagen weiter angehen und endgültig aus dem Weg räumen", kontert unser Coach auch diesmal souverän. „Fit seid ihr alle, Jungs. Ab sofort verbringen wir mehr Trainingszeit als bisher damit, die Spielzüge einzustudieren, verstanden?"

Mit einer seltsamen Mischung aus anhaltendem Siegesrausch und Anspannung wegen der bevorstehenden Spiele bejahen mehrere von uns seine Frage, darunter auch Oliver und ich.

„Damit ist es aber noch nicht getan", fährt der Coach fort. „Lasst uns ein paar gemeinsame Aktivitäten außerhalb der Trainingszeiten einplanen, um den Teamspirit zu stärken. Was sagt ihr?"

„Was genau soll das bedeuten?", will Oliver wissen. „Ich bin mir nämlich noch nicht sicher, was ich davon halten soll. Ich bin in meiner Freizeit sehr verplant – das müsst ihr verstehen."

Meint er damit Lorraine?

Steve Caldwell stemmt die Hände in die Hüften. „Für den Anfang dachte ich an ein BBQ in meinem Garten, zu dem ihr auch gerne jemanden mitbringen könnt, wenn ihr wollt." Er grinst.

Da werden Olivers Augen größer. „Dafür habe ich natürlich immer Zeit."

Der Coach lacht. „Das dachte ich mir schon."

„Und ich weiß auch schon genau, wen ich mitbringen werde", sagt Oliver, ohne dabei jemand Bestimmten anzusehen.

Okay, spätestens jetzt denkt er an Lorraine, ist es nicht so?

Das darf mich nicht überraschen.

Aber warum dachte ich auch gerade daran, sie als meine Begleitung mitzunehmen? Weil wir uns in letzter Zeit so wenig gesehen haben? Trotzdem sollte ich doch eigentlich eher Cynthia fragen, wenn überhaupt, oder etwa nicht?

Darüber denke ich auch noch nach, als die anderen längst damit beschäftigt sind, zu besprechen, wer zum BBQ was mitbringt und wann es am besten stattfinden sollte.

Alle, bis auf Craig, denn dieser ist mal wieder der Erste, der die Umkleidekabine verlässt. Ist es ihm dermaßen zuwider, an einer teambildenden Maßnahme teilzunehmen, selbst wenn sie aus einer Grillparty um die Ecke besteht? Oder was zieht ihn heute schon wieder so früh aus dem Gebäude – warten zu Hause tatsächlich besondere Verpflichtungen auf ihn, die keinen Aufschub dulden?

Oh Mann. Ich habe doch beschlossen, dass mir das egal ist!

10. Kapitel

~ Corey ~

„Hey, Jungs, macht mal halb lang, ja?“, ermahnt Coach Caldwell. Er redet aber nicht etwa mit uns Rugby-Spielern, sondern mit seinen zwei Söhnen. Und so wild, wie diese weiter durch den Garten toben, scharf an uns Gästen vorbei, scheinen sie nicht vorzuhaben, auf ihn zu hören. „Dennis! Kevin!“, wird ihr Vater daher nun deutlicher und legt eine strengere Tonlage an den Tag.

Mit einem Mix aus Widerwillen und Ehrfurcht halten der Neun- und der Achtjährige an und schauen zu ihm.

„Schlagt nicht so steile Haken zwischen den Leuten“, fordert er von ihnen. „Sonst knallt ihr noch ungebremst mit einem der *Lizards* zusammen – und glaubt mir, das wollt ihr nicht.“

„Aber ich bin genauso schnell wie Corey Hamilton“, behauptet Dennis und zeigt seine kaum ausgeprägten Waden.

„Und ich bin so stark wie Jay“, kommt es von Kevin, woraufhin er die Arme anspannt und seinen noch nicht wirklich vorhandenen Bizeps präsentiert. „Jay ist der Beste!“

„Nein, Corey ist der Beste“, widerspricht ihm sein Bruder.

„Streitet euch nicht“, sagt Jay und stellt sich dichter neben mich, um grinsend den Arm um mich legen zu können. Er ist nicht nur der Centre, sondern auch der Kapitän unserer Mannschaft und mit seiner Statur definitiv ein Hüne von einem Mann. „Corey und ich können doch beide die Besten sein.“

Ich lache und erwidere die Geste. „Das stimmt." Dann lösen wir unsere Umarmung auf, sodass ich vor Kevin und Dennis in die Hocke gehen kann. „Beim Rugby braucht man beides – schnelle und starke Spieler. Die einen kommen ohne die anderen nicht aus."

Die beiden Kleinen sehen sich euphorisch an, ehe sie die Köpfe wieder in meine Richtung drehen.

„Dann ergänzen wir uns gut", erwidert Dennis, „denn Kevin ist stark und ich bin schnell."

„Genau", stimmt Kevin ihm stolz zu und versucht, Jay nachzuahmen, indem er nun den Arm um seinen Bruder legt, dabei jedoch ins Wanken gerät, als Dennis sich unerwartet bewegt, und das Manöver abbricht.

„Perfekt", sage ich lächelnd. „Dann spielt ihr vielleicht eines Tages sogar in derselben Profi-Mannschaft." Nach diesen Worten erhebe ich mich wieder.

„Für die A-Liga", weiß es Dennis genauer und zeigt sich ein weiteres Mal selbstbewusst.

„Ihr kennt euch ja schon richtig gut aus", stellt Jay fest.

„Sie spielen ja auch schon in der U9-Mannschaft des Vereins", erklärt Coach Caldwell, der bis eben in ein anderes Gespräch verwickelt gewesen ist. Unterdessen zischen seine Söhne wieder los und toben durch den Garten. „Ich wünschte nur, sie würden auf mich so gut hören wie ihr."

„Na ja, Coach", meldet sich Oliver zu Wort und gesellt sich zu uns. „Wir werden dafür bezahlt, gehorsam zu sein. Sobald man das Taschengeld der beiden Racker erhöht, werden sie schlagartig ganz handzahm."

Steve Caldwell lacht auf. „So weit kommt es noch. Meine Ex wird mir etwas erzählen, wenn ich das versuche."

Ich erinnere mich daran, mitbekommen zu haben, dass er sich hat scheiden lassen und mit der Mutter der beiden nur noch Kontakt hat, um abzustimmen, wer sich wann um die gemeinsamen Söhne kümmert. Aber ist das auch der Grund dafür, warum er sich umentschieden hat und wir doch keine Begleitung zum BBQ mitbringen sollten?

„Aber Dennis und Kevin haben viel Potenzial", sagt Jay. „Es muss toll sein, zwei Söhne zu haben, die sich als Kinder schon dermaßen für Rugby begeistern."

„Absolut", antwortet Coach Caldwell. „Manchmal ist ihre Begeisterung allerdings *zu* groß."

„Inwiefern?", will Jay wissen.

Der Coach seufzt. „Ich befürchte, das werdet ihr noch früh genug herausfinden."

„Ich finde es auch cool, die zwei kennenzulernen", sagt Oliver, „aber ich hätte euch allen auch gerne die Person vorgestellt, die ich heute mitbringen wollte."

Ein weiteres Mal geistert der Gedanke durch meinen Kopf, dass er damit Lorraine meinen könnte.

„Das verstehe ich", erwidert Coach Caldwell, „aber mir ist vor einigen Tagen klar geworden, dass eine teambildende Maßnahme am besten funktioniert, wenn wirklich nur das Team anwesend ist." Ein weiteres Mal flitzen Dennis und Kevin ganz eng an uns vorbei, sodass auch ich erstaunt darüber bin, dass sie dabei mit keinem von uns zusammenstoßen. Offenbar ist ihre Koordination bemerkenswert. „Na ja, das Team ... und meine Söhne“, fügt der Coach an. „Tut mir leid. Eigentlich sollten sie heute woanders sein. Aber meiner Ex kam etwas dazwischen, da wollte ich sie nicht hängenlassen.“

Jay prostet ihm zu. „Das macht einen guten Vater aus.“

Ausgelassen unterhalten wir uns weiter. Über Rugby, aber auch über andere Dinge. Wir grillen, lernen uns besser kennen, werfen uns ein paar Pässe zu – natürlich nicht, ohne Dennis und Kevin miteinzubeziehen. Der sonnige Herbsttag, den wir erwischt haben, ist fürs BBQ wie gemacht. Und womöglich hat der Coach recht: Diese gemeinsame Aktivität tut uns gut, gerade weil niemand eine Begleitung mitgebracht hat. So können wir uns ganz auf die Mannschaft konzentrieren, die wir sind. Und ein bisschen auch auf unsere Nachfolger in Form von Dennis und Kevin Caldwell.

„Papa, dürfen wir jetzt auch mal zu den Spielen kommen?“, fragt sein Jüngster ihn irgendwann später während der Grillparty.

„Hm“, gibt ihr Vater zunächst nur brummend von sich.

Auch Dennis macht mit, indem er hinzufügt: „Die Liga hat längst begonnen – wir müssen unsere Kameraden doch anfeuern!“

„Das stimmt“, wirft Oliver ein. „Wir können jeden Cheerleader gebrauchen.“

„Na gut“, sagt der Coach, „wenn ihr in den nächsten Tagen eure Hausaufgaben immer sofort nach der Schule erledigt, nehme ich euch zum nächsten Match mit. Schließlich haben wir als Nächstes wieder ein Heimspiel.“

„Juhu!“, freuen sich beide Söhne.

„Aber nur, wenn eure Mutter das auch erlaubt“, stellt ihr Vater klar. „Und nur, wenn die Hausaufgaben vernünftig gemacht werden. Schludereien zählen nicht.“

Ich muss lächeln, als mir klar wird, wie viel Güte in Steve Caldwells Strenge steckt. Dennis und Kevin können sich glücklich schätzen, ihn als Vater zu haben. Und auch das BBQ war eine schöne Idee von ihm für uns als sein Team. Aber ob dies und die anderen Maßnahmen reichen werden, um uns souverän durch die ganze verbleibende A-Liga zu leiten?

***

Als wir uns am nächsten Freitag in der Kabine des *Parks Stadium* für das heutige Ligaspiel umziehen, stürmen auf einmal Dennis und Kevin in den Raum.

„Corey! Jay!“, rufen sie begeistert und kommen zu uns geeilt.

„Hey, ihr zwei, wie seid ihr denn hier reingekommen?“, frage ich und erwidere ihre Umarmung kurz, ehe ich mich auch schon weiter umziehen muss. „Ich dachte, ihr wartet auf der Bank zusammen mit eurem Vater auf uns.“

„Wie öde“, kommentiert Dennis stöhnend, ehe er wieder grinst. „Wir wollen mit euch aufs Feld gehen!“

„An unserer Seite, bei der Aufstellung für die Nationalhymne?“, fragt Jay.

Er und ich tauschen einen Blick aus.

„Warum eigentlich nicht, oder?", sagt Jay dann.

„Weiß euer Papa denn, dass ihr hier seid?", möchte ich zuerst von Dennis und Kevin wissen.

„Ja", kommt es so schnell, synchron und unschuldig von ihnen, dass das durchaus verdächtig klingt.

Erneut sehen Jay und ich uns an – und müssen grinsen, als wir anscheinend beide zu der Erkenntnis kommen, dass Coach Caldwell die Aktion dennoch schön finden könnte.

„Na gut", lasse ich verlauten und reiche Dennis die Hand.

Das Gleiche macht Jay mit Kevin.

Einige Zeit später pfeift der Schiedsrichter das Spiel an. Die blauen Sitzreihen des Stadions sind gut belegt und die Fans beider Mannschaften scheinen in bester Stimmung zu sein, als es losgeht.

Was folgt, sind zwei Halbzeiten voller Höhepunkte für unsere Mannschaft. Am Ende siegen wir nicht nur knapp, wie beim letzten Mal, sondern sogar deutlich! Der Jubel unter uns sowie unseren Fans ist riesig. Minutenlang lassen wir uns auf dem Feld feiern, ehe wir daran denken, uns in die Umkleide zurückzuziehen. Auch dort geht das Zelebrieren noch weiter.

„Woohoo!", ruft Oliver fröhlich aus und holt sich von jedem einzelnen von uns ein High Five ab, das wir ihm nur zu gerne geben. „Das war ja der absolute Oberhammer!"

„Oberhammer!", wiederholt der kleine Dennis und kommt ebenfalls in die Kabine gerannt – gefolgt von Coach Caldwell, der Kevin auf den Schultern trägt.

„Klasse, Jungs", lobt er uns. „Heute haben wir den Gegner so richtig fertiggemacht. So habe ich mir das vorgestellt."

„Das haben wir deinen Juniors zu verdanken“, sagt Oliver.

Der Coach lacht. „Ja?“

„Na klar“, ist Oliver sich sicher. „Nur weil sie uns aufs Feld begleitet und bei der Nationalhymne so kräftig mitgesungen haben, haben wir haushoch gewonnen. Also bestrafe sie nicht dafür, ja? Und uns bitte auch nicht.“ Er zwinkert.

„Dagegen kann ich jetzt wohl schlecht etwas sagen, nachdem ihr so gut performt habt“, antwortet Steve Caldwell.

Freudig reißen seine Söhne den Mund auf.

„Wir haben euch Glück gebracht?“, fragt Dennis.

„Auf jeden Fall“, bestärkt Oliver ihn weiter in der Annahme und nimmt ihn auf seine Schultern, damit er mit seinem Bruder auf Augenhöhe kommt.

Daraufhin trägt er den Halbstarken triumphierend durch die Kabine, sodass dieser gluckst und kichert.

Oliver könnte einen guten Vater abgeben, kommt es mir auf einmal in den Sinn. *Vielleicht an ... Lorraines Seite.*

Ehe ich weiter darüber nachdenken kann, nimmt mich die Feierlaune der anderen wieder vollkommen ein und ich lasse mich mitreißen, als ein paar Rufe mit dem Wortlaut „Go, *Lizards*! Never give up!“ anstehen.

***

„Daraufhin habe ich dem Kunden erst einmal den Unterschied zwischen Physiotherapeuten, Chiropraktikern und Osteopathen erklärt“, erzählt Cynthia mir gerade, als wir bei unserer nächsten Verabredung zusammen am River Medlock entlang schlendern. Diesmal bin ich nämlich zu ihr nach Manchester gefahren. „Ich glaube aber, er hat das danach immer noch nicht so ganz verstanden.“ Das Lächeln, das sie an den Tag legt, verleiht ihren Worten einen leicht arroganten Beigeschmack.

„War es für ihn denn wichtig, den Unterschied so genau zu kennen?“, frage ich.

„Man sollte eine Möglichkeit dazuzulernen nie ausschlagen, denkst du nicht auch?“

Mein Blick fällt aufs Wasser neben uns. „Kann sein. Wobei ... das kann man so pauschal wohl nicht sagen. Ich denke, es kommt immer auf die aktuelle Situation und die Verfassung an. Wenn man gerade krank ist oder Sorgen hat, muss man sich nicht dazu zwingen, neue Informationen aufzunehmen, oder?“

„Du hast natürlich absolut recht.“ Im Gehen hakt Cynthia sich bei mir ein und schmiegt sich an mich. „Das gefällt mir so an dir, Corey. Du bist reflektiert und empathisch, kannst schnell Verständnis für andere aufbringen. Ja, das hat mir schon immer an dir gefallen.“ Sie bleibt stehen, sodass ich unweigerlich ebenfalls anhalten muss, und sieht mich an. „Unter anderem.“

Gerade hat sie mir ein Kompliment gemacht und dabei angedeutet, dass sie mir noch weitere machen könnte. Dazu präsentiert sie mir jetzt einen Blick, der so tief ist wie ein Ozean.

Und ich? Ich spüre ihre Finger durch den Stoff meiner

Kleidung an meinem Arm – und stelle fest, dass es sich für mich befremdlich anfühlt.

Wir sollten nicht einfach bloß über den Alltag reden oder uns nette Dinge sagen. Wir sollten Klartext sprechen, ist es nicht so? Hier und jetzt.

„Cynthia …“, fange ich an.

Lächelnd geht sie weiter. „Ja?“ Sie will mich mitziehen.

Doch ich bleibe an Ort und Stelle, sodass auch sie wieder anhält.

„Warum möchtest du, dass wir es noch einmal versuchen?“, frage ich.

Irritiert lächelt sie weiter. „Na, warum wohl? Weil ich dich sehr vermisst habe.“

„Wieso genau?“

Stirnrunzelnd blinzelt sie. „Hättest du gerne, dass ich aufzähle, was ich alles an dir vermisse?“

Ich schüttle den Kopf und löse mich aus unserer Berührung. „Ich würde gerne verstehen, wie du dir diesmal sicher sein kannst, dass du es dir nicht erneut anders überlegen wirst.“

Kurz überlegt sie, dann kommt sie näher. „Mir ist einfach klar geworden, wie viel du mir bedeutest und wie sehr ich mir wünsche, eine zweite Chance zu bekommen. Das ist eine tiefe Empfindung, die ich ganz deutlich verspüre. Sehr deutlich, okay? Das kann kein Irrtum sein, Corey. Ich werde es mir nicht noch einmal anders überlegen – versprochen.“

Versprechen sind heilig. Eigentlich. Man sollte sie nicht

leichtfertig von sich geben. Irrt sie sich auch nicht?

„Aber warum ausgerechnet jetzt?“, möchte ich daher wissen, um der Sache auf den Grund zu gehen und neige leicht den Kopf. „Wieso ist dir das nun klar geworden? Weshalb nicht schon, bevor wir uns getrennt haben?“

Ratlos zuckt sie mit den Achseln und lächelt. „Manchmal muss man jemanden erst einmal verlieren, um zu merken, wie wichtig er einem ist.“

Befremdlich. So fühlt sich nun ihre ganze Präsenz für mich an. Denn was auch immer ich gehofft habe, was sie nun sagen würde – das war gerade die falsche Antwort. „So sollte es aber nicht sein. Dass man etwas erst zu schätzen weiß, wenn es nicht mehr da ist, nachdem man es fortgeschickt hat.“ Ich mache eine kurze Sprechpause. „Nein, das sollte nicht nötig sein.“

Verunsichert lächelt sie. „Corey ...“ Als sie ahnt, worauf ich hinauswill, setzt sie ab und schluckt.

„Tut mir leid, Cynthia. Ich weiß es nun mit Sicherheit und möchte ehrlich zu dir sein.“ Ich atme durch. „Ich weiß deine Bemühungen zu schätzen, aber ich sehe keine Möglichkeit, an vergangene Zeiten anzuknüpfen.“

Betroffen starrt sie mich an. Damit scheint sie nicht gerechnet zu haben. Mit so viel Klarheit, so schnell.

„Durch die Trennung haben sich meine Gefühle verändert, und wenn ich in mich hineinhorche, weiß ich, dass sie auch nicht zurückkehren werden“, versuche ich meinen Standpunkt genauer zu erläutern, ohne dass ich die Absicht hege, sie zu verletzen. Wenn sie sich darauf bezieht, was sie in sich spürt, dann darf ich das wohl auch.

Ihre Augen verengen sich. „Auf einmal?“ Vorwurf schwingt in ihren knappen Worten mit.

„Das würde ich so nicht sagen“, verteidige ich mich. „Bei unseren letzten Treffen habe ich wirklich versucht, uns noch eine Chance zu geben. Aber es funktioniert einfach nicht. Keiner von uns beiden kann das erzwingen.“

„Blödsinn“, pfeffert sie mir ungläubig an den Kopf, sodass ich mich im nächsten Moment frage, ob ich mich gerade verhört habe. „Läuft da also doch etwas zwischen dir und deiner Mitbewohnerin?“

Ich zeige mich verständnislos. „Was hat Lorraine denn jetzt damit zu tun?“

„Sag du es mir, Corey“, verlangt Cynthia.

Eindringlich sehe ich ihr in die Augen. „Nein, halte sie da raus.“

„Oh, ich habe da wohl einen wunden Punkt getroffen?“, bohrt sie weiter.

Mein Blick wird noch inständiger. „Nein. Sie hat nichts mit meiner Entscheidung zu tun. Aber ich kann dir einfach nicht mehr vertrauen. Und das liegt allein an den Dingen, die zwischen dir und mir vorgefallen sind.“

„Sie ist sowieso lesbisch, oder?“

Ich stutze und muss mich sortieren. „Wie bitte?“

„Deine Mitbewohnerin. Sie ist doch Fußballerin. Die allermeisten von denen sind homosexuell.“

Entsetzt starre ich sie an und weiß zunächst nicht, was ich dazu sagen soll. Tausend Gedanken jagen mir gleichzeitig durch den Kopf. Aus einem Impuls heraus hätte ich nun fast erwidert, dass Oliver Rogers definitiv eine andere Meinung über Lorraines Sexualität vertritt. Aber dass Lorraine sich mit ihm trifft, geht Cynthia nichts an. Jetzt erst recht nicht, nachdem sie derart respektlos über sie spricht.

„Was weißt du schon über sie?", knurre ich schließlich. „Du kennst sie kein bisschen."

„Dann kläre mich auf, Corey."

„Vergiss es." Ich wende mich ab und setze mich in die Richtung in Bewegung, in der mein Auto steht.

Leider eilt sie mir hinterher und will zu mir aufschließen. „Hey, warte!"

Als Cynthia mich auch noch am Arm berührt, verliere ich insofern ausnahmsweise die Fassung, als ich mich wieder zu ihr umdrehe und meine Augen sie böse anfunkeln. „Herzlichen Glückwunsch zu deinem Schubladendenken. Offensichtlich war es goldrichtig von mir, mich gegen einen zweiten Versuch mit dir zu entscheiden."

Nun ist sie diejenige, die ein fassungsloses Gesicht macht und nicht weiß, was sie noch sagen soll. Wie sehr ich sie offenbar verletzt habe, ist ihr deutlich anzusehen.

Aber ich konnte gerade nicht anders! Was sie gerade über Lorraine gesagt hat, ist nicht in Ordnung. Absolut nicht in Ordnung. Cynthia hat sich meine Entscheidung gegen sie ganz allein eingebrockt. Lorraine mit reinzuziehen, und dann auch noch auf diese Weise, ist das Allerletzte.

Wortlos lasse ich sie stehen, begebe mich zu meinem Wagen und fahre nach Liverpool zurück. Die ganze Fahrt über quälen mich Magenschmerzen, die eindeutig auf psychischen Stress zurückzuführen sind. Auf Unverständnis und Frustration.

Wie konnte ich einst mit so einer Frau überhaupt zusammenkommen? Wie ist es möglich, sich derart in einem Menschen zu täuschen, den man nahe an sich herangelassen hat?

Nun weiß ich wieder, warum ich nicht vorhatte, so eine neue Beziehung einzugehen. Auf einen neuen Versuch ist mir jetzt erst recht die Lust vergangen. Sicherlich ist es das Beste, wenn ich wirklich erst einmal Single bleibe. Für eine ganze Weile. In nächster Zeit schlägt mein Herz allein für die *Lizards*. Darauf sollte ich mich konzentrieren.

11. Kapitel

~ Lorraine ~

Am nächsten Samstagvormittag sitze ich auf dem Sofa und studiere ein paar neue Spielzüge, die unsere Trainerin skizziert hat. Ich dachte ja, ich würde inzwischen so ziemlich alles wissen, was es über Fußballmanöver zu wissen gibt, aber wie es aussieht, gibt es noch so einige Tricks, jemandem dem Ball abzunehmen, die ich noch nicht kenne. Man lernt doch nie aus.

„Hey", begrüßt Corey mich, als er aus seinem Zimmer kommt.

Ich schaue auf und lächle. „Hey, guten Morgen."

In Boxershorts und T-Shirt begibt er sich in Richtung Badezimmer. „Gut geschlafen?"

„Ja, und du?"

„Danke, ich auch."

„Sehr schön", bekommt er noch von mir mit, ehe er im Bad verschwindet.

Schon bin ich wieder in meine Unterlagen vertieft.

„Hast du wirklich gut geschlafen?", fragt Corey, als er zurück in den Wohnbereich kommt.

„Wieso?", lautet meine Gegenfrage und ich sehe ihn verwundert an.

Er kommt näher und deutet mit einer lässigen Handbewegung auf mich. „Na, weil du dir immer noch den Nacken reibst, so wie eben schon."

Erst, als er mich darauf anspricht, merke ich, dass er recht hat. „Oh“, entfährt es mir, während ich die Finger von meinem Nacken löse. Dann strecke und recke ich mich. „Ich war nur gerade in Gedanken vertieft und habe mir neue Spielzüge eingeprägt. Das kennst du ja, stimmt's?“

„Sicher“, antwortet er und begibt sich zur Couch. „Aber du siehst eher verspannt als nur konzentriert aus, kann das sein?“

Anstatt auf diese Frage antworten zu können, muss ich perplex lachen. Plötzlich klettert Corey aufs Sofa und setzt sich direkt hinter mich auf die Lehne. „Was machst du da?“

„Wonach sieht es denn aus?“ Er rutscht von hinten etwas dichter an mich heran, gleichzeitig berührt er mich behutsam an den Schultern und zieht mich vorsichtig in seine Richtung. „Ich massiere dich ein bisschen. Oder möchtest du lieber nicht?“

Lächelnd drehe ich den Kopf etwas zur Seite. „Kommt darauf an. Bist du gut darin?“

„Urteile selbst.“ Kaum hat er das ausgesprochen, spüre ich auch schon seine warmen Hände auf meiner Haut an meinem sensiblen Nacken.

Mit kreisenden und leicht knetenden Bewegungen bearbeitet er meine Verspannungen – zuerst sanft, dann etwas beherzter. Zu keinem Zeitpunkt tun seine Handgriffe weh, obwohl ich selbst merke, wie verhärtet ich in der Nackenpartie bis hin zu den Schultern bin.

„Mmh, tut das gut …“, raune ich, schließe die Augen und entspanne mich immer mehr.

Nun erlaube ich mir, mich ganz darauf zu konzentrieren, wie sich Coreys Berührungen anfühlen und welche Wirkung sie auf mich haben. Dort, wo ich seine fähigen Finger zu spüren bekomme, verschafft er mir eine Erlösung, die nach all der Anspannung der letzten Tage und Wochen wie das Paradies auf Erden für mich ist. Mehr und mehr lasse ich mich fallen und genieße einfach, bleibe im Moment, blende den Alltag aus. Ein seliges Lächeln zaubert sich auf meine Lippen, während ich die Augen geschlossen halte und das Verwöhnprogramm über mich ergehen lasse. Nach wie vor merke ich deutlich, wie entspannend Coreys Massage auf mich wirkt. Gleichzeitig kommt es mir aber auch so vor, als würde meine Haut überall dort, wo er sie berührt, anfangen zu kribbeln.

„Da weiß jemand, was er tut“, gebe ich leise von mir und lege den Kopf etwas zurück.

„Freut mich, dass wir uns auch in diesem Punkt einig sind“, erwidert er verschmitzt.

„Hast du das von Cynthia gelernt?“

Kurz hält er inne, dann macht er weiter. „Wie meinst du das?“

„Na, diese Handgriffe. Sie ist doch Physiotherapeutin, oder?“

„Ja, ist sie.“ Er setzt ab. „Aber nein, ich hatte auf dem College einen Kurs.“

„Ach so.“ Ich öffne die Augen und bin etwas verunsichert, da ich inzwischen das Gefühl habe, dass sich Coreys Art, mich zu massieren, verändert hat. Ein paar Minuten lang geht das noch so weiter. Dann halte ich es nicht mehr aus und breche das aufgekommene Schweigen. „Entschuldige. Habe ich gerade etwas Falsches gesagt?“

„Nein, es ist nur …“ Hörbar atmet er hinter mir durch.

Ich drehe mich so weit zu ihm um und rücke dabei etwas von ihm weg, dass er automatisch mit dem Massieren aufhören muss und wir uns ansehen. „Möchtest du es mir erzählen?“

Mit betrübtem Blick rutscht er von der Rückenlehne herunter, begibt sich mit mir auf Augenhöhe und setzt sich neben mich aufs Sofa. „Cynthia und ich werden uns nicht wiedersehen.“

„Oh. Falls du es mir sagen magst: Was ist passiert?“

Enttäuscht gestikuliert er mit den Händen. „Da ist einfach nichts mehr zwischen uns. Nicht für mich. So plötzlich, wie sie mich verlassen hat, kann ich ihr nicht mehr vertrauen. Ich habe es wirklich versucht, aber … es geht nicht.“

„Ist das alles?“, will ich wissen.

Corey sieht mich an. „Inwiefern?“

„Liebst du sie trotzdem immer noch, sodass es sich lohnen könnte, daran zu arbeiten?“

„Habe ich das überhaupt jemals?“, fragt er zurück.

Dazu sage ich nichts mehr, sondern lasse seine Reaktion auf mich wirken. Es steckt so viel Bedeutung darin. Damit habe ich nicht gerechnet. Festzustellen, dass Cynthia trotz ihrer Annäherungsversuche und der gemeinsamen Vergangenheit nicht die Richtige für ihn ist, muss niederschmetternd für ihn sein. Das bringt ihn in die Situation, sie zurückweisen zu müssen. Aber auch seiner eigenen Hoffnung muss er somit eine Abfuhr erteilen.

Anscheinend hat er sogar schon mit ihr darüber gesprochen und ihr reinen Wein eingeschenkt. Nur so kann ich mir seine Aussage erklären, dass er sie nicht wiedersehen wird. Corey ist nicht der Typ Mann, der so etwas mit einem Anruf oder einer Chatnachricht abwickelt. Das wird er persönlich gemacht haben. Da bin ich mir sicher.

„So viel habe ich für sie aufgegeben …", sagt er leise und starrt gedankenversunken ins Leere. „Ich wäre echt gerne noch länger in Australien geblieben. Eigentlich. Viel länger. Aber ihr zuliebe habe ich bei den *Lizards* unterzeichnet. Und dann, auf einmal … macht sie Schluss. Das kann ich einfach nicht vergessen. Aber nicht, weil ich wütend bin, verstehst du?" Nun sieht er mich wieder an. „Ich glaube, ich habe sie tatsächlich nie wirklich geliebt. Nicht wahrhaftig. Ach, das ist ja jetzt auch egal."

Ich drücke seine Hand kurz. „Ich denke nicht, dass es egal ist. Aber genauso glaube ich, dass du dir diese Frage nicht heute beantworten musst. Irgendwann wird sie für dich geklärt sein."

Verhalten nickt er. „Kann sein, ja."

„Auf jeden Fall bist du dir sicher, dass du keinen neuen Versuch mit ihr starten willst?", vergewissere ich mich bei ihm.

„Ja. Was auch immer das zwischen uns früher war und wie man es definieren würde – es ist Vergangenheit."

„Ich kann dich verstehen", entgegne ich. „Einmal weil meine bisher einzige Beziehung auch sehr plötzlich und enttäuschend geendet hat. Aber auch, weil ich ebenfalls gerne noch länger bei einer meiner alten Mannschaften geblieben wäre. In Deutschland oder in Frankreich – bei beiden Teams hat es mir gut gefallen."

„Aber du bist doch jetzt hier in Liverpool zufrieden, oder?", will Corey wissen. „Meintest du nicht, dass das Frauenfußballteam schon gut aufeinander eingespielt ist und du toll aufgenommen worden bist?"

„Ja, schon, trotzdem bedeutet so ein Umzug auch immer, Abschied zu nehmen. Es gibt Menschen und Dinge, die ich aus den Orten vermisse, die ich kennenlernen durfte. Andererseits bin ich nun nach England zurückgekommen, um meine Familie wieder öfter sehen zu können und um auch endlich in eine bessere Gehaltsklasse zu kommen." Ich seufze. „Ich schätze, alles hat im Leben nie nur Vor- oder Nachteile, sondern immer beides."

„Wem sagst du das ... Aber hey." Er stupst mich mit dem Arm an meinem an. „Solltest du merken, dass dir Frankreich oder Deutschland zu sehr fehlt, kannst du dorthin zurückkehren. Nichts ist verloren. Okay?"

Wir lächeln uns an. „Ja. Und du könntest zurück nach Down Under gehen, solltest du deine alte Mannschaft zu sehr vermissen. Ich bin mir sicher, sie nehmen dich mit Kusshand wieder in ihrer Mitte auf."

„Vielleicht, ja."

Stille kommt auf.

„Dann müssten wir unsere Wohngemeinschaft natürlich auflösen", sage ich schließlich.

„Ja ..."

Ein weiteres Mal werden wir stumm.

Dann lächelt Corey mich aufs Neue zuversichtlich an. „Aber darüber können wir uns immer noch Gedanken machen, wenn es so weit ist.“

Ich erwidere seinen warmen Blick. „Das stimmt.“

„Wenn ich eins von Oliver gelernt habe, dann das“, fügt er an.

Leicht presse ich die Lippen aufeinander. „Ich weiß, was du meinst.“

„Habe *ich* jetzt etwas Falsches gesagt?“, kommt es von Corey.

Ich winke ab. „Nein, also …“ Kurz überlege ich, wie ich es formulieren möchte. „Ich treffe mich weiterhin mit Oliver. Allerdings weiß ich noch nicht, was daraus wird. Er macht mir da aber zum Glück auch keinen Druck, sondern hat Verständnis. Daher können wir das auf uns zukommen lassen.“

„Verstehe. Das klingt doch gut – für den Moment.“

„Genau“, stimme ich zu. Dann bin ich diejenige, die ihn anstupst. „Hach … danke. Das hat gutgetan.“

Stolz grinst er. „Dann sind meine Massagekünste also angenehm?“

Ich lache. „Die auch. Aber ich meinte gerade deine Künste als Zuhörer.“

„Das kann ich nur zurückgeben Lorraine. Es ist schön, jemanden zu haben, mit dem man über alles reden kann. Egal, was gerade ansteht.“

***

Ich bin mir nicht sicher, ob es an dem Gespräch liegt, das Corey und ich auf dem Sofa hatten, aber seitdem verbringen wir deutlich mehr Zeit miteinander, als es davor der Fall gewesen ist. Es ist nicht so, dass wir vorher keine Lust dazu hatten, aber beide haben wir nun mehr Freizeit, die wir nach unserer Laune gestalten können. Diese Zeit hatten wir zuvor darauf verwendet, uns mit Cynthia beziehungsweise Oliver zu treffen. Getrennt voneinander, versteht sich. Für Dates. Aber das ist nun weggefallen. Corey hat Cynthia gesagt, dass es keine neue Chance für sie gibt, und ich habe Oliver um etwas Raum für mich gebeten. Ich glaube, wir ahnen beide, dass damit im Grunde genommen auch meine Entscheidung gefallen ist. Doch noch habe ich den Schritt nicht gewagt, Oliver zu sagen, dass wir nur Freunde sein können. Da ist noch ein kleiner Teil in mir, der sich fragt, ob ich eigentlich immer noch für ihn schwärme und bloß verletzt bin, weil er meine Gefühle nicht auf Anhieb erwidert hat. Jedenfalls treffe ich mich momentan nicht mehr so oft mit ihm, sondern verbringe diese Zeit stattdessen mit Corey. Wir kochen zusammen, genießen gemeinsame Filmmarathons, laden seine oder meine Teamkollegen zu Spieleabenden ein und optimieren gegenseitig unsere Trainingseinheiten, die wir zu Hause absolvieren.

Und nicht nur das.

Das, was sich zwischen uns abspielt, geht noch weiter.

„Autsch", gibt Corey von sich, als ich mich auch heute

Abend um die Verletzungen kümmere, die er sich regelmäßig beim Rugby zuzieht. Als ich dafür sorge, dass das Desinfektionsmittel erneut an seine Wunde kommt, zuckt er leicht zusammen.

„Halt still. Es brennt nun mal kurz, aber es muss sein." Amüsiert sehe ich ihn an. „Muss ich dir als studierten Mediziner tatsächlich solche Dinge erklären?"

„Mein Wissen um die Notwendigkeit einer regelmäßigen Verletzungsbehandlung bedeutet aber nicht, dass sie dadurch schmerzfrei wird", kontert er.

Ich schüttle den Kopf über ihn. „Auf dem Feld ungebremst von einem Schrank von einem Mann umgerannt zu werden, und zwar wieder und wieder – das macht dir nichts aus. Aber wenn ich mit einem sterilen Tupfer deine Haut berühre …"

„Erleide ich Höllenqualen", führt er den Satz neckisch zu Ende. „Tja, denk mal darüber nach, Lorraine."

„Pah", mache ich und gebe die Beleidigte. „Ich bin doch so zärtlich wie immer zu dir."

„Oh ja", raunt er mir entgegen, „dem kann ich nicht widersprechen."

Ich halte inne und sehe ihn an, sodass zwischen uns ein Moment entsteht, der besonders ist. Ich habe das Gefühl, dass die Luft um uns herum zu knistern beginnt. Oder?

Ich rege mich wieder und mache damit weiter, die Wunde zu desinfizieren und zu verbinden. „Du siehst echt ramponiert aus, bedenkt man, dass du bloß ein Trainingsspiel hattest. Wie viele blaue Flecken und Prellungen wirst du wohl beim nächsten Ligaspiel davontragen? Und da sag noch einmal einer, Rugby wäre besser als Fußball."

„Apropos", sagt Corey.

Mit großen Augen sehe ich ihn an. „Wie jetzt? Du gibst mir endlich recht? Fußball ist besser als Rugby?"

„Natürlich nicht", kommt es von ihm wie aus der Pistole geschossen und in selbstgefälligem Ton, ehe er normal weiterspricht: „Phil aus unserer B-Mannschaft hat es letztens ziemlich übel erwischt. Er musste sofort ins Krankenhaus gebracht werden."

„Oh je, das hast du mir ja noch gar nicht erzählt. Geht es ihm gut?"

„Hm?" Corey winkt ab. „Ach so, ja, klar. Phil ist schon wieder zu Hause. Er ist hart im Nehmen – anders überlebst du Rugby nicht lange."

„Genau meine Rede", merke ich an.

„Worauf ich hinauswill", kommt Corey auf sein Anliegen zurück.

„Ja?"

„So etwas könnte mir auch mal passieren. Dass ich im Krankenhaus lande."

„Was wir mal nicht hoffen wollen", entgegne ich.

„Sicher. Aber falls doch … Ist es okay, wenn ich dich dafür als meinen Notfallkontakt angebe?"

Beinahe lasse ich den Verband fallen, den ich in der Hand halte. Wie gebannt sehe ich ihn an. Dann lächle ich. „Nur, wenn ich dich auch als meinen eintragen darf."

So vertraut geht es mit uns auch in den darauffolgenden Tagen weiter. Ich verarzte seine Verletzungen, Corey massiert meine Verspannungen weg. Wir haben uns gegenseitig als Notfallkontakt eingetragen, um vorbereitet zu sein, und sind über jeden Tag froh, an dem wir davon keinen Gebrauch machen müssen. Als Corey überlegt, sich ein Auto anzuschaffen, schlage ich vor, dass wir es damit wie mit der Wohnung handhaben und es gemeinschaftlich nutzen. Zwei Autos lohnen sich einfach nicht, finde ich, und Corey stimmt mir darin schnell zu. Zunächst planen wir, uns die Anschaffungskosten für das Auto zu teilen, aber dann verliebe ich mich in ein Motorrad im 1950er-Jahre-Stil. Als Corey und ich feststellen, dass wir beide einen Führerschein für solche Bikes haben, erweisen wir uns ein weiteres Mal als entscheidungsfreudig: Er kauft das Auto, ich kaufe das Motorrad – jeder von uns kann beides nutzen. Die Absprache dafür klappt prima, ebenso wie für die Einkäufe und das abendliche Kochen, das wir nun wieder sehr regelmäßig veranstalten. Nach einiger Zeit gehen wir auch nicht mehr abwechselnd einkaufen, sondern Seite an Seite. Nicht nur für Lebensmittel, sondern auch für neue Möbelstücke, die die Wohnung zieren sollen. Vor dem Schlafengehen trainieren wir zusammen noch ein bisschen im Fitnessbereich.

Ehe ich mich versehe, ist es für mich sogar selbstverständlich geworden, dass Corey mich beim gemeinsamen Bummeln durch die Einkaufspassage fragt, welche Boxershorts-Marke mir besser gefällt und er sich holen soll. Diese Szene spielt sich mit einer solchen Selbstverständlichkeit zwischen uns ab, dass mir spätestens in dem Augenblick etwas klar wird:

Meine Schwärmerei für Oliver liegt endgültig hinter mir,

was ich ihm heute noch sagen sollte. Am besten persönlich. Ob er sich danach noch eine Freundschaft vorstellen kann, wird sich zeigen.

Aber das ist noch nicht alles.

Ich fühle mich zu Corey hingezogen. Sehr sogar. Womöglich ist das von Anfang an der Fall gewesen, und jetzt lasse ich zu, dass diese Tatsache in mein Bewusstsein vordringt.

Denn noch immer prickelt meine Haut, wenn ich an die letzte oder vorletzte Massage denke, die er mir gegeben hat.

Doch ...

Wie steht Corey dazu?

Bin ich auch für ihn – so wie für Oliver damals, als ich für ihn tiefere Gefühle hatte – bloß ein guter Kumpel?

Schließlich sagte Corey neulich zu mir: *Es ist schön, jemandem zu haben, mit dem man über alles reden kann. Egal, was gerade ansteht.*

Das klang nach Beständigkeit. Aber vielleicht nach freundschaftlicher Beständigkeit.

Spiele ich mit dem Feuer und setze unsere harmonische Wohngemeinschaft aufs Spiel, wenn ich ihn wissen lasse, dass ich mich danach sehne, noch viel öfter von ihm berührt zu werden?

12. Kapitel

~ Corey ~

„Dann solltest du regelmäßig Gemüse essen“, sagt Jay zu Kevin, nachdem die beiden Söhne unseres Coaches mal wieder vor einem Ligaspiel in Schuluniform zu uns in die Kabine gekommen sind.

Mittlerweile ist es zur Tradition geworden, dass die Jungs Freitagnachmittag ihren Vater begleiten, um uns vor dem nächsten wichtigen Match moralisch zu unterstützen. Für mich und die anderen gehören sie mit ihrer positiven Energie schon zu den Ritualen des Aufwärmens dazu.

„Aber Gemüse schmeckt nicht so gut wie Pommes“, widerspricht der Kleine.

„Oh doch, sogar besser“, sagt Jay. „Außerdem macht es dich stark, verstehst du?“ Er spannt die Armmuskeln an und lässt Kevin sie ertasten.

„Wow“, macht der Junge. „Hast du diese Arme echt vom Gemüse bekommen?“

Jay grinst. „Mit Gemüse und dem richtigen Training.“

„Und was muss ich essen, um schneller zu werden?“, will Dennis von mir wissen.

Ich hole Luft, um ihm etwas zu antworten, werde jedoch davon abgehalten, als Coach Caldwell in die Umkleidekabine gestampft kommt, einen finsteren Blick an den Tag legt und eine kleine, aufgerissene Packung in der Hand hält. „Juckreiz, wirklich? Das kann doch nicht euer Ernst sein!“

Ertappt saugen Dennis und Kevin Luft ein und blicken

erschrocken drein.

„Was habt ihr euch nur dabei gedacht?“, will ihr Vater wissen und hält die benutzte Packung höher. „Das hier hat eure Mutter in euren Hosentaschen gefunden. Habt ihr dazu irgendetwas zu sagen?“

„Juckreiz?“, wiederholt Oliver interessiert. „Habt ihr damit etwa eure Schulkameraden geärgert, Jungs?“

„Die nicht“, brummt Coach Caldwell.

„Sondern?“, hake ich nach.

„Sagen wir es mal so: Jetzt weiß ich, warum eure Gegner letzte Woche bei einigen ihrer Spielzüge so komische Bewegungen gemacht haben.“

Jay und ich reißen den Mund auf.

„Das war also kein krankes Ablenkungsmanöver, sondern ...“, gibt Jay von sich.

„Ihr wart das?“, frage ich mit Blick zu Dennis und Kevin.

„Stark!“ Begeistert hält Oliver den beiden die Hand für ein High Five hin. Als er jedoch Coach Caldwells düstere Miene bemerkt, zieht er die Hand zurück und macht eine entschuldigende Geste, deren Aufrichtigkeit zu bezweifeln ist. Vermutlich hat er selbst gerne Streiche gespielt, als er noch ein Junge war.

„Das nennt sich unerlaubte Beeinflussung“, tadelt der Coach seine Söhne im strengen Ton weiter. „Dafür könntet ihr großen Ärger bekommen.“

„Den bekommen wir doch gerade schon“, traut sich Dennis nörgelnd zu sagen.

„Aber nur von mir – stellt euch mal vor, der Rugby-Verband kommt dahinter. Das könnte schlimme Konsequenzen haben, und zwar nicht nur für euch und mich, sondern für die gesamte Mannschaft."

„Tut uns leid", murmelt Kevin mit gesenktem Kopf. „Wir wollten doch nur die *Lizards* unterstützen."

„Das könnt ihr ja gerne machen, weswegen ich euch erlaubt habe, den Jungs Freundschaftsarmbänder als Glücksbringer zu schenken. Und auch, als ihr ihnen Traubenzucker als Energielieferant in die Kabine gebracht habt, war das in Ordnung." Coach Caldwell seufzt. „Kritisch wurde es, als ihr ihnen vorletzte Woche ein Schwein mitgebracht habt."

„Aber Schweine bringen auch Glück", rechtfertigt Dennis die Aktion.

„Mag sein." Sein Dad fasst sich an die Schläfe, die zu pochen scheint. „Aber ein echtes Schwein in ein Stadion zu schleusen … ich frage mich bis heute, wie ihr das fertiggebracht habt."

„Wir haben unsere Kontakte, Papa", erklärt Kevin.

„Ja, und diese finde ich sehr beeindruckend, allerdings auch überaus besorgniserregend. Als euch das Schwein ausgebüxt und es quiekend durch die Gänge gerannt ist, war das nicht so lustig."

Als ich daran erinnert werde, kann ich mir ein Grinsen nicht verkneifen. Natürlich haben spätestens am darauffolgenden Tag sämtliche Medien darüber berichtet. Längst gibt es im Internet die kreativsten Verschwörungstheorien darüber, was das Schwein im Stadion zu suchen hatte. Einige Online-Zeitungen haben den unbekannten Drahtziehern – also Dennis und Kevin – Tierquälerei vorgeworfen. Bedenkt man allerdings, mit welcher Hingabe sich das Schwein über das Toastbrot am Essensverkaufsstand hergemacht hat, stelle ich zumindest diesen Vorwurf infrage.

„Aber die *Lizards* haben an dem Tag gewonnen", hat Dennis auch dafür einen Konter parat. „Dank unseres Glücksschweins."

„Außerdem kann uns das mit dem Juckreizpulver jetzt niemand mehr nachweisen", fügt Kevin mit ebenfalls erstaunlichem Selbstbewusstsein an. „Das gegnerische Team ist für seine unfairen Fouls bekannt, wovon wir sie irgendwie abhalten mussten – selbst schuld."

„Wie gesagt …", murmelt Coach Caldwell kopfschüttelnd. „Überaus besorgniserregend."

„Ach, sie meinten es nur gut, nicht wahr?", verteidigt Oliver sie und wuschelt Kevin durchs Haar.

Doch ihr Vater bleibt ernst und schmeißt dabei die Packung mit dem Pulver in den Mülleimer. „Trotzdem. Gewisse Grenzen dürfen nicht überschritten werden. Haben wir uns verstanden, Jungs?"

„Aber – Dad …" Da fangen Dennis' Lippen an zu zittern. „Wir wollten doch nur helfen …"

„Nicht auf diese Art, mein Sohn." Der Coach verschränkt die Arme vor dem Oberkörper. „Sonst dürft ihr nicht mehr mitkommen. Also. Haben wir uns verstanden?"

Kevin kommen die Tränen.

Also begebe ich mich zu ihm und sage: „Wisst ihr, was? Es

hat mir neulich total geholfen, als ihr mit uns aufs Feld gegangen und die Nationalhymne mitgesungen habt."

Schluchzend wischt Kevin sich die Augen trocken.

Auch Dennis wendet sich mir zu. „Wirklich?"

Bekräftigend nicke ich und lächle. „Absolut. Diese tolle Hilfe von euch könnten Jay und ich heute noch mal gebrauchen. Wäre das okay für euch?"

„Ja!", rufen sie beide freudig aus.

Dankbar sieht der Coach mich an. Gleichzeitig ist ihm die Sorge darüber anzumerken, dass das Juckreizpulver nicht der letzte Streich gewesen sein könnte, den seine Söhne jemandem spielen.

Auf jeden Fall weiß ich nun, was er damit meinte, dass ihre Begeisterung für Rugby manchmal über die Stränge schlägt.

***

„Krass", sage ich, als ich Lorraine zuhöre. „Ist das wirklich so passiert, oder übertreibst du gerade der Dramatik zuliebe?"

Sie lacht. „Ich schwöre! So hat es sich zugetragen. Fünf Muskelpakete von der Security waren nötig, um die beiden voneinander zu trennen. Fünf!"

„Und warum genau hat sich das Maskottchen deiner französischen Mannschaft mit dem Maskottchen des gegnerischen Teams während des laufenden Spiels geprügelt?"

„Dazu gibt es viele Gerüchte, unter anderem, dass der eine herausgefunden haben soll, dass der andere seine Ex datet. Keine Ahnung, ob das stimmt. Vielleicht haben sie das Anfeuern ihrer Mannschaft auch einfach zu ernst genommen an dem Tag."

Ich schmunzle. „Von der Sorte kenne ich auch zwei", sage ich, weil ich dabei an Dennis und Kevin denken muss. „Aber – fünf Sicherheitsmänner waren nötig? Weil die Maskottchen aneinandergeraten sind? Das ist schon heftig."

„Als unser Maskottchen die Maske abgenommen hat, war sein Auge grün und blau. Durch die dicke Maske hindurch muss er mindestens einen ordentlichen Schlag abbekommen haben. Das muss man sich mal vorstellen."

„Alle Achtung", sage ich erstaunt. „Im Rugby kommt es ja öfter mal zu solchen Hahnenkämpfen *off the ball*, also ohne, dass der Ballträger in der Nähe ist. Da werden dann auch irgendwelche hochgeschaukelten Frustrationen ausgetragen, die nichts mit der aktuellen Spielsituation zu tun haben. Aber ein blaues Auge durch die dicke Maskottchen-Maske hindurch – das klingt schon heftig. Dann muss es wirklich um etwas Leidenschaftliches wie die Liebe gegangen sein."

Lorraine seufzt. „Liebe ist die Weisheit des Narren und die Torheit des Weisen."

Wie gebannt sehe ich sie an. „Das hat Samuel Johnson gesagt."

„Ja." Nun macht auch sie ein fasziniertes Gesicht. „Du kennst das Zitat?"

„Na klar", erwidere ich. „Nach William Shakespeare ist Samuel Johnson doch der meistzitierte englische Autor."

„Trotzdem bin ich eine solche Reaktion nicht gewohnt, wenn ich einen seiner Sprüche zum Besten gebe."

„Ich bin ja auch nicht Jedermann", kommentiere ich mit einem frechen Grinsen.

Tief sieht sie mir in die Augen und schenkt mir ihr bezauberndes Lächeln. „Nein, Corey. Das bist du ganz sicher nicht."

„Dann passen wir ja gut zusammen."

Als sie mich das sagen hört, erlebe ich zum ersten Mal, wie sie verlegen den Kopf senkt und meinem Blick einen Moment lang ausweicht. Als sie mich dann wieder ansieht, ist es, als würde sie mir damit einen angenehmen Stromschlag verpassen.

Verdammt …

Es ist nicht das erste Mal, dass ich mit Lorraine den Abend verbringe und wir uns so gut verstehen, dass ich komplett die Zeit vergesse. Es ist auch nicht das erste Mal, dass ich feststelle, wie viel wir gemeinsam haben.

Aber wann genau habe ich eigentlich angefangen, ihr zwischendurch auf den Mund zu sehen und dessen Form zu studieren? Wann kam mir zum ersten Mal beim Massieren ihrer Schultern der Gedanke, dass ich sie auch mal zärtlich streicheln könnte? Und seit wann, verdammt noch mal, bringe ich sie in Verlegenheit?

Ich kann nicht genau sagen, wann es angefangen hat. Das mit uns. Von beiden Seiten aus, wie es scheint. Was mich glücklich macht, aber auch beunruhigt.

Sollten wir die Notbremse ziehen, ehe wir den Pfad der

Freundschaft unwiderruflich verlassen?

Wir haben es beide erst kürzlich erlebt, dass Anziehungskraft vergehen kann. Lorraine hatte diese Erfahrung mit Oliver, und ich hatte sie mit Cynthia.

Was, wenn es zwischen Lorraine und mir auch nicht klappt? Die schöne Freundschaft und die angenehme Wohngemeinschaft wären dann womöglich für immer zerstört.

Vielleicht sollten wir die Notbremse ziehen und die auflodernde Flamme ersticken, bevor es sich für uns auch noch wie selbstverständlich anfühlt, den nächsten Schritt zu gehen.

Wenigstens einer von uns muss eventuell einen Riegel vorschieben, anstatt zuzulassen, dass wir weiterhin mit dem Feuer spielen.

Denn wer weiß, wohin andernfalls die nächste Massage führt?

13. Kapitel

~ Lorraine ~

Mit großen Augen starre ich auf die Nachricht, die Oliver mir geschrieben hat. Es ist nun einige Tage her, dass ich mich mit ihm getroffen und ihm ehrlich gesagt habe, dass ich mir keine Beziehung oder auch Bettgeschichte mit ihm vorstellen kann. Die Enttäuschung stand ihm daraufhin ins Gesicht geschrieben – zum ersten Mal überhaupt habe ich ihn wortkarg und steif erlebt, zumindest für seine Verhältnisse. Als ich ihn dann wissen ließ, dass ich mich freuen würde, wenn wir Freunde bleiben könnten, hat er wiederum um Bedenkzeit gebeten. Das habe ich verstanden. Um das zu respektieren, habe ich mich seitdem nicht mehr bei ihm gemeldet, sondern darauf gewartet, dass er auf mich zugeht und mir seine Entscheidung mitteilt. Auch dass er mich für immer ghosten würde, habe ich für möglich gehalten. Dass er mir niemals wieder schreiben oder mich anrufen würde, einfach weil es auf diese Art für ihn am leichtesten gewesen wäre, meinen Entschluss zu akzeptieren. Das wäre natürlich schade gewesen, und wenn wir uns dann mal bei meinem Bruder wiedergesehen hätten, wäre es wohl komisch geworden.

Aber ...

Was er jetzt stattdessen getan hat ...

Damit hätte ich nie im Leben gerechnet. Seit zehn Minuten frage ich mich, was ich davon halten soll.

Oliver hat mir eine Nachricht geschickt, die da lautet:

Wow. Sexy.

…

Soll das ein plumper Versuch sein, mich doch noch umzustimmen? Dass er mein Nein nicht akzeptieren und so kryptisch werden würde, hätte ich nicht von ihm gedacht. Sollte es so sein, wäre das schon ziemlich enttäuschend.

Nein, es muss etwas anderes dahinterstecken. Ich kann mir das nur so erklären, dass er sich vertan hat. Die Nachricht muss ein Versehen sein. Eigentlich wollte er diese zwei Worte an jemand anderen schicken. An eine andere Frau. Und sei es, um sich von ihr eine Zeit lang ablenken zu lassen. Ach, keine Ahnung. Auf jeden Fall kann die Nachricht unmöglich an mich gerichtet gewesen sein, denn …

Oh. Gerade schickt er mir eine zweite Chatnachricht hinterher:

Was sagt William dazu, dich so zu sehen? Ist es ihm egal?

Mehrmals blinzle ich. Hä?

Anscheinend hat Oliver wirklich mich gemeint. Aber wie kann das sein?

In unserer aktuellen Situation ist es unangebracht, mir zu schreiben, dass ich sexy bin. Was hat ihn nur geritten? Und was hat das Ganze mit meinem ältesten Bruder zu tun? Das ergibt doch überhaupt keinen …

Rhythmisch fängt das Smartphone in meiner Hand zu vibrieren an, als ich plötzlich einen Anruf erhalte. Für den Bruchteil einer Sekunde gehe ich davon aus, dass es Oliver ist, der sich meldet, ehe ich auf dem Display meines Handys lese, dass es Cathy ist.

Meine Schwester und beste Freundin.

„Hey“, nehme ich den Anruf daher entgegen, ohne zu zögern.

„Oh. Mein. Gott.“

Irritiert runzle ich die Stirn. „Wie bitte?“

„Meine Güte, Lorraine, die Bilder sind ja der Hammer geworden. Warum hast du mir nichts davon erzählt?“

„Hm?“, wundere ich mich weiter.

„Stattdessen muss ich im Internet erfahren, dass du jetzt auch als Model Karriere machst.“

Endlich verstehe ich, was sie meint. „Ach so! Du redest von der Werbekampagne für das italienische Modelabel.“

Cathy lacht. „Natürlich, wovon auch sonst? Oder gibt es noch andere Bilder, die ich hätte meinen können?“

„Nein, aber in Italien sind die ersten Fotos schon vor zwei Wochen in Umlauf gegangen – das gehört bei der Marke seit Jahren zum Konzept. Ich hatte nicht mehr auf dem Schirm, dass die neue Kollektion ab heute auch international vorgestellt wird.“ Ich atme durch. „Dann sind die Fotos, auf denen ich die Kleidungsstücke trage und posiere, also ab sofort auf der ganzen Welt für alle sichtbar, ja?“

„So ist es. Inklusive der Fotos, auf denen du nur Unterwäsche trägst.“

Seufzend tigere ich durch die Wohnung, die ich im Moment ganz für mich habe.

„Lass mich raten“, sagt Cathy in die Leitung. „Dir wird gerade klar, dass du es bis zum Ende hinausgezögert hast, Mum und Dad davon zu erzählen. Jetzt könnten sie ebenfalls auf andere Art davon erfahren haben.“

„Ja …“, bestätige ich leidvoll.

„Bestimmt redet ganz Barryvale schon darüber“, mutmaßt Cathy und klingt amüsiert.

„Das ist nicht witzig“, beschwere ich mich bei meiner Schwester über ihren Kommentar. „Selbst wenn Mum und Dad es von mir erfahren hätten, wären sie nicht begeistert.“

„Ach, das ist ihr Problem, nicht deines“, findet sie. „Du wurdest nicht zu dem Job gezwungen, wirst gut dafür bezahlt und musstest nichts Anstößiges tun.“ Sie macht eine kurze Sprechpause. „Richtig?“

„Selbstverständlich. Aber du weißt ja, wie unsere Eltern sind. Es hat schon lange gedauert, bis sie überhaupt akzeptiert haben, dass ich Profi-Fußballerin werden wollte.“

„Aber Berufssportler werden doch regelmäßig für Werbung gebucht. Damit hätten sie rechnen müssen.“

„Ich befürchte, das wird nicht ausreichen, um sie zu besänftigen“, entgegne ich besorgt.

Da höre ich Cathy in die Leitung schnauben. „Besänftigen. Das klingt, als wenn du etwas verbrochen hättest. Ich sag dir jetzt mal etwas, Lorraine: Irgendwann wirst du sterben.“

Ich werde stutzig. „Äh … okay?“

„Was ich damit sagen will, ist: Es ist *dein* Leben, okay? Deines ganz allein, und es währt nicht ewig. Also gestalte es so, wie du möchtest. Niemand anderes hat da mitzumischen. Auch nicht die zwei Menschen, die dir dieses Leben geschenkt haben. Das ist nicht der Sinn vom Kinderkriegen. In Ordnung?“

Ich lächle. „Ja. Danke."

„Im Ernst, Lorraine", redet sie weiter eindringlich auf mich ein. „Entweder akzeptieren sie dich so, wie du bist, oder du hast keine Zeit für sie. Das liegt an ihnen. Aber rede mit ihnen darüber, wenigstens jetzt. Geh auf sie zu, das wäre bestimmt ein netter Zug und beeinflusst ihre Reaktion vielleicht."

„Ja, du hast recht. Ich muss mich diesem Gespräch stellen", gebe ich zu. „Besser spät als nie."

„Mach das. Ich hoffe, dass sie sich für dich freuen können, wie es angebracht wäre. Aber wenn nicht, dann lass dich davon nicht verunsichern. Bleib dir selbst treu, ja? Ich bin immer an deiner Seite, egal, was ist."

Mein Lächeln wird breiter. „Ich weiß. Danke, Cathy. Du bist ein Schatz. Aber erzähl mal. Wie geht es dir – ist deine Migräne weg, die du vorgestern bekommen hast?"

Eine Weile unterhalten wir uns weiter. Dabei wird mir klar, dass ich nun die Bedeutung von Olivers Nachricht verstehe. Sowohl das *Wow* als auch das *Sexy* haben sich auf die Unterwäschefotos bezogen. Ebenso wie seine Frage, ob meinem Bruder das egal ist.

Nun ...

Ist es für William komisch, seine kleine Schwester so zu sehen? Ich glaube, darüber denkt er überhaupt nicht nach.

Aber dass Oliver mir diese Dinge schreibt, nachdem er die Bilder gesehen hat, gibt mir zu denken. Sollte er meine Entscheidung, dass wir nur Freunde sein könnten, nicht akzeptieren ... dann dürften wir gar keinen Kontakt mehr haben. Leider.

Ich fühle mich überfordert und weiß nicht, was ich darauf antworten soll. Mit keiner Silbe möchte ich ihm falsche Hoffnungen machen, gleichzeitig gebe ich die Hoffnung nicht auf, dass wir Freunde bleiben können.

Also handhabe ich es wie bei meinen Eltern: Nachdem ich mein Telefonat mit Cathy beendet habe, schiebe ich die unangenehme Klärung weiterhin vor mir her.

Aber sollte ich Mum und Dad nicht doch endlich mal anrufen?

Gerade, als ich den Kontakt meiner Mutter ausgewählt habe und erneut zögere, wird die Wohnungstür aufgeschlossen. Corey kommt nach Hause und ist vollbeladen mit Einkaufstüten, sodass ich zu ihm eile und ihm zwei der Papiertüten abnehme.

„Huch, was ist das denn alles?“, frage ich ihn und fange sogleich an, in den Tüten zu stöbern.

„Wir müssen heute Abend doch feiern“, gibt er vergnügt von sich und stellt die restlichen Tüten in der Küche ab. „Ich wollte dich überraschen, konnte mich aber nicht entscheiden, also habe ich Zutaten für mehrere Gerichte geholt. Alles, was wir heute nicht schaffen, beim Kochen zu verarbeiten, kommt morgen und übermorgen dran.“ Zufrieden lächelt er über seinen Plan.

„Feiern?“ Neugierig sehe ich ihn an. „Wieso? Wozu darf ich dir gratulieren?“

„Wieso mir?“ Corey lacht. „Wir feiern natürlich den erfolgreichen Start deiner Werbekampagne.“

Oh. Er hat auch schon davon erfahren.

„Das ist nicht *meine* Kampagne …“, entgegne ich und winke ab.

„Alle in der Sportbranche reden darüber“, sagt Corey und ignoriert damit meine Aussage. „Und alle sind begeistert. Sicherlich wirst du viele Folgeaufträge als Model bekommen und kannst dir frei aussuchen, welche du annehmen wirst.“ Fleißig packt er die Tüten aus – unter anderem kommt alkoholfreier Sekt zum Vorschein. „Wenn das kein Grund zum Feiern ist, dann weiß ich auch nicht.“

Nun kann ich nicht mehr anders und strahle vor mich hin. „Na gut, überredet.“ Bestens gelaunt helfe ich ihm beim Auspacken, ehe wir anhand der Zutaten entscheiden, was wir heute gemeinsam kochen.

Beim Zubereiten und anschließenden Essen haben wir ausgelassene Momente zusammen, wie immer. Doch irgendetwas ist heute anders. Es sind diese tiefen Blicke, die Corey mir zuwirft. Oder bilde ich mir nur ein, dass sie intensiver sind als sonst?

Nach dem Essen stehen wir auf, räumen das Geschirr weg und köpfen die Sektflasche. Es war meine Idee, damit bis nach dem Abendessen zu warten, um die Spannung aufs Anstoßen noch etwas hochzuhalten.

„Auf dich“, sagt er und prostet mir mit seinem Sektglas zu, als es nun so weit ist. „Herzlichen Glückwunsch zu dieser gelungenen Kampagne.“

Lächelnd lasse ich mein Glas gegen seines stoßen. „Danke.“

Dann genehmigen wir uns beide den ersten Schluck, während wir uns weiterhin gegenüberstehen.

„Dann hast du sie also schon gesehen?“, frage ich. „Die Fotos. Oder hast du nur mitbekommen, dass darüber geredet wird?“

„Was denkst du denn? Ich habe sie mir natürlich sofort angesehen, als ich davon erfahren habe.“

„Ah.“ Ich trinke den nächsten Schluck. „Verstehe.“

Auch Corey führt sein Glas wieder zu den Lippen. „Ja.“

„Alle?“, will ich es genauer wissen. „Hast du alle gesehen, die zur Kampagne gehören?“

„Ich denke schon.“

„Ja?“, hake ich neugierig nach.

„Wieso?“ Allein mit seinen dunklen Augen strahlt Corey ein verschmitztes Grinsen aus. „Willst du etwa auf bestimmte Fotos hinaus?“

Ich leere mein Glas und stelle es ab. „Vielleicht.“

Er zieht einen Mundwinkel hoch. „Würdest du jetzt gerne von mir hören, wie ich sie finde? Diese ganz bestimmten Fotos.“

Okay. Wir beide wissen ganz genau, dass ich die Aufnahmen meine, auf denen ich nur in Unterwäsche zu sehen bin und viel Haut zeige.

Er hat sie wirklich schon längst gesehen.

Wie es scheint, interessiert mich seine Meinung dazu brennend. Was ich ihm soeben vermittelt habe.

„Ich finde, die Modelle sehen ansprechend aus“, sagt er und stellt sein Glas ebenfalls ab, nachdem es geleert ist.

„Ja?“

Corey nickt. „Sicher. Das ist doch eine hochwertige Marke, die lauter gelungene Kleidungsstücke auf den Markt bringt. Oder siehst du das anders?“

„Nein. Sonst würde ich nicht mit ihnen zusammenarbeiten.“

„Aber?“, fragt er. „Wolltest du gerade lieber etwas anderes von mir hören?“

Ich bekomme warme Wangen. „Wie bitte?“

„Ein paar Worte darüber, wie ich das Model finde, vielleicht?“, raunt er und sieht mir dabei auf die Lippen.

14. Kapitel

~ Lorraine ~

Corey möchte nicht die Unterwäsche kommentieren, sondern mich? Im ersten Moment weiß ich nicht, was ich dazu sagen soll, und sehe ihn einfach nur erwartungsvoll an.

„Nun …“ Er kommt näher und legt den Finger an den Bund meiner Hose. „Vielleicht sollte ich den Anblick vorher noch einmal auf mich wirken lassen, bevor ich meine Meinung äußere.“ Sein Blick fällt auf meinen Bauch, während seine Fingerspitzen durch den Stoff meines Oberteils sinnlich darüberstreichen. „Einfach, um sicherzugehen.“ Er sieht mir wieder in die Augen. „Oder was denkst du?“

Wieder lächle ich. „Leider habe ich heute keine Unterwäsche von dem Label an.“

„Sind dies deine einzigen Bedenken?“, gibt er zurück. „Denn ich dachte, ich würde sowieso lieber *das Model* kommentieren, das auf den Fotos zu sehen ist.“ Er kommt noch näher, lässt seine Finger zwischen meinem Hosenbund und meiner Haut verschwinden.

Mein Herz schlägt schneller und schneller, gleichzeitig verspüre ich keineswegs das Bedürfnis, zurückzuweichen. Dennoch: Was machen wir hier gerade? Und dann auch noch so, als wäre es ganz normal für uns.

„Corey …“

„Ja, Lorraine?“

„Der Sekt ist alkoholfrei, außerdem haben wir ihn eben erst getrunken, und zwar jeder nur ein Glas.“

„Das ist korrekt.“

„Warum sind wir dann jetzt so?“

„Ich denke nicht, dass wir den Sekt dafür verantwortlich machen können – zumal wir doch schon vor Tagen damit angefangen haben, uns näherzukommen. Stimmt‘s?“

Ich nicke und schließe die Augen, genieße es, seinen tollen Geruch einzuatmen, als er nun ganz dicht vor mir steht und seine Finger leicht bewegt, die längst in meiner Hose stecken.

„Sollen wir aufhören?“, höre ich ihn leise fragen. „Noch können wir ...“ Mehr sagt er nicht, sondern bekommt eine schnellere Atmung.

„Ich möchte nicht aufhören“, sage ich leise und voller Verlangen.

„Gott sei Dank.“ Corey sieht mich mit großen Augen an, sein strahlendes Lächeln verzaubert mich. Mein Blick hängt an seinen Lippen, die ich so gerne endlich schmecken möchte. Seine Hand streicht über meine Wange, während sein Gesicht meinem näherkommt. Ich kann sein Aftershave riechen, seinen Atem auf meiner Haut spüren. Sein Mund ist nur noch Millimeter von meinem entfernt, ich schließe langsam erneut die Augen.

Das Nächste, was ich spüre, sind seine weichen Lippen, die sich durch einen sanften Kuss mit meinen vereinen. Dieser erste Kuss ist zunächst zart und leicht, wird dann aber mit jeder Sekunde leidenschaftlicher. Ich drücke mich sehnsüchtig an ihn, seine starke Brust fühlt sich wunderbar an.

Corey vertieft den Kuss und legt die Hände an meinen Rücken. Ein leises Aufstöhnen verlässt meine Lippen, als ich seine Zunge zu spüren bekomme. Sie bittet um Einlass, den ich ihr augenblicklich gewähre. Ich spüre meine Lust ansteigen, mein Atem wird flacher.

Seine Hände wandern von meinem Rücken abwärts zu meinem Hintern, bevor er mich kurzerhand hochhebt und in sein Schlafzimmer trägt. Es ist das erste Mal überhaupt, dass ich es zu so später Stunde betrete. Dort angekommen setzt er mich auf die Bettkante. Corey beginnt, meine Hose zu öffnen und mir das Oberteil über den Kopf zu ziehen. Ich greife nach dem Saum seines Shirts und ziehe es ihm ebenfalls aus.

Als ich nur noch Unterwäsche an mir habe, bedeckt er jeden freigewordenen Zentimeter mit Küssen. „Steht dir gut", brummt er dabei.

Erregt lache ich. „Du hast doch noch gar nicht richtig hingesehen, welche Unterwäsche ich trage."

„Weil es mir egal ist – du siehst in jeder Unterwäsche heiß aus." Er streift die Träger meines BHs ab und öffnet den Verschluss. Schon gleitet der BH zu Boden. Seine Lippen streifen mein Ohr, Gänsehaut jagt mir über den Körper.

Corey küsst sich von meinem Hals abwärts zu meinen Brüsten, verbleibt dort für einen Moment, sodass ich lusterfüllt aufstöhne. Dann küsst er sich seinen Weg weiter nach unten zu meinem Bauch. Mit sicheren Handgriffen streift er mir den Slip ab. Nun sitze ich komplett nackt vor ihm auf der Bettkante und fühle mich wohl dabei, fühle mich begehrt und sehne mich nach seiner Haut an meiner. Er lächelt mich an und küsst sich dann weiter nach unten.

Als seine Lippen über meine empfindlichste Stelle streifen, verlässt ein tiefes Stöhnen meine Kehle. Küssend wandert Corey weiter zu meinem Lustpunkt. Ich lehne mich weiter zurück, um seine heißen und sinnlichen Liebkosungen voll und ganz genießen zu können. Er öffnet den Mund leicht und beginnt, mit seiner warmen, feuchten Zunge an meinem Lustzentrum zu spielen. Von dort aus jagen kleine, angenehme Stromschläge durch meinen gesamten Leib.

Mein Verlangen wird größer und größer, denn Corey weiß genau, was er da mit mir anstellt. Seine Zunge leckt in langen Zügen über meine Weiblichkeit, er verwöhnt mich nach allen Regeln der Kunst. Mein Stöhnen bewirkt, dass seine Bewegungen schneller werden, er drückt seine Zunge zudem fester gegen mich. Wäre ich noch in der Lage, klar zu denken, könnte ich mich nun fragen, ob das gerade wirklich passiert – mit Corey Hamilton, meinem Mitbewohner. Aber in diesem Moment kenne ich nur noch die Lust. Es macht mich wahnsinnig, wie toll es sich anfühlt, mich ihm derart hinzugeben und von ihm auf diese Weise verwöhnt zu werden!

Er umschließt meinen Kitzler mit seinen Lippen, seine Hände wandern zu meinen Brüsten. Seine Finger spielen mit meinen Brustwarzen, die mittlerweile steif nach oben stehen. Ich genieße das sanfte Kneten seiner starken, warmen Hände und lasse mich komplett fallen – nach hinten auf sein weiches Bett, aber auch in jeder anderen nur erdenklichen Hinsicht. Die Welt um uns herum existiert nicht mehr. Abgesehen von uns ist mir alles andere gerade egal. Vollkommen egal.

Dann verlässt seine Zunge meinen sensibelsten Bereich. Corey küsst sich wieder nach oben und verbleibt bei meinen

Brüsten. Er knabbert leicht an meinen Nippeln, saugt daran und lässt seine Zunge darüber schnellen. Was für ein fantastisches Gefühl!

Ich möchte mich erkenntlich zeigen und lasse meine Hände über seinen nackten, muskulösen Oberkörper streifen, hinunter zu seiner Hose. Ich kann die Ausbeulung bereits durch den Stoff spüren, also öffne ich den Knopf schnell. Seine Hose sowie seine Boxershorts gesellen sich zu meinen Klamotten auf den Boden.

Coreys harte Männlichkeit liegt nun in meinen Händen, und ich beginne, sein Glied sanft zu massieren. Ich spüre, wie seine Küsse auf meinem Oberkörper stockender werden. Da es mir sehr gefällt, dass auch ich ihn um den Verstand bringe, kann ich mir ein Schmunzeln nicht verkneifen. Ich drücke ihn sanft von mir weg, sodass er sich neben mich legt, und widme mich seinem besten Stück. Ich streife mit den Fingern sanft auf und ab, sein tiefes Raunen begleitet jede Bewegung von mir. Ich beuge mich über ihn und gebe sanfte, neckische Küsse auf seine Spitze, meine Hände bewegen sich mit etwas festerem Griff weiter.

Als Antwort erhalte ich ein heißes Knurren von ihm, seine Hüften drücken sich leicht nach oben. Ich verstehe sofort, wonach er sich sehnt, zumal auch ich es mir schon vorgestellt habe. Ich beginne, sein komplettes Glied in den Mund zu nehmen. Meine Zunge spielt mit seiner Eichel, meine Lippen fahren auf und ab. Ich kann sein Verlangen deutlich spüren, ein paar Tropfen der Lust breiten sich auf meiner Zunge aus.

Ich verlangsame die Bewegungen und lasse seine Männlichkeit aus meinem Mund gleiten. Ein Blick in sein Gesicht reicht, um zu wissen, dass er komplett in meinem

Bann steht. Mir geht es bei seinem Anblick und den Empfindungen, die er in mir auslöst, nicht anders. Ich lege mich auf ihn und genieße, wie fabelhaft es sich anfühlt, Corey auf diese Weise zu spüren.

Ich greife nach seiner Härte und führe sie an meinen Eingang. Dann lasse ich seine Erregung Stück für Stück in mich eindringen, bis sie komplett in mir versunken ist. Ich stütze mich auf seinem Oberkörper ab, als ich mich auf und ab bewege.

Coreys Hände liegen auf meinen Brüsten, er massiert und knetet sie, während ich ihn in mich stoßen lasse. Meine Lust erreicht ein neues Niveau, ich bewege mich schneller. Er unterstützt mich mit seinen Stößen, indem er seine Hüfte rhythmisch passend nach oben und unten bewegt. Es ist ein Feuerwerk, mit ihm zu verschmelzen!

Gerade, als ich überlege, ob wir die Position wechseln sollten, wird Corey aktiv. Mit einer gekonnten Bewegung umschließt er meine Hüfte, dreht mich auf den Rücken und legt sich auf mich. Glückerfüllt lächle ich, als er auf diese tolle Art über mich herfällt, genau im richtigen Augenblick. Ich genieße vollends und überlasse das Bewegen allein ihm.

Es dauert nicht lange, bis ich spüre, dass sich bei mir der Höhepunkt anbahnt. Seine Atmung wird ebenfalls flacher, seine Stöße etwas schneller. Eine wohlige Wärme flutet meinen Körper Stück für Stück, bis sie zwischen meinen Beinen angekommen ist. Ich spüre, wie sich jeder Muskel in mir anspannt und mein Körper heftig kribbelt. Ich kann nicht anders, als mich mit den Nägeln in seinen Rücken zu krallen. Die Welle des Orgasmus‘ bricht über mich herein, mein Inneres zieht sich zusammen und jagt eine überwältigende

Ekstase durch jede meiner Zellen. Ich stöhne und keuche meine Lust hinaus und spüre, wie auch Corey in mir explodiert. Seine Bewegungen werden stockender, seine Atmung verlässt seinen Mund nur noch stoßweise.

Gemeinsam erleben wir einen intensiven Abschluss, wie ich ihn lange nicht mehr erlebt habe. Dieses wahnsinnige Gefühl legt sich nur langsam, meine Atmung will sich zunächst gar nicht mehr beruhigen.

Verschwitzt und mit einem Lächeln sehen wir uns an, ohne dass ein Wort nötig ist.

Doch als Corey sich behutsam von mir löst, komme ich allmählich wieder in der Realität an.

Was war das denn gerade? So hatten wir den gemeinsamen Abend nicht geplant. Aber ... so guten Sex hatte ich schon lange nicht mehr.

Nur ...

Habe ich soeben wirklich mit meinem Mitbewohner geschlafen?

Anscheinend sind nun doch ein paar Worte nötig. Oder sogar ganz viele.

Als er aus dem Badezimmer wiederkommt, in welches ich mich zuvor zurückziehen durfte, atme ich durch und sehe ihn an. „Corey."

Er hat sich gerade eine frische Boxershorts übergestreift und schaut zu mir auf. „Ja, Lorraine?"

Angespannt deute ich aufs Sofa. „Wollen wir darüber reden?"

Für einen kurzen Moment zögert er und scheint nachzudenken. Dann jedoch nickt er und zeigt sich entschlossen. „Das sollten wir." Er schnappt sich noch ein T-Shirt und setzt sich in Bewegung, sodass ich ihm zur Couch folge und wir darauf Platz nehmen.

Auch ich habe lediglich meinen Pyjama an, was zu dieser Uhrzeit allerdings nicht ungewöhnlich ist. Einzig allein meine zerzausten Haare deuten noch darauf hin, was sich vor einigen Minuten in Coreys Bett zwischen uns abgespielt hat. Noch immer durchflutet eine wohlige Wärme meinen Körper und ich fühle mich glücklich über das, was soeben unverhofft passiert ist. Doch gleichzeitig spüre ich auch Besorgnis in mir aufsteigen.

Auch Corey wirkt nun unruhig. Er springt auf und entfernt sich vom Wohnbereich, allerdings nur, um in die Küche zu verschwinden, um kurz darauf mit zwei Gläsern Wasser wiederzukommen.

„Danke", kommt es von mir, als er mir eines davon reicht. Ich genehmige mir einen kühlenden Schluck und stelle das Glas dann auf dem Couchtisch ab, dabei spüre ich seinen Blick deutlich auf mir.

„Reden wir offen darüber", sagt er. „So, wie wir es immer tun."

„Und wie es jetzt definitiv nötig ist", stimme ich ihm zu.

Er nickt. „Dann fangen wir doch einfach mit den Fakten an."

Ich mache ein fragendes Gesicht.

„Fakt ist", spricht er weiter, „dass wir den Pfad der

Freundschaft verlassen haben."

„Ja. Das, was wir gerade gemacht haben, geht über eine Freundschaft hinaus." Verunsichert lächle ich, ehe ich wieder ernst werde. „Nun gibt es kein Zurück."

Aufmerksam betrachtet Corey mich. „Bereust du es?"

„Nein. Weder hat es sich in dem Moment falsch angefühlt ... noch kommt es mir jetzt im Nachhinein falsch vor."

Ein aufrichtiges Lächeln seinerseits. „Schön. So sehe ich das auch."

„Aber was bedeutet das jetzt für uns?", will ich wissen. „Für unser Zusammenleben und ... einfach alles."

Corey fährt sich mit den Fingern durchs dunkle Haar. „Ich ..." Er bricht ab und setzt neu an. „Für mich ist das auch noch ziemlich überraschend, was wir da gerade zugelassen haben. Ich meine, zugegeben, in den letzten Tagen habe ich es mir das ein oder andere Mal vorgestellt, aber dass es heute wirklich dazu kommen würde ... Für mich ist das genauso unerwartet, wie es wohl auch für dich ist."

„Ich verstehe."

Stille kommt auf.

„Fakt Nummer zwei", bricht Corey irgendwann das Schweigen. „Was da eben passiert ist, hat für mich nichts mit Cynthia zu tun. Dass ich mich gegen sie entschieden habe, hat mich in keinerlei Hinsicht beeinflusst. Ich wollte das mit dir tun, ganz unabhängig davon, dass ich einen Schlussstrich hinter meine letzte Beziehung gezogen habe. Wie ist es bei dir?"

„Ich habe heute auch zu keinem Zeitpunkt an Oliver

gedacht. Oder daran, wie schade es ist, dass es mit ihm nicht geklappt hat. Nicht, dass er mir nun vollkommen egal wäre. Aber ich habe kein Problem damit, Single zu sein, wenn dies für den Moment das Beste ist, um mir selbst treu zu bleiben."

„Schön gesagt", findet Corey. „Dann sind wir uns also auch in diesem Punkt einig. Wir bereuen es beide nicht, und keiner von uns beiden wurde dadurch beeinflusst, dass er sich kürzlich von einer anderen Person zurückgezogen hat."

Ein weiteres Mal atme ich tief durch, in der Hoffnung, dies könnte mir beim Sinnieren helfen. „Vor ein paar Wochen noch hatten wir beide sowieso nicht vor, uns in nächster Zeit auf eine Beziehung einzulassen, oder?"

„Das stimmt. Wir wollten uns auf unsere neuen Teams und die neue Umgebung konzentrieren. Außerdem sind wir beide in der Vergangenheit in Beziehungen enttäuscht worden."

„Aber dann tauchten Verflossene aus der Vergangenheit plötzlich auf", sage ich. „Deine Ex-Freundin und mein Jugendschwarm."

„Tja." Corey drückt die Lippen etwas zusammen. „Manchmal hält das Leben Überraschungen bereit. Aber wir haben uns dazu entschlossen, die Vergangenheit hinter uns zu lassen."

In Gedanken gehe ich einen weiteren Fakt durch: Aktuell leben wir in derselben Stadt, aber da wir beide Berufssportler sind, kann sich das schnell ändern. Sobald unsere Verträge auslaufen, ist es nicht unwahrscheinlich, dass mindestens einer von uns in eine andere Stadt umzieht – womöglich sogar in ein anderes Land. Erneut. Da wir beide diesen Beruf ausüben, wird es nicht so leicht funktionieren, dass einer dem anderen folgt, ihm bedingungslos hinterherzieht. In Anbetracht dieser Tatsache ist es Corey und mir zurzeit wohl sowieso nicht möglich, sich für eine feste Beziehung zu entscheiden. Schon gar nicht, nachdem das mit dem Hinterherziehen für ihn schon einmal total schiefgegangen ist – wegen Cynthia. Auch ich habe durch meine kurze Beziehung mit meinem ehemaligen Co-Trainer gemerkt, dass ich mich keinem Mann sozusagen unterordnen möchte. Müssten Corey und ich uns heute Abend entscheiden, ob wir eine feste Beziehung eingehen, würde unsere Antwort wohl einvernehmlich negativ ausfallen – ganz notgedrungen. Denn in der heutigen schnelllebigen Welt scheint es nicht auszureichen, sich zueinander hingezogen zu fühlen. Dauerhafte geografische Nähe ist ein weiterer Aspekt, der vielen wichtig ist, um als Paar glücklich zu sein. Geografische Beständigkeit ist aber nicht unbedingt das, wofür wir Profisportler bekannt sind. Weder beim Rugby noch im Fußball. Ganz im Gegenteil.

Und was ist, wenn wir uns schon nach einem halben Jahr wieder trennen, und einer von uns diese traumhafte Wohnung aufgeben muss, obwohl wir beide dann noch – wenigstens etwas – länger in Liverpool sein werden?

Andererseits sehnt sich schon jetzt alles in mir danach, die wunderbaren Momente in seinem Schlafzimmer zu wiederholen!

Ich lehne mich leicht in seine Richtung. „Aber müssen wir denn im Moment überhaupt weitere Entscheidungen treffen? Wir haben soeben einiges klargestellt, was unsere Empfindungen betrifft. Reicht das nicht erst einmal?“

„Du meinst, wir sollen es auch in Zukunft einfach genießen

und alles Weitere auf uns zukommen lassen?“, hakt er nach, um sicherzugehen.

Mit einem zuversichtlichen Lächeln nicke ich. „Wenn es uns beiden gut damit geht – warum nicht?“

„Hm“, macht er und lehnt sich zurück. Murmelnd wiederholt er meinen Vorschlag: „Einfach genießen und schauen, was passiert …“

Das scheint ihm zu missfallen, er wirkt, als hätte er Bedenken. Will Corey, dass wir uns hier und jetzt entscheiden, ob wir fest zusammen sind oder aber so tun, als hätten wir nie miteinander geschlafen?

Oder drittens …

Dass wir die WG sogar direkt auflösen, weil das Zusammenleben mit mir für ihn schon jetzt nicht mehr möglich ist?

15. Kapitel

~ Corey ~

Es einfach genießen und schauen, was passiert.

Was soll ich von diesem Vorschlag halten, den Lorraine gerade gemacht hat?

Das würde bedeuten, dass wir das, was sich zwischen uns abspielt, vorerst nicht definieren. Auf unbestimmte Zeit geben wir unserem neuen Zusammenleben keinen Namen. Wir behalten die gemeinsame Wohnung, verarzten und massieren uns weiterhin gegenseitig, lassen auch sonst alles wie gehabt …

Und haben Sex.

Heißen, fantastischen Sex.

Ohne dem Ganzen einen Stempel aufzudrücken. Etwa *Bettgeschichte*, *Freunde mit Vorzügen* oder gar *Beziehung*.

Vielleicht irgendwann mal. Vielleicht auch nie. Genau das würden wir offenhalten.

Geht das? Dürfen wir das? Könnte uns so viel Unbekümmertheit eines Tages um die Ohren fliegen?

„Lorraine …“, sage ich und schaue sie ernst an. Ernst und bedauernd.

Als sie zu merken scheint, dass ich ihren Vorschlag ablehnen will, sieht sie traurig aus. „Oh-oh.“

Das macht etwas mit mir. Ich will eigentlich gar nicht, dass wir die neue Stufe, die wir erklommen haben, wieder verlassen. Dafür hat es sich viel zu gut angefühlt. Es gibt sowieso kein Zurück, oder? Also kann ich es ruhig genießen. Sie und ich, wir sind beide reif und gut darin, offen über alles zu reden. Das sind beste Voraussetzungen für den Vorschlag, den sie unterbreitet hat. Verdammt, ich würde es sowieso nicht aushalten, mich zurückzuhalten. Nicht einmal für einen Tag könnte ich das durchhalten – wem will ich etwas vormachen?

Meine ernste Miene verwandelt sich in ein Lächeln. „Unter einer Bedingung."

„Die da wäre?", fragt sie neugierig.

Zärtlich streiche ich ihr eine verwuschelte Strähne hinters Ohr. „Na ja, wäre es okay für dich, wenn wir anderen noch nicht davon erzählen? Wenn wir nach außen hin einfach Mitbewohner bleiben."

Mit großen Augen sieht sie mich an.

„Ich möchte nur nicht, dass Gerüchte aufgebauscht werden und sich durch die Medien verbreiten. Einige Journalisten kennen keine Grenzen und würden uns dann in Pressekonferenzen fragen, was genau zwischen uns läuft und ..."

Lorraine legt den Finger auf meinen Mund und bringt mich damit zum Schweigen. Auch sie lächelt nun. „Ich verstehe genau, was du meinst. Hättest du es nicht zuerst angesprochen, wäre das mein nächster Punkt gewesen. Es gibt ja so schon genügend Klatsch und Tratsch über unsere Wohngemeinschaft im Internet. Es ist ganz in meinem Sinne, wenn wir kein weiteres Öl ins Feuer gießen."

Wie gebannt betrachte ich sie und stelle einmal mehr fest, dass wir genau auf derselben Wellenlänge sind. Es ist erstaunlich, in wie vielen Punkten wir uns sofort einig sind.

Und so ist es beschlossene Sache: Ab sofort sind Lorraine und ich zwei Menschen, die sich zusammen eine Wohnung gekauft haben und darin gemeinsam leben – und miteinander schlafen. Aber jeder behält sein eigenes Bett, und wir legen nicht fest, was daraus wird.

***

In den kommenden Wochen erlebe ich einen wahren Höhenflug. *Gehen wir zu dir oder zu mir?*, ist der Spruch, der sich zwischen Lorraine und mir einbürgert, wann immer wir heiß aufeinander sind – was verdammt oft vorkommt. Meistens landen wir dann in meinem Bett, schlichtweg weil es größer ist und man sich darin zu zweit besser … austoben kann. Aber auch in ihrem Zimmer und auf dem Sofa erleben wir sinnliche Stunden, die mich umhauen. Im Training und bei den Ligaspielen laufe ich zu meiner Hochform auf, und auch Lorraine erzählt mir davon, dass sie ein neues Leistungsmaximum als Fußballerin erreicht hat. Wann immer ich es zeitlich unterbringen kann, mische ich mich unter die Zuschauer für ihre Spiele und kann mich selbst davon überzeugen. Wie viele Tore sie für ihre Mannschaft erzielt, ist beachtlich. Wann immer wir danach zu Hause übereinander herfallen, raunt sie mir zu, dass sie sich in absoluter Topform fühlt, seit wir die starke Anziehungskraft zwischen uns zulassen, anstatt sie zu unterdrücken. Mir geht es mit ihr ganz genauso. Nicht zuletzt ist Oliver nach dem letzten Spiel aufgefallen, dass ich meine eigenen Rekorde breche. Als er mich gefragt hat, ob es dafür einen bestimmten Grund gibt, habe ich allerdings lieber geschwiegen. Ich bin mir nicht sicher, inwiefern er noch an Lorraine denkt – es liegt mir fern, ihn zu verletzen. Und manchmal, da spielen Lorraine und ich sogar mit dem Feuer. Dann belassen wir es beim Shoppen nicht dabei, Kleidung anzuprobieren, sondern ziehen uns zusammen in die Umkleidekabine zurück und bleiben länger dort, als es angebracht wäre. Zugegeben: die Gefahr, erwischt zu werden, ist in jedem Alter aufregend. Aber natürlich übertreiben wir es damit nicht, denn eigentlich wollen wir ja nicht erwischt werden und haben diesen Katalysator nicht wirklich nötig.

Tage und Wochen vergehen, die Zeit rast regelrecht an mir vorbei, weil es mir so verflucht gut geht. Bis Lorraine und ich eines Abends mal wieder gemeinsam in meinem Kingsize-Bett liegen, eng aneinandergeschmiegt, und uns streicheln.

„Corey“, sagt sie verträumt.

Mit einem seligen Lächeln halte ich die Augen geschlossen und genieße. „Ja?“

„Wir kuscheln.“

Irritiert halte ich inne. „Ja, so nennt man das für gewöhnlich, was wir gerade machen. Und das gehört dazu, oder? Für mich jedenfalls. Für dich etwa nicht?“

„Doch, aber ... wir hatten diesmal vorher gar keinen Sex.“

Schlagartig höre ich vor lauter Überraschung auf, sie zu streicheln, als mir klar wird, dass sie recht hat. Bis eben habe ich gar nicht darüber nachgedacht. Wir hatten einen schönen Filmabend, den wir in Unterwäsche unter eine Decke gekuschelt verbracht haben. Als Lorraine sagte, dass sie müde ist, sind wir beide zusammen in mein Bett gegangen und haben gekuschelt. Einfach so. Ganz automatisch. Ohne dass es um Sex ging.

„Stimmt", fällt mir auch nach einigen Sekunden nur dazu ein, aber immerhin schaffe ich es wieder, sie zu streicheln.

„Als wären wir in einer Beziehung", kommt es gedankenversunken von ihr.

Instinktiv drücke ich sie etwas fester an mich und entgegne das Erste, was mir dazu in den Sinn kommt, ohne es zunächst zu hinterfragen: „Dann sind wir das wohl." Im ersten Moment bin ich selbst erstaunt über meine Worte, doch ich merke, dass sie sich nicht falsch anfühlen.

Hörbar stockt ihr der Atem, dann bewegt sie sich, um mich ansehen zu können.

Ich erwidere ihren Blick mit einem Lächeln. „Siehst du das anders?"

Leicht öffnet sie den Mund, sagt zunächst jedoch nichts. „Ich empfinde auch so, aber ehrlich gesagt …" Sie setzt ab und wirkt besorgt, richtet den Oberkörper auf.

Ich tue es ihr gleich. „Ehrlich gesagt *was*? Du weißt, dass du mit mir über alles reden kannst."

„Wenn das bedeutet, dass wir hier und jetzt Zukunftspläne schmieden müssen …" Mehr sagt sie nicht, sondern wartet meine Reaktion ab.

Kurz lasse ich ihre Bedenken auf mich wirken. „Wir müssen gar nichts", beschließe ich. „Okay?"

Nun findet Lorraine zu ihrem bezaubernden Lächeln zurück. „Okay."

„Außer endlich Sex haben, denn darüber, dass das letzte Mal schon viel zu lange her ist, hast du dich ja gerade beschwert“, füge ich frech an, umklammere sie und ziehe sie zurück in die Waagerechte.

Erregt lacht sie auf und lässt sich mitziehen. Lorraine legt sich auf den Rücken und erlaubt mir mit vorfreudigem Blick, dass ich mich über sie lehne und die Kurve ihres Halses liebkose. Sie regt sich mit einem sinnlichen Schnurren unter mir und lehnt den Kopf auf dem Kissen zurück, sodass ich die Haut von ihrer Schulter bis zu ihrem Ohr küssen kann.

Meine Finger finden ihren Weg zu ihren wohlgeformten Brüsten und massieren sie, necken sie, reizen sie. Meine Hand gleitet zwischen ihren Rücken und die Matratze, und ich schiebe meinen Arm unter sie. Mit der anderen Hand streichle ich die Brustwarze zwischen meinen Fingern, dann gleitet sie streichelnd nach unten zum Rand ihrer Unterwäsche, die diesmal tatsächlich von dem italienischen Modelabel ist. Einen Moment lang spiele ich mit dem feinen Bund ihres Höschens, sodass Lorraine sich ungeduldig räkelt und allein mit ihrem lüsternen Blick nach mehr verlangt. Ich liebe es, wenn sie meinetwegen so ist und ich sie auf eine Weise zu sehen bekomme, wie sie ihren vielen Fans verborgen bleiben wird.

Nun lasse ich meine Hand ein wenig tiefer gleiten, dorthin, wo sich ihre Schamlippen leicht unter dem dünnen Stoff abzeichnen. Gerne würde ich Lorraine noch ein bisschen weiter necken, aber ich halte es selbst nicht mehr aus, also schlüpfen meine Finger unter den Slip zu ihrer empfindlichsten Stelle, die schon erfreulich feucht ist. Es dauert nicht lange, bis ich meine Hand so ausgerichtet habe, dass jede Berührung ein leises Stöhnen bei Lorraine auslöst.

Mit zwei Fingern in ihr verwöhne ich sie, was dazu führt, dass sie die Hüften drängend gegen meine Hand bewegt und ich angesichts ihrer aufflammenden Lust schwerer atme. Ich spüre, wie es um meine Finger pocht, und fühle mich schon allein davon wie von Sinnen. Es gibt kaum etwas Schöneres für mich, als diese wunderbare Frau ekstatisch zu sehen!

Schneller als erwartet zieht Lorraine meine Finger aus sich, aber nur, um daraufhin voller Ungeduld mein Glied zu ihrer Spalte zu führen. Ich spüre ihr erregtes Schnurren an meiner Brust, als ich auf ihr liege und in sie gleite.

Lorraine stöhnt und klammert sich an meinen Rücken, während wir beginnen, uns stärker zu bewegen. Ich beiße leicht in ihre Schulter und muss meine ganze Konzentration aufbringen, um nicht zu früh zu kommen, weil ich mal wieder viel zu scharf auf sie bin. Ein Schauer der Lust durchfährt mich bei dem Gedanken daran, dass es ihr nicht anders zu gehen scheint.

Ich genieße die heißen Geräusche, die sie von sich gibt, und liebe das Gefühl, das ihre Haut eng an meiner erzeugt. Ich halte mich ihr zuliebe so lange zurück, wie ich kann, aber bald darauf ist es ein verlorener Kampf. Meine Stöße werden ganz automatisch heftiger, ich kann gar nicht mehr anders! Aber zum Glück kommen Anzeichen dafür auf, dass auch ihr Höhepunkt sich anbahnt. Ein intensives Feuerwerk flutet mich, als wir im selben Moment einen Orgasmus erleben, der auch die allerletzten Alltagssorgen wegspült und eine wohlige Hitze hinterlässt.

„Du hattest recht“, sagt Lorraine, als sie wieder einigermaßen zu Atmen kommt. „Das war längst überfällig.“

Da wir gerade erst gestern den letzten Sex hatten, muss ich über ihre Aussage umso mehr grinsen.

Ich ziehe sie an mich heran, und sie dreht sich leicht, sodass sie mir zugewandt ist. In ihrem Gesicht liegt ein so zufriedenes und aufrichtiges Lächeln, das mich unfassbar glücklich macht, weil es an mich gerichtet ist. Ich gebe ihr einen leichten Kuss auf das Ohr.

Wow! Das war nicht nur toll, sondern ausgezeichnet.

Dann scheine ich mich wirklich rundum wohl damit zu fühlen, dass wir nun fest zusammen sind. Gleichzeitig bin ich erleichtert darüber, dass Lorraine auch dafür ist, dass wir zunächst niemandem davon erzählen. Irgendwann werden wir es öffentlich machen und uns zudem überlegen, ob wir dauerhaft zusammen in Liverpool bleiben. In nächster Zeit jedoch sollten wir jegliches Medieninteresse vermeiden, wenn es nicht unbedingt sein muss. Alles, was unser Privatleben betrifft, muss in den kommenden Wochen von der Klatschpresse ferngehalten werden. Vor allem Lorraine hat in letzter Zeit in der Öffentlichkeit viel Aufmerksamkeit erregt. Ihre herausragende Torquote für eine bereits länger existierende Mannschaft hat ihr viele neue Fans beschert. Aber auch die ansehnlichen bis erotischen Werbefotos für die italienische Modemarke haben dazu beigetragen, dass sie international bekannter geworden ist. Käme jetzt noch heraus, dass sie mit einem Spieler der neuen Rugby-Mannschaft zusammen ist, würden sich die Schlagzeilen wohl gar nicht mehr beruhigen. Das könnte nicht nur unsere frische Beziehung belasten, sondern auch zusätzlich Unruhe in mein

Team bringen. Noch immer haben wir bei den *Lizards* damit zu kämpfen, uns als Einheit zu formen, zu finden. Davon darf uns nichts ablenken, sonst ziehen sich die Sponsoren zurück – und das war's dann.

Aber das bekommen wir hin, Lorraine und ich.

Wir können es steuern, dass unser Privatleben privat bleibt.

Richtig?

***

„Guten Morgen", begrüßt Lorraine mich rund eine Woche später, als sie in die Küche getapst kommt – nur in Slip und in einem College-Hoodie von mir.

Die Bratpfanne zischt, als ich mich nach ihr umdrehe. „Guten Morgen. War ich zu laut und habe dich geweckt?"

Sie kommt strahlend zu mir und gibt mir einen Kuss. „Nicht mit Geräuschen, aber mit diesem tollen Duft. Du machst Omeletts für uns?"

„Eine vegane Variante, ja. Damit wollte ich dich gerne überraschen."

„Das hast du doch auch." Vergnügt begibt sie sich zum Hängeschrank und holt Geschirr für uns heraus, deckt damit sowie mit Besteck und Gläsern den Tisch.

Lächelnd betrachte ich sie in meinem Hoodie, der ihr ausgezeichnet steht. Der *Boyfriend Look* steht ihr verdammt gut – solange es meine Sachen sind, die sie dafür verwendet.

Außerdem fühlt es sich mit jedem Tag besser an, an ihrer Seite aufzuwachen, da kann es kein Fehler gewesen sein, den nächsten Schritt gegangen zu sein. Ich – oh!

Beinahe wäre mir das Omelett angebrannt. Gerade noch rechtzeitig wende ich es in der Pfanne. Als es fertig ist und ich die zweite Portion brate, will ich darauf achten, dass mir auch diese nicht anbrennt.

Ausgerechnet in dem Moment klingelt es an der Tür. An einem Sonntag. Am Morgen.

Überrascht sehen Lorraine und ich uns an.

„Erwartest du jemanden?“, fragt sie.

„Nur ein Paket, das gestern angeblich angekommen ist, ich bisher aber nicht zu Gesicht bekommen habe. Vielleicht ist es ein Nachbar, der es für mich angenommen hat.“

„Ah“, erwidert sie und macht sich schon auf den Weg zur Eingangstür, damit ich am Herd bleiben kann.

Nur zu gerne sehe ich mir dabei ihre Rückseite an und schaue ihr beim Weggehen zu. Zum Glück ist mein Hoodie an ihr lang genug, um als Minikleid durchzugehen, andernfalls wäre es bedenklich, sie so an die Wohnungstür zu lassen und einen unerwarteten Gast zu empfangen.

Ich höre, wie die Wohnungstür aufgeht und Lorraine ein „Ja?“, von sich gibt, ehe sie erschrocken Luft einsaugt und fragt: „Huh? Was ...“

Beunruhigt wende ich das Omelett in der Pfanne. „Alles okay?“, rufe ich in Richtung Eingangsbereich.

„Was machst du denn hier?“, kommt es von Lorraine.

„Das Gleiche könnte ich dich fragen!“, erwidert eine Frauenstimme, die mir sofort vertraut ist.

„Shit“, zische ich, stelle den Herd aus, nehme die Pfanne von der Induktionsplatte und eile zur Tür. Mit eigenen Augen überzeuge ich mich davon, dennoch kann ich es weiterhin kaum glauben. „Cynthia!“

Mit weit aufgerissenen Augen starrt sie Lorraine an. Lorraine, die viel Bein zeigt und oben herum einen Pulli trägt, von dem Cynthia noch genau wissen dürfte, dass er mir gehört. Dann schwenkt ihr entsetzter Blick zu mir.

„Was führt dich her?“, frage ich und komme näher.

Anstatt zu antworten, zeigt sie sich weiterhin empört. „Was geht hier vor?“ Nacheinander zeigt sie mit dem Finger auf uns. „Ich dachte, ihr seid nicht zusammen!“

Lorraine räuspert sich. Zunächst wirkt sie, als wollte sie so etwas entgegnen wie: *Tja, inzwischen sind wir es doch.* Dann entscheidet sie sich jedoch dazu, still zu bleiben. Sie schaut zu mir. „Ich kümmere mich um das Omelett und lasse euch reden.“ Mit diesen an mich gerichteten Worten zieht sie sich in die Küche zurück, was wirklich respektvoll von ihr ist.

Nun bin ich mit Cynthia allein, die mich immer noch anstarrt, als hätte ich ihr Auto in Brand gesetzt.

„Komm doch herein“, bitte ich sie, damit hoffentlich kein Nachbar etwas von dem Drama mitbekommt, das sich hier jetzt abzuspielen scheint.

Doch sie bleibt an Ort und Stelle stehen, ihre Lippen beben leicht vor Entrüstung. „Sag mir die Wahrheit, Corey! Hast du mich angelogen, als du mir versichert hast, dass da nichts zwischen euch läuft?“

„Nein“, lasse ich sie wissen. „Als du und ich uns getroffen haben, lief nichts mit Lorraine. Da hat sich nichts überschnitten.“

Leicht legt sie den Kopf zurück und bekommt schmalere Augen, als würde es ihr schwerfallen, mir Glauben zu schenken.

„Aber sie ist der Grund dafür, dass ich keine Chance mehr bekommen habe, ist es nicht so?“

„Wie bitte?“ Irritiert stutze ich. „Nein!“

Leider beschließt Cynthia auch diesmal, mir nicht richtig zuzuhören. „Körperlich mag sich zwischen euch noch nichts abgespielt haben, als ich auf dich zugegangen bin, aber ...“

Ich hebe die Hand. „Das stimmt nicht. Wirklich.“

Ungläubig schnaubt sie.

„Warum bist du überhaupt hier?“, will ich wissen. Rein in Gedanken ergänze ich: *Zwischen uns gibt es nichts mehr zu sagen, und ich dachte, das hätte ich klargestellt.*

Sie kramt in ihrer Designer-Handtasche und holt ein Magazin hervor. „In einem australischen Rugby-Magazin gibt es einen Artikel über die *Lizards*. Ich dachte, du würdest dich darüber freuen, wenn ich dir ein Exemplar davon gebe.“

„Und wo hast du es her?“, frage ich. Dieser Zufall kommt mir nämlich äußerst verdächtig vor. Alles schreit danach, dass sie bloß irgendeinen Vorwand gesucht hat, damit wir uns noch einmal gegenüberstehen.

Da pfeffert sie das Magazin zu Boden, sodass der Umschlag

in der Mitte umknickt. „Ist doch egal! Dir scheint doch sowieso alles egal geworden zu sein!“ Sie schluchzt und sieht mich vorwurfsvoll an.

Ich atme durch und versuche mich nicht davon beunruhigen zu lassen, dass spätestens jetzt ein Nachbar etwas mitbekommen haben könnte. „Cynthia.“ Eindringlich sehe ich sie an und achte auf eine beschwichtigende Körpersprache sowie eine besonnene Stimme. „Es tut mir leid, dass du es nun auf diese Weise erfahren musstest.“

„Davon, dass du längst eine Neue hast“, kommentiert sie schnippisch.

„Längst?“ Nun kann ich mir ein Seufzen nicht verkneifen. „Du und ich, das ist länger her. Ich habe dir klar gesagt, dass … Und das mit Lorraine war nicht geplant, aber … ach, weißt du was? Ich muss mich vor dir nicht rechtfertigen. Aber danke fürs …“ Ich gehe in die Hocke und will das Magazin aufheben, da kickt Cynthia es weg, wodurch es noch mehr Schaden nimmt und die ersten Innenseiten einreißen.

Enttäuscht richte ich mich wieder auf und erkenne spätestens in diesem Augenblick gänzlich, wie kindisch sie sich aufführt. „Okay“, murmle ich. Den Drang, ihr die Tür einfach vor der Nase zuzumachen, unterdrücke ich, denn so ein Mensch will ich auch ihr gegenüber nicht werden. „War’s das?“

Wütend blitzt sie mich an, macht auf dem Absatz kehrt und stolziert auf ihren High Heels davon.

Wenigstens kann ich nun die Zeitschrift aufheben und die Tür zumachen, ohne mir Vorwürfe machen zu müssen.

Als ich zurück in die Küche komme, ist mir Lorraines

besorgter Blick sicher. „Ist alles in Ordnung?“, fragt sie sofort.

Überfragt zucke ich mit den Schultern. „Sie hat es nicht gut aufgenommen – das mit uns.“

Mitfühlend presst sie die Lippen aufeinander. „Es war sicherlich nicht angenehm für Cynthia, es auf diese Weise zu erfahren.“

„Ja, das ist dumm gelaufen.“

„Du kannst sie ruhig anrufen, wenn du willst“, schlägt Lorraine vor.

Damit zeigt sie mir einmal mehr, wie reif sie ist. Dankbar nicke ich und hole mein Handy hervor, wähle Cynthias Kontakt aus und lasse es bei ihr klingeln. Doch leider nimmt sie nicht ab. Auch, als ich es nach dem Frühstück erneut versuche, geht sie nicht ran.

Also schreibe ich ihr eine Nachricht:

Tut mir leid. Es war wirklich nie meine Absicht, dich zu verletzen. Aber ich kann und werde meine Gefühle nicht ignorieren. Bitte akzeptiere das, Cynthia. Du glaubst es mir vielleicht nicht, aber ich wünsche dir aufrichtig alles Gute für die Zukunft.

Keine Ahnung, ob das nach einer Floskel klingt, aber so bringe ich am besten zum Ausdruck, wie ich dazu stehe. Es liegt mir fern, ihr falsche Hoffnungen zu machen, aber nie im Leben würde ich Cynthia etwas Schlechtes wünschen. Ich kann nur hoffen, dass sie das versteht. Vielleicht nicht direkt heute, aber irgendwann. Das wäre wünschenswert – auch in ihrem eigenen Interesse.

Nachdem ich die Nachricht an sie abgeschickt habe, spiele

ich mit dem Gedanken, ihre Nummer aus meinem Handy zu löschen. Mein Bauchgefühl rät mir allerdings davon ab. Oder mein Anstand. Womöglich ist es dafür noch zu früh. Vielleicht antwortet sie mir ja bald auf meine Zeilen. Das sollte ich noch abwarten, bevor ich sie endgültig aus meinem Leben streiche. Egal, wie sehr sie mich in der Vergangenheit enttäuscht hat – es ist immer schade, wenn eine Trennung mit Streit und bösem Blut einhergehen muss. Alles in mir betet dafür, dass Cynthia ihren Frieden mit meiner Entscheidung findet und ich dies noch mitbekommen darf.

16. Kapitel

~ Corey ~

Fassungslos starren Lorraine und ich auf den Fernseher in unserem Wohnbereich. Wir sitzen nicht, sondern wir stehen und regen uns kaum noch. Aufmerksam hören wir zu, und doch haben wir beide damit zu kämpfen, das Gesagte zu verarbeiten.

„Homosexualität ist im professionellen Mannschaftssport immer noch ein Tabuthema", sagt die Reporterin gerade in der Klatsch-TV-Sendung, die wir uns ansehen, nachdem Lorraines Schwester Cathy ihr geschrieben hat, dass sie unbedingt den Fernseher anschalten soll. „Wohl deswegen hat Lorraine Richardson sich dazu entschieden, mit Corey Hamilton von den *Liverpool Lizards* eine Schein-Beziehung einzugehen, um ihre eigentliche sexuelle Vorliebe für Frauen zu verbergen."

Fassungslos schnaubt Lorraine. „Was erzählt die Frau da?" Verzweifelt wendet sie sich an mich. „Corey! Hat etwa einer deiner Jungs mit der Presse über uns geredet?"

„Nein", beteuere ich sofort. „Niemand bei den *Lizards* weiß über uns Bescheid, nicht einmal ..."

Oliver, wollte ich gerade sagen, weil ich mich mit ihm am besten verstehe, doch selbst diesen Namen verkneife ich mir nun lieber, da es sich dabei ausgerechnet um Lorraines Jugendschwarm handelt.

Aber ... könnte es möglich sein? Hat er mit der Klatschpresse über uns geredet? Weil Lorraine ihn abgewiesen hat und er sich irgendwie an ihr rächen wollte?

Nein. Auf keinen Fall.

So ein Mistkerl ist er nicht. Außerdem hat Lorraine ihm angeboten, Freunde zu bleiben. Bisher hat er sich nicht entschieden, ob er sich das vorstellen kann. Aber ich kann mir einfach nicht vorstellen, dass er zu so einer niveaulosen Aktion fähig wäre. Nicht einmal in unseren Ligaspielen ist er für unfaire Fouls bekannt.

„Ich habe aus meinem Team auch noch niemandem von uns erzählt", sagt Lorraine. „So, wie wir es abgemacht haben." Sie wird lauter und deutet auf den Fernseher. „Trotzdem weiß jetzt anscheinend die ganze Welt von uns!"

„Ja ..." Ich knirsche mit den Zähnen, denn auch ich bin alles andere als begeistert darüber. Der Hauptteil meines Gehirns ist jedoch weiterhin damit beschäftigt, das zu verstehen. Wie konnte es dazu kommen?

„Und was soll dieser Unsinn?" Unruhig geht Lorraine auf und ab. „Ich bin also homosexuell und versuche das zu vertuschen, indem ich nur so tue, als wäre ich neuerdings mit einem Mann zusammen? Was hättest du bitte davon, wenn es so wäre?"

„Gerüchten zufolge soll Lorraine Richardson zu den bestbezahlten Spielerinnen ihrer Mannschaft gehören und Corey Hamilton eine hohe Summe dafür geboten haben, dass er sich als ihren Partner ausgibt", sagt in dem Moment die Reporterin, als hätte sie Lorraine gehört.

„Pah!", entfährt es Lorraine ablehnend.

„Da aber auch Corey Hamiltons Honorar hoch ist, ist eher davon auszugehen, dass es auch ihm um sein Image geht. Womöglich ist auch er homosexuell und versucht sein Outing um jeden Preis zu verhindern, da ihn dies die Karriere kosten könnte."

Verächtlich schüttle ich den Kopf und starre die Reporterin böse an. „Nicht zu fassen. Mal angenommen, es wäre so, wie sie gerade sagt: Dann zerstört sie ja gerade mit ihrem reißerischen Bericht meine Karriere. Und deine."

Sowohl Lorraines als auch mein Handy vibriert die ganze Zeit, weil wir immer mehr Nachrichten und Anrufversuche von Freunden und Verwandten bekommen, die ebenfalls auf diese Behauptung aufmerksam geworden sind. Als es mir zu viel wird, nehme ich sowohl ihr als auch mein Smartphone und schalte sie auf stumm.

„Wir haben im Moment weder den Kopf noch die Zeit, um Menschen aus unserem Umfeld Rede und Antwort zu stehen", erkläre ich mein Verhalten und lege unsere Handys weg. „Vielleicht sollten wir zu niemandem ein Wort darüber verlieren, ehe wir nicht mit unseren Anwälten gesprochen haben. Schließlich dürften auch die Eigentümer unserer Mannschaften bald Wind von diesen Gerüchten bekommen, die da gerade gestreut werden."

Überfordert reibt Lorraine sich das Gesicht. „Oh Gott …"

„Diese Klatschreporter haben echt kein Schamgefühl! Hauptsache, es gibt eine spannende Story. Ob sie stimmt und welchen Schaden man damit anrichtet, ist egal." Wild gestikuliere ich mit den Händen. „Schließlich hat niemand von diesem TV-Magazin mit uns gesprochen. Stattdessen zeigen sie verwackelte Paparazzi-Fotos, die von uns beim Shoppen gemacht worden sind, und interpretieren sie, wie es ihnen gefällt."

„Aber wie kommen sie überhaupt dazu? Nur wegen dieser Fotos?“, fragt Lorraine.

„Einem Insider zufolge“, erzählt die Reporterin weiter, „soll allerdings nur Lorraine Richardson homosexuell sein. Da sie mit Corey Hamilton befreundet ist und sich sowieso mit ihm eine Wohnung teilt, spricht laut unserer Quelle alles dafür, dass der Rugby-Spieler der Fußballerin einen Gefallen tun wollte.“

„Insider?“, wiederholt Lorraine. „Quelle?“ Sie sieht wieder zu mir. „Wer versucht mich fertigzumachen und gleichzeitig dich gut dastehen zu lassen?“

Ich erwidere ihren todernsten Blick.

„Cynthia“, verlässt es im selben Moment unsere Lippen.

Natürlich! Sie hat schon einmal über das Klischee geredet, dass weibliche Profi-Fußballerinnen allesamt lesbisch sind. Darauf, dass sie dahintersteckt, hätte ich sofort kommen müssen. Aber im ersten Moment war ich zu entsetzt, um klar zu denken.

„Diese …“, knurre ich nur und greife nun doch wieder zum Handy. „Jetzt weiß ich, warum ich ihre Nummer noch nicht gelöscht habe.“ Schon wähle ich ihren Kontakt aus, um sie anzurufen. „Die bekommt etwas zu hören!“

Doch Lorraine kommt dicht zu mir, legt ihre Hand auf meinen Arm und schaut mich inständig an.

Ich halte inne und blicke ihr in die blauen, traurigen Augen.

„Ich verstehe, dass du sauer bist. Ich bin es auch. Aber der Schaden ist nun angerichtet. Vielleicht hast du wirklich recht und wir sollten uns anwaltlich beraten lassen, bevor wir irgendetwas tun, das wir später bereuen könnten."

Ich atme durch. „Ja, das wäre wohl besser. Niemand hat etwas davon, wenn ich Cynthia nur noch mehr aufhetze. Sie scheint ohne Sinn und Verstand zu handeln und nicht einmal zu merken, wie sehr sie damit auch mir schadet. Dass sie damit bewirkt, dass ich mir erst recht keine Zukunft mit ihr mehr vorstellen kann, sieht sie gar nicht."

„Oder sie handelt einfach nur noch aus blinder Rache, komme, was wolle", fügt Lorraine beunruhigt an.

Ein Nicken meinerseits. „So jemand ist unberechenbar."

Lorraine nimmt ihr Handy wieder an sich. Obwohl dieses nun auf stumm geschaltet ist, leuchtet das Display ständig auf, weil sie weitere Anrufe oder neue Nachrichten erhält. Mit einem leidvollen Seufzer lässt sie sich aufs Sofa fallen. „Wir wollten jegliches Medieninteresse für die nächste Zeit vermeiden ... und nun so etwas ... Das ist eine absolute Katastrophe."

Ich bewerte das ganz genauso wie sie, außerdem macht es mich fertig, Lorraine so zu erleben. So ... gebrochen. Überrumpelt. Verleumdet durch falsche Behauptungen, die gleichzeitig ein schlechtes Licht auf unsere tatsächliche Beziehung werfen.

Ein Teil von mir will immer noch Cynthia zur Rede stellen, jetzt sofort, und dabei meine Wut zum Ausdruck bringen. Aber es stimmt, was Lorraine sagt: Das würde uns noch mehr schaden, als es sowieso schon der Fall ist. Ich muss einen kühlen Kopf bewahren. So schwer das auch ist.

Als wäre das alles nicht schon schlimm genug, zuckt

Lorraine jetzt auch noch zusammen, als sie auf ihr Handy starrt.

„Was ist los?“, frage ich.

„Meine Mutter.“ Voller Anspannung schaut sie zu mir hoch. „Sie ruft mich gerade an.“

„Fuck“, brumme ich. „Du wolltest heute eigentlich mit ihnen über die Unterwäsche-Fotos sprechen, stimmt's?“

Geknickt senkt sie den Kopf, wie ich es bei ihr noch nie erlebt habe. „Ja, das ist längst überfällig. Gestern, als wir darüber gesprochen haben, habe ich mir vorgenommen und mich gut damit gefühlt, es heute endlich zu tun. Aber jetzt ...“ Mit feuchten Augen schaut sie wieder zu mir auf. Auch das habe ich bei ihr nie zuvor gesehen – leider sind es keine Freudentränen. „Das schaffe ich gerade mental nicht.“ Sie legt das Handy weg und vergräbt das Gesicht in den Händen. „Das ist mir zu viel auf einmal.“

Ich setze mich dicht neben sie, lege die Hände an ihre recht breiten Schultern und sehe sie an, damit sie meinen Blick erwidert. „Hey“, sage ich mit sanfter Stimme. „Wir bekommen das alles hin. Wir haben nichts Verwerfliches getan und werden mit unserer Version der Geschichte schon durchkommen – weil es die Wahrheit ist. Und lehren uns all die Hollywood-Filme nicht, dass die Wahrheit und das Gute am Ende immer siegen?“

Zaghaft erlaubt Lorraine sich, zu lachen. „Mag sein.“ Sie wischt sich die Augen trocken. „Auf jeden Fall kommen wir nicht darum herum, unsere Beziehung jetzt schon publik zu machen. Das hatten wir uns eigentlich anders vorgestellt.“

„Jetzt ist der Medienrummel sowieso da – nutzen wir ihn,

um es hinter uns zu bringen. Das Schöne ist: Es gibt dann kein Versteckspiel mehr für uns, richtig?“ Zuversichtlich lächle ich sie an, denn sie bringt mich dazu, das Beste aus der Sache zu machen, anstatt kopflos vorzugehen oder nur Trübsal zu blasen.

Zögerlich und doch erkennbar erwidert sie mein Lächeln. „Richtig. Danach können wir uns auch in der Öffentlichkeit als Paar zeigen.“

„Na also.“ Ich nehme sie in die Arme und drücke sie an mich, worauf sie reagiert, indem sie meinen Oberarm streichelt. „Sprechen wir mit unseren Anwälten. Unseren Familien. Unseren Agenten. Unseren Vereinen. In dieser Reihenfolge. Und dann sehen wir weiter. Schritt für Schritt, Okay?“

Wir lösen uns aus der Umarmung, um uns wieder in die Augen zu sehen.

„Okay“, stimmt Lorraine zu und findet allmählich zu ihrem alten Strahlen zurück, wenigstens teilweise. Dann steht sie auf, ruft ihren Anwalt an und spricht mit gefasster Stimme mit ihm, um die nächsten Schritte abzuklären.

17. Kapitel

~ Corey ~

Shit. Das nächste Training läuft überhaupt nicht gut. Niemand von den Jungs spricht mich auf die Klatschmeldung an, und doch ist ihnen allen deutlich anzusehen, dass sie das mitbekommen haben und sich so ihre Gedanken dazu machen. Ist es Höflichkeit, die sie davon abhält, mich dazu auszufragen? Oder eher Scheu, weil wir leider immer noch kein eingeschworenes Team sind?

So oder so.

Ihre Blicke und steifen Gesten irritieren mich. Dabei bin ich auch so schon frustriert genug wegen der ganzen Sache. Dementsprechend schlecht liefere ich heute beim Training ab.

„Das war heute wohl nichts, was, Corey?", bringt es Coach Caldwell anschließend leider treffend auf den Punkt.

Enttäuscht über meine eigene Leistung seufze ich. „Tut mir leid, Coach. Ich nehme mal an, Sie wissen, was mich ablenkt."

„Mag sein, dass ich davon gehört habe – diese Schlagzeile ist momentan auch nur schwer zu ignorieren", gibt er zu.

Ernst nicke ich und wische mir den Schweiß von der Stirn. „Was diese Gerüchte angeht …"

Er hebt die Hand und bringt mich damit zum Schweigen. „Privat geht mich das nichts an. Und was die *Lizards* angeht … die Presseabteilung der Mannschaft wird auf dich zukommen. Sprich dich mit denen ab, dann geben wir ein offizielles Statement dazu heraus."

„Okay. Das passt zu dem, wozu mir mein Anwalt geraten

hat. Bis dahin beantworte ich keine Fragen der Journalisten, auch wenn diese mich fleißig bombardieren."

„Aber eins ist verdammt wichtig", ermahnt er mich, ohne auf meine Aussage einzugehen. Eindringlich sieht er mich an. „Wir stecken mitten in unserer ersten Saison für die A-Liga, Corey. Und was auch immer privat bei dir gerade los ist – auf dem Spielfeld brauche ich hundert Prozent von dir. Behalte deinen Fokus und deine Entschlossenheit, verstanden?"

„Natürlich. Nächstes Mal bin ich wieder voll dabei, Coach. Versprochen."

„Das will ich hoffen." Mit diesen Worten wendet er sich ab und verschwindet aus der Trainingshalle.

Ich will gerade in die Umkleidekabine gehen, in die sich schon die meisten begeben haben, da treffe ich auf Craig. Mir hallen noch die Worte unseres Coachs über unser Team und unsere Ziele im Kopf nach. Auch dieser Konflikt sollte beigelegt werden, zumindest damit wir einen sachlichen, weniger emotionalen Umgang miteinander finden.

„Craig."

„Was willst du?", knurrt er mir entgegen.

Ich seufze. „Genau das meine ich." Ich deute auf ihn, womit ich symbolisch sein Verhalten mir gegenüber meine. „Die Stimmung in der Mannschaft ist sowieso schon anfällig, dabei trägt guter Teamspirit maßgeblich zum Erfolg bei, wenn man an einer so wichtigen Liga teilnimmt."

Genervt neigt er den Kopf. „Danke für die Lehrstunde, aber das weiß ich selbst." Er setzt sich in Bewegung und will an mir vorbeigehen.

Geistesgegenwärtig positioniere ich mich so, dass er keine andere Wahl hat, als erneut stehenzubleiben, wenn er keinen Tackle verpasst bekommen will. „Lassen wir doch endlich die Vergangenheit ruhen und das Kriegsbeil begraben, ja? Es wäre besser für alle, wenn du und ich zu einem normalen Umgang finden könnten."

Ich stoße Luft aus. „Schließlich wurdest nicht du von mir betrogen! Eigentlich ist das nicht zu verzeihen, würde ich jedoch gerne, könnte ich verstehen, warum du das getan hast!"

„Corey ...", gibt Craig mit genervter Stimme von sich. Dann atmet er ein, um noch mehr zu sagen.

„Ich habe genauso wie du davon geträumt, in Sheffield studieren zu können, das weißt du", komme ich ihm zuvor. „Unser ganzes letztes Schuljahr über haben wir darüber gesprochen, dass das für uns die absolute Wunsch-Uni wäre. Ich dachte, wir hätten uns gegenseitig die Daumen dafür gedrückt, dass wir alle beide fürs College-Stipendium aufgenommen werden. Andernfalls hätten wir uns das Studium an einer solchen Elite-Universität nun einmal nicht leisten können."

„So war es doch auch", behauptet er schließlich. „Ich habe dir die Daumen gedrückt!"

„Wie gesagt, das habe ich zunächst auch geglaubt – naiv, wie ich war", entgegne ich. „Unsere sportlichen Leistungen waren gleich gut, und warum sollte einer dem anderen wünschen, es nicht zu schaffen? Außer natürlich, weil die Stipendienplätze nun mal begrenzt waren."

Craig schluckt.

„Mann, ich war wirklich naiv“, spreche ich leise weiter und schüttle dabei über mich selbst den Kopf. „Als nur du eine Zusage bekommen hast, während ich mir eine Absage eingehandelt habe, da habe ich es zunächst hingenommen. Ich dachte mir: Das wird schon seine Gründe gehabt haben. Dein Motivationsschreiben muss wohl einfach besser gewesen sein als meines. Da konnte man nichts machen. Ich habe das Beste daraus gemacht und bin an einem anderen College angenommen worden – habe mich mit unzähligen Nebenjobs über Wasser gehalten, um die Studiengebühren selbst aufzubringen, während du dir ein schönes Leben als Student in Sheffield machen konntest.“

„Denkst du etwa, es war leicht für mich, das College zu schaffen?“, kontert Craig mit gefletschten Zähnen. „Stipendium hin oder her – ich musste trotzdem hart arbeiten, um die Prüfungen zu meistern und als Rugby-Spieler für die College-Mannschaft abzuliefern.“

„Mag sein, aber was dir offenbar leichtgefallen ist, war, mich zu betrügen. Du hast wohl nicht damit gerechnet, dass ich es jemals erfahre, was? Tja, aber irgendwann nach dem Abschluss war ich in Sheffield zu Besuch und habe von einem der Professoren, der mittlerweile im Ruhestand war, erfahren, dass tatsächlich das Motivationsschreiben den ausschlaggebenden Unterschied gemacht hat. Das hat darüber entschieden, warum du den letzten freien Platz für ein Stipendium bekommen hast, und nicht ich.“ Zorn prägt meine Gesichtszüge. „Ich bin jedoch aus allen Wolken gefallen, als der ehemalige Professor mir erzählte, welche Argumente du in deinem Schreiben aufgeführt hast. Es war exakt der Wortlaut, den ich auch in meinem Schreiben hatte.“

„Herrgott, nun lass doch endlich diese alten Kamellen ruhen, Corey! Du hast deinen Abschluss gemacht und verdienst nun gut – was willst du eigentlich? Es ist nicht gesund, darauf herumzureiten und nachzubohren …“

„Halt du mir keine Vorträge darüber, was sich gehört und was nicht“, falle ich ihm verbittert ins Wort. „Ich weiß genau, was du getan hast, Craig. Schließlich habe ich dir mein Motivationsschreiben vorgelesen, weil ich dir vertraut habe. Und was machst du? Nur einen Tag später gibst du ein Schreiben mit denselben Formulierungen und Argumenten ab – noch bevor ich meines abgegeben habe. Die Leute in Sheffield haben sich ihr eigenes Urteil darüber gebildet, wer von wem abgeschrieben hat. Dabei wissen wir beide ganz genau, wie es sich in Wahrheit zugetragen hat. Du hast mich um meinen Stipendienplatz betrogen! Deshalb musste ich auf eine weniger angesehene Uni gehen und für die dennoch horrenden Gebühren ackern, bis ich fast ins Koma gefallen bin vor Erschöpfung! Aber du musstest ja alles abstreiten, als ich dich darauf angesprochen habe. Ich habe immer noch nicht verstanden, was dich dazu bewegt hat, mich so zu hintergehen.“

„Verdammt noch mal, lass es doch endlich gut sein, Corey!“, wird er plötzlich böse. „Ich möchte das nicht alles erneut durchkauen. Das ist Vergangenheit – und damit für mich erledigt.“ Als er dies voller Entschlossenheit sagt, scheint ihm offenbar der Kragen zu platzen, und er tippt mir mit Druck gegen die Brust.

Diese Geste ärgert mich, und doch starre ich ihn daraufhin einfach nur wortlos an.

„Du machst es dir zu leicht“, fahre ich fort, „denk doch an

das Team. An alle, deren Job am Erfolg unserer ersten Saison hängt, okay? An jeden, der auf dem Feld oder hinter den Kulissen für die *Lizards* arbeitet und alles gibt, damit es funktioniert. Lass uns damit abschließen und erkläre mir endlich, warum du damals unsere Freundschaft so missbraucht hast. Dafür muss es doch einen Grund gegeben haben!“ Craig widmet mir nur einen letzten genervten Blick, dann wendet er sich ab und verschwindet in die Umkleidekabine. „Darüber möchte ich nicht reden“, sagt er dabei noch, ohne anzuhalten und sich zu mir umzudrehen.

Stumm sehe ich ihm hinterher, rege mich kaum und weiß nicht, was ich denken oder tun soll.

Verflucht ... was ist denn sein Problem?

***

„Deswegen möchten wir Sie hiermit bitten, von weiteren Fragen zu diesem Thema abzusehen“, sagt Brenda Miller, die Pressesprecherin der *Lizards* ins Mikrofon.

Dennoch gehen sofort sämtliche Hände in die Höhe und die anwesenden Reporter plappern mit ihren Fragen auch direkt darauf los, in der Hoffnung, sich durchzusetzen.

„Aber – Mrs. Miller! Was sagen Sie zu den Gerüchten, dass es sich dabei nur um eine Schein-Beziehung handeln soll?“

„War Lorraine Richardson früher homosexuell?“

„Oder ist sie vielleicht bisexuell?“

„Sind von den *Lizards* irgendwelche Spieler homosexuell,

Mrs. Miller?“

„Corey Hamilton und Lorraine Richardson sind liiert“, wiederholt sie streng, obwohl sie dies schon vor einer Minute offiziell erklärt hat. „Darüber dürfen Sie schreiben. Es handelt sich dabei um keine Fake-Beziehung, um irgendetwas zu vertuschen. Mehr haben wir dazu nicht zu sagen. Es wäre schön, wenn es bei der nächsten Pressekonferenz wieder um Rugby gehen könnte. Vielen Dank.“ Entschlossen steht sie auf und verlässt den Saal, wobei sie weiterhin die anhaltenden, unhöflichen Rufe der Journalisten ignoriert.

Hörbar atmet Lorraine durch. Sie steht neben mir, zusammen haben wir die Pressekonferenz live am Fernseher verfolgt. Es gab auch die Überlegung, uns beide oder auch nur mich an diesem Termin teilnehmen zu lassen. Aber letztlich haben wir uns dazu entschieden, Mrs. Miller ihr Werk allein verrichten zu lassen.

„Jetzt ist es erledigt“, sagt Lorraine. „Das tut gut.“

„Ich denke, es war richtig, dass wir nicht dabei waren. Es ist immer noch unmöglich, wie die Leute von der Presse sich aufführen. Wären wir auch im Raum gewesen, hätten sie sich mit ihren unverschämten Rufen gar nicht mehr beruhigt.“

Lorraine kommt näher und legt die Hände auf meine Schultern, lächelt müde. „Nicht alle Pressemenschen sind so. Nur diejenigen, die vom reißerischen Tratsch leben und keine moralischen Grenzen kennen.“

„Davon gibt es aber erschreckend viele“, entgegne ich enttäuscht.

„Ja …“ Sie lässt von mir ab und geht im Raum auf und ab. „Und nun wissen alle über uns Bescheid. Gerade hat es auch eure Pressesprecherin offiziell bestätigt. Vor zwei Stunden hat die Presseabteilung meiner Mannschaft es auch schon getan. Damit ist es nun für die ganze Welt amtlich: Wir sind ein Paar."

Ich umfasse sie an der Taille. „Ich weiß. Das haben wir uns anders vorgestellt. Aber irgendetwas mussten wir der Vereinsleitung anbieten, um sie milde zu stimmen. Als das Gerücht aufkam, dass du dich zu einer Fake-Beziehung mit mir gezwungen sahst, haben im Internet viele gegen den Profisport gewettert und gesagt, dass es eine Schande sei, dass Homosexuelle sich in dieser Branche immer noch nicht frei outen dürfen, wenn sie es wollen."

„Das stimmt ja leider auch – sind wir doch mal ehrlich", sagt Lorraine. „Jedes Ballsport-Team könnte theoretisch Mitglieder unter sich haben, die keine konventionelle Sexualität haben und gerne dazu stehen würden, sich aber nicht trauen."

„Ja, aber auf einmal gab es pauschal böse Worte gegen unsere Mannschaften. Das kann nicht die Lösung sein. Also mussten wir irgendetwas anbieten, damit unsere Vertreter nicht mit leeren Händen in die Pressekonferenzen gehen. Sie mussten den Journalisten irgendetwas geben, worüber diese offiziell schreiben dürfen. Die Information, dass wir wirklich zusammen sind, hat sich dafür am besten geeignet. So können wir hoffentlich den schlimmen Gerüchten entgegenwirken, dass du in deinem Team unterdrückt wirst."

Tief atmet sie durch und spielt am Kragen meines Polohemdes. „Hoffentlich war es auch wirklich die richtige Entscheidung."

„Hey", raune ich und streichle ihre Nase mit meiner. „Wie

war das? Kein Versteckspiel mehr. Sehen wir es positiv."

Mit ihrem Lächeln geht für mich die Sonne auf. „Abgemacht."

Ich will auch wirklich daran glauben, dass alles gut wird. Wenn unser Plan aufgeht, wird das Gerede rund um Lorraines sexuelle Ausrichtung bald verblassen. Dafür könnte aber neues Gerede aufkommen – über uns als richtiges Paar. Eine beliebte Fußballerin und ein aufstrebender Rugby-Spieler. Wer weiß, welche Paparazzi uns ab sofort gezielt auflauern. Und welche Gerüchte als Nächstes gestreut werden.

Wird unsere frische Beziehung das überstehen?

***

„Oliver, hier!", rufe ich ihm beim nächsten Trainingsspiel zu, weil er zu übersehen scheint, dass ich freistehe und er das Ei zu mir passen kann.

Da pfeift Coach Caldwell ab. „Stopp! Oliver, Corey – kommt mal her."

Irritiert, wie ich über die Unterbrechung bin, will ich mit Oliver einen Blick austauschen. Doch dieser achtet auch jetzt nicht auf mich, sondern trabt direkt zum Spielfeldrand. Also folge ich ihm dorthin von meiner Position aus, um mir anzuhören, was der Trainer von uns will.

„Was war das gerade?", fragt er mich. „Ihr sollt doch im Spiel keine klaren Rufe benutzen, um zu kommunizieren. Das kann der Gegner mitbekommen und entsprechend darauf reagieren."

„Das stimmt", sagt Oliver nur mit ernstem Blick.

„Benutzt dezente Körpersprache oder die Schlüsselwörter, die wir besprochen haben", mahnt der Coach weiter – den Blick dabei nach wie vor auf mich gerichtet.

„Sorry, ja, das weiß ich natürlich", erwidere ich. „Aber da es sich heute nur um ein Training handelt ..." Ich breche ab und sehe fragend zu Oliver.

„Ja?", hakt Coach Caldwell nach.

„Na ja." Ich hadere mit mir, aber dann traue ich mich, es auszusprechen. „Oliver schien gerade zum dritten Mal in Folge nicht zu bemerken, dass ich freistehe."

Steve Caldwells Blick schwenkt zu ihm. „Stimmt, das ist mir auch aufgefallen. Was war da los, Oliver?"

Daraufhin macht Oliver ein erschrockenes Gesicht. „Das ..." Mehr kommt nicht aus ihm heraus – was ziemlich ungewöhnlich für jemanden ist, der eigentlich immer einen passenden Spruch auf Lager hat.

„Konzentrier dich", verlangt Coach Caldwell von ihm. „Weitermachen!" Damit schickt er uns auch schon zurück aufs Feld, um das Trainingsspiel wieder aufzunehmen.

Während wir zurückgehen, wird der Coach hinter uns von seinem Assistenten angesprochen, sodass ich davon ausgehen kann, dass sich der Anpfiff um einige Momente verzögern wird.

Ich nutze diese Gelegenheit, um Oliver am Arm zu berühren und dazu zu bewegen, stehenzubleiben und mich endlich mal richtig anzusehen.

„Was soll das?", mault er.

„Sag du es mir." Auffordernd nicke ich. „Du spielst mir keine Pässe zu, verlierst vor dem Trainer die Sprache und reagierst so empfindlich auf mich – warum?"

Zunächst sieht er böse aus, aber dann werden seine Gesichtszüge weicher. „Tut mir leid. Jeder von uns sollte auf dem Feld zu jeder Sekunde hundert Prozent geben. Ab sofort achte ich verstärkt darauf, wann du freistehst."

„Okay, danke", sage ich – dennoch habe ich weiterhin ein ungutes Gefühl.

Nüchtern widmet Oliver mir einen letzten Blick, dann begibt er sich zurück auf seinen Posten als Außenverteidiger für den nächsten Spielzug.

Während des restlichen Trainingsspiels funktionieren wir als Teamkollegen wieder so gut wie vorher. Doch was auch am darauffolgenden Tag beim Umziehen fehlt, ist die Herzlichkeit, die es anfangs zwischen uns gegeben hat. Unser Verhältnis hat sich verändert.

Wegen der Neuigkeit, dass Lorraine und ich ein Paar sind, richtig?

Das steckt dahinter.

Tja, das kann ich nicht ändern. So schade es auch ist. Aber weder kann ich Olivers Interesse an Lorraine abstellen … noch kommt für mich infrage, dass ich sie aufgebe.

Als ich mich fertig umziehe, bemerke ich Craigs finsteren Blick auf mir. *Darüber will ich nicht reden*, hat er neulich zu mir gesagt. *Können wir die Vergangenheit nicht endlich abhaken?*

Oh Mann.

Es scheint mir schon bei Oliver nicht zu gelingen, dass wir uns wieder verstehen. Da könnte ich mir überlegen, mich wenigstens mit Craig zu versöhnen.

Aber ...

Will ich das? Kann ich mir vorstellen, Craig wieder als Freund zu betrachten und ihm zu vertrauen, so wie früher? Dem Team zuliebe? Ohne dass er mir erklärt, warum er mir damals in den Rücken gefallen ist?

„Was machen wir nun eigentlich mit Cynthia?“, fragt Lorraine später zu Hause.

„Das ist eine gute Frage.“

18. Kapitel

~ Oliver ~

Ernst starre ich auf meinem Tablet auf den Online-Artikel, dessen Schlagzeile lautet:

Presseabteilung der Lizards *bestätigt: Corey Hamilton und Lorraine Richardson von der örtlichen Fußallfrauenmannschaft sind ein Paar.*

Das Problem ist nicht länger nur, dass ich zufällig auf diesen Artikel gestoßen bin. Sondern auch die Tatsache, dass dies inzwischen drei Tage her ist und ich mir den Text gerade wahrscheinlich zum zehnten Mal durchlese.

Was soll der Unsinn – bin ich bescheuert? Wird das, was in dem Artikel steht, weniger wahr, wenn ich ihn nur lange genug anstarre? Oder stehe ich darauf, mich selbst zu quälen, indem ich diese unerfreulichen Zeilen langsam sogar schon auswendig lerne?

Gottverdammte Scheiße.

Lorraine und Corey sind nun also doch ein Paar. Entweder haben sie mich vorher angelogen, als sie das Gegenteil behauptet haben, oder es hat sich erst danach so entwickelt. Wenn ich in mich hineinhorche, dann gehe ich von Letzterem aus. Ich kenne Lorraine seit Jahrzehnten, daher weiß ich genau, dass sie mich nicht anlügen würde. Und auch Corey schätze ich so ein, dass er keine Spielchen mit mir oder anderen treibt.

Schön und gut, dann haben sie mich also nicht angelogen. Trotzdem geht es mir mies. Bis ich von dieser Neuigkeit erfahren habe, habe ich mir immer noch Hoffnungen gemacht.

Darauf, dass zwischen Lorraine und mir mehr sein kann. Dass sie ihre Meinung doch noch ändert, was mich betrifft. Dass ihre alten Gefühle für mich wieder aufflammen. Dass ich das irgendwie hinbekomme, und sei es, indem ich etwas Zeit verstreichen lasse und erneut auf sie zugehe.

Deswegen – und nur deswegen – hatte ich auf ihre Frage noch nicht geantwortet, ob wir Freunde bleiben können. Allein aus diesem Grund habe ich um Bedenkzeit gebeten.

Völlig umsonst.

Denn in der Zwischenzeit hat sich Corey in ihr Herz geschlichen.

Fuck!

...

Wieso habe ich Vollidiot ihre Gefühle für mich vor rund zehn Jahren nicht erkannt? Dann hätte ich mich fragen können, ob ich sie erwidere. Jetzt habe ich durchaus Gefühle für sie entwickelt, aber nun scheint es zu spät zu sein. Hätte ich eine Chance gehabt, wenn Corey mir nicht zuvorgekommen wäre? Hat er es ausgenutzt, mit ihr zusammenzuwohnen?

Das frage ich mich nun wieder und wieder, wann immer ich ihn sehe. Und das muss ich leider sehr oft, schließlich sind wir Teamkollegen bei den *Lizards*. Dass ich ihn im letzten Trainingsspiel ignoriert habe, bereue ich inzwischen. Meine unerwiderten Gefühle für Lorraine dürfen nicht dazu führen, dass ich unprofessionell in meinem Job werde. Dafür steht zu viel auf dem Spiel – im Moment hängt die Zukunft des Vereins am seidenen Faden. Also versuche ich mich zusammenzureißen und Corey auf dem Feld genauso zu behandeln wie die anderen Jungs.

Doch darüber hinaus ...

Es fällt mir schwer, so unbefangen mit ihm umzugehen, wie es am Anfang der Fall gewesen ist. Ein Teil von mir findet ihn immer noch sympathisch, würde gerne mit ihm Witze reißen und sich auch in der Freizeit mit ihm treffen. Doch ein anderer Teil von mir ist verletzt und verbreitet das starke Bedürfnis, mich privat von ihm zurückzuziehen. Dem Teamspirit tut das nicht gut, aber was soll ich machen?

In der Hoffnung, dadurch einen freien Kopf zu bekommen, fahre ich zur Trainingshalle unseres Teams und begebe mich, obwohl es schon recht spät ist, ins hauseigene Fitnessstudio. Eine ganze Stunde lang tobe ich mich an den Hanteln und anderen Geräten beim Krafttraining aus. Ich höre dabei schnelle Musik und komme richtig ins Schwitzen.

Bis ich schließlich vor der Spiegelwand stehenbleibe, durchatme und mir etwas klar wird:

Wenn ich ehrlich bin, kann ich keinem von beiden etwas vorwerfen.

Weder Lorraine noch Corey kann es je darum gegangen sein, mich zu hintergehen. Lorraine hat mich zu keinem Zeitpunkt dazu ermutigt, irgendetwas zu erwarten. Ich bin auf sie zugegangen. Daraufhin hat sie mir durchaus eine Chance gegeben. Aber sobald sie wusste, wie sie zu mir steht, hat sie mich dies ehrlich wissen lassen. Leider mit einem Ergebnis, das mir nicht gefällt – da habe ich nun mal Pech. Aber es ist, wie es ist.

Und Corey? Ich glaube, am Anfang war er tatsächlich nicht mit Lorraine zusammen. Immerhin habe ich doch mitbekommen, dass er sich ein paar Mal mit seiner Ex Cynthia getroffen hat. Als seine Mitbewohnerin muss Lorraine dies erst recht mitbekommen haben. Ich kann mir nicht vorstellen, dass Corey zweigleisig gefahren ist. Oder Lorraine. Nein. Also kann ich auch ihm wohl keinen Vorwurf machen.

Doch was bedeutet das jetzt? Nach wie vor fühle ich mich beschissen bei dem Gedanken daran, Lorraines Herz an Corey verloren zu haben.

Können sie und ich noch befreundet sein?

Und wie wird es beim nächsten Mal zwischen Corey und mir auf dem Spielfeld zugehen? Schließlich steht unserer Mannschaft das nächste Ligaspiel bevor.

***

So ein Mist! All die Leute in den Sitzreihen des *Parks Stadium* können es gerade auf dem Jumbotron-Videowürfel deutlich sehen – aber auch die Zuschauer zu Hause vor dem Fernseher bekommen es mit: Schon wieder bin ich überrannt und zu Boden geschubst worden. Diesmal sogar von Darren Ashford aus meinem eigenen Team! Jeder dürfte erkannt haben, dass es meine Schuld gewesen ist. Ich war unaufmerksam. Nicht bei der Sache. Erneut. Mitten im Match.

„Sorry", sagt Darren dennoch und hält mir die Hand hin, um mir aufzuhelfen.

Geknickt, wie es für mich untypisch ist, lasse ich mich von ihm hochziehen. „Nein, das war *mein* Fehler."

„Ist denn alles okay?", fragt er.

Ich seufze. „Ja, ich bin nur mit den Gedanken woanders."

„Ich meinte, ob du verletzt bist", erwidert Darren, „aber das höre ich natürlich nicht so gerne, dass du ausgerechnet jetzt abgelenkt bist. Was auch immer dich umtreibt – verschieb das auf später. Konzentriere dich aufs Spiel, ja? Wir liegen knapp zurück."

„Natürlich." Mit entschlossenem Blick atme ich durch und stelle mich für den nächsten Spielzug auf, ehe auch schon angepfiffen wird.

Tatsächlich können wir das Spiel am Ende knapp für uns entscheiden. Allerdings haben wir dies eher Corey und anderen aus der Mannschaft zu verdanken – nicht mir. Im Gegenteil. Noch ein weiteres Mal kollidiere ich mit einem anderen *Lizard*, der dadurch sogar so stark am Arm verletzt wird, dass er ausgewechselt werden muss und der Gegner einen Straftritt geschenkt bekommt.

Die Standpauke, die ich mir nach dem Match vom Coach anhören darf, ist alles andere als angenehm. Ich ärgere mich über mich selbst und bin frustriert wegen meiner heutigen Leistung. Das hätte nicht sein müssen, und doch ist es passiert. Weil ich immerzu an Lorraine und Corey denken muss, daran, dass sie nun zusammen sind und ich definitiv keine Chance mehr bei Lorraine zu haben scheine.

Aber ...

Will ich ihnen die Schuld an meiner aktuellen Verfassung geben?

Zugegeben: Das wäre einfach und bequem – und somit äußerst verlockend.

19. Kapitel

~ Lorraine ~

„Das wird nicht nötig sein, Mr. Hamilton“, ertönt es durch die Leitung. Corey hat sein Handy auf laut gestellt, damit ich mithören kann, worüber sein Gesprächspartner auch Bescheid weiß. „Meine Mandantin wird keine weiteren Aktionen gegen Sie und Ms. Richardson unternehmen.“

„Dann geben Sie also zu, dass Cynthia das alles angezettelt und uns damit geschadet hat?“, kommt es von Corey zurück. Angespannt geht er in unserem Wohnbereich auf und ab, starrt hochkonzentriert ins Leere. „Dass sie diejenige war, die der Klatschpresse diesen Floh ins Ohr gesetzt hat.“

„Wie gesagt“, erwidert der Anwalt. „Es ist nicht notwendig, dass Sie uns mit einer Verleumdungsklage drohen. Ich habe alles mit meiner Mandantin besprochen. Sie wünscht keinerlei Kontakt zu Ihnen.“

„Ach, auf einmal“, zischt Corey ins Smartphone.

Da fange ich ihn beim Umhertigern ab, lege die Hand auf seinen Arm und sehe ihn eindringlich, aber auch mit einem Lächeln an. Damit will ich ihm sagen: *Lass gut sein. Wir bekommen, was wir haben wollten. Cynthia lässt uns endlich in Ruhe.*

Als er meinen Blick erwidert, werden seine Gesichtszüge weicher. „Also schön, Mr. Clark. Aber sollte ich auch nur ansatzweise den Eindruck gewinnen, dass Ihre Mandantin erneut Rufschädigung gegen Lorraine oder mich vornimmt, werde ich nicht mehr so nett sein. Dann ist ihr eine Klage sicher. Haben wir uns verstanden?“

„Das wird nicht nötig sein“, wiederholt der Anwalt. „Auf Wiederhören.“ Dann legt er auf.

Schnaubend schaut Corey aufs Handy und wirkt, als würde er es am liebsten in die Ecke pfeffern vor lauter Unmut. „Sie soll ungeschoren davonkommen?“, zischt er. „Das hat sie eigentlich nicht verdient.“

„Mag sein“, entgegne ich mit ruhiger Stimme, die ihn beschwichtigen soll. Vorsichtshalber nehme ich ihm auch das Handy ab. „Aber so ist es am besten. Wenn keine Klage von Nöten ist, weil sie sowieso aufhört, Gerüchte über uns zu verbreiten.“

Verständnislos fletscht er die Zähne. „Was wollte sie damit nur erreichen? Dachte sie ernsthaft, dass ich dadurch wieder mit ihr zusammenkomme? Oder wollte sie sich einfach nur rächen, weil sie sich abgewiesen gefühlt hat?“

„Das ist doch jetzt egal“, finde ich. „Lassen wir das Ganze hinter uns, okay?“ Aufs Neue lächle ich. „Wenn du nun trotzdem mit einer Klage auf sie losgehst, wird das auch wieder in der Klatschpresse landen. Einige werden sich darauf stürzen und behaupten, dass du deswegen nicht lockerlässt, weil du etwas zu verbergen hast. Du weißt doch, wie das läuft.“ Ich reibe ihm den Arm. „Also schluck es herunter. Sei nicht so nachtragend. In Ordnung?“

Sei nicht so nachtragend.

Als er diese Worte von mir vernimmt, ganz unaufgeregt und doch schonungslos ehrlich, verändert sich seine Mimik und er scheint auf einmal über irgendetwas scharf nachzudenken.

„Craig“, murmelt er.

„Hm?“, entfährt es mir verwundert. „Redest du von … Craig Thompson aus deinem Team?“

Steif nickt er.

„Wie kommst du jetzt auf einmal auf ihn?“

„Neige ich wirklich dazu, zu nachtragend zu sein?“, lautet Coreys Gegenfrage.

Ich runzle die Stirn. „Reden wir immer noch über Cynthia?“

Er winkt ab. „In Ordnung. Ich lasse meinen Ärger über ihre Intrige ruhen. Zumindest will ich es versuchen.“

Dafür gebe ich ihm einen Kuss. „Danke, das bedeutet mir viel. Ich denke, so ist es für uns wirklich am besten. Auch wenn ich deine Enttäuschung über ihr Verhalten gut verstehen kann.“

Ein weiteres Mal atmet Corey durch, dann kann er endlich auch wieder lächeln. „Schauen wir nach vorne.“ Er schlingt die Arme um mich, zieht mich in eine Umarmung und holt sich den Kuss zurück. „Du und ich.“

Glückselig schmiege ich mich an ihn. „Ich kann es kaum erwarten.“

***

Einige Tage später erhalte ich nach einem intensiven Trainingsspiel einen Anruf. Die Nummer verrät mir, dass jemand vom Personal meiner Fußballmannschaft anklingelt.

„Hallo?“, nehme ich den Anruf in der Umkleidekabine verschwitzt entgegen, noch bevor ich duschen gehen kann, und hefte das Handy ans Ohr. Meine Atmung ist noch etwas flach und ich trage immer noch mein Mannschaftstrikot.

„Ms. Richardson, hier spricht Mike Pine aus der Presseabteilung.“

„Ah, hallo. Was kann ich für Sie tun?“

„Ich habe mit Brenda Miller gesprochen, der Pressesprecherin der *Liverpool Lizards*.“

„Okay?“, gebe ich zögerlich zurück. Sofort bin ich mir sicher, dass es irgendwie um Corey und mich als Paar gehen muss, aber worauf er hinauswill, ist mir schleierhaft. „Sind etwa neue Gerüchte in Umlauf gekommen?“

Gelassen lacht er. „Nein, nein, keine Sorge. Ich habe mich nur mit einer Gleichgesinnten ausgetauscht, wenn man so will, und dabei Interessantes erfahren.“

„Und das wäre?“, möchte ich wissen.

„Die Presseabteilung der *Lizards* macht durchweg positive Erfahrungen damit, aktiv von sich aus auf die Medien zuzugehen, anstatt nur auf deren Anfragen zu reagieren. Das Ganze wurde tatsächlich durch Gerüchte in Gang gesetzt, aber Brenda Miller hat klar entschieden, den Kurs beizubehalten. Nun habe ich mich gefragt, ob wir das auch so handhaben sollten. Dafür hätte ich Sie gerne mit an Bord.“

Ich stutze. „Sie wollen die Medien bewusst dazu anregen, mehr über mich zu berichten? Freiwillig?“

„Genau. Um den Marktwert unserer Mannschaft weiter zu steigern. Was sagen Sie dazu, Ms. Richardson?“

Wieder erlaube ich mir eine Sprechpause, um darüber zuerst einmal nachzudenken. „Meinen Sie über mich als Einzelperson oder zusammen mit meinen Teamkolleginnen."

„Gerne beides, aber in erster Linie dachte ich daran, Sie verstärkt als neuen Star der Mannschaft zu promoten. Konkret schwebt mir ein authentisches Porträt über sie als Titelstory in einem bekannten Sportmagazin vor, das auch Ihre private Seite zeigt, verbunden mit einem Shooting."

Es hat einen faden Beigeschmack, als ich Mike Pine dies sagen höre. Dass immer noch aussteht, dass ich mit meinen Eltern über mein Unterwäsche-Shooting in Italien sprechen sollte, ist noch nicht einmal der Grund dafür. Aber: Sofort habe ich vor Augen, wie ich aufs Neue von der Klatschpresse in einem schlechten Licht dargestellt werde, um daraus reißerische Schlagzeilen zu ziehen. Auf meine Kosten – und auf Kosten des ganzen Teams. Mit dem Gerücht, das Cynthia in die Welt gesetzt hat, hat dieser Schlag von Journalisten mir klar gezeigt, wozu sie fähig sind.

„Tut mir leid, Mr. Pine, aber damit würde ich mich nicht allzu wohlfühlen."

„Nicht?" Die Enttäuschung ist ihm anzuhören. „Das ist aber schade."

„Mir ist bewusst, dass ich zu gewissen Presseauftritten verpflichtet bin, weil sie zu meinen Pflichten gehören, die ich vertraglich zugesichert habe. Aber ein Porträt über mich allein in einem Magazin, das auch meine private Seite enthüllt – nein, tut mir leid. Ehrlich gesagt habe ich erst einmal genug Aufmerksamkeit von der Presse bekommen. Wie wäre es, wenn Sie dafür jemand anderen aus dem Team nehmen?"

„Mir wird wohl nichts anderes übrigbleiben“, erwidert er zerknirscht, „denn zwingen werde ich Sie dazu nicht.“

„Danke, das weiß ich zu schätzen, Mr. Pine.“

Wenige Augenblicke später beenden wir das Telefonat, sodass ich gedankenverloren am Fenster stehe und auf die Straße herunterblicke.

Mit meiner Absage habe ich richtig entschieden, oder?

Ja, sehr wahrscheinlich. So schade es auch ist. Doch wenn ich in den vergangenen Wochen eines gelernt habe, dann ist es, wie niederträchtig Reporter sein können.

***

„Yeah, go, *Lizards*, go! Never give up!“, rufe ich freudig und feuere das Team auch mit entsprechenden Handbewegungen an, dann applaudiere ich sogar.

Mit einem charmanten Lachen kommt Corey zu mir an die Bank getrabt. Der verschwitzte Haaransatz steht ihm verdammt gut. „Was machst du da?“, fragt er amüsiert.

„Was wohl? Euch anfeuern.“

„Das sehe ich, und das ist an sich auch schön, aber erstens haben wir heute nur Training und zweitens ist das Spiel doch seit eben vorbei.“

„Na und?“ Ich grinse. „Ich freue mich einfach so sehr darüber, dass ich jetzt ganz offiziell als deine Freundin zu deinen Spielen kommen kann, auch mal zum Training.“

Lächelnd beugt er sich zu mir herunter und gibt mir einen Kuss. „Das freut mich auch. Sehr sogar." Er richtet sich wieder auf.

Phil Stewart, der für die B-Mannschaft spielt und heute auch beim Trainingsspiel dabei sein durfte, zeigt sich entzückt. „Da haben sich ja zwei gefunden, was?"

Corey strahlt. „Auf jeden Fall. Na dann – weitermachen", fordert er mich belustigt auf.

„Woohoo, go, *Lizards*! Never give up!", entfährt es mir erneut, ohne dass ich Angst davor habe, was andere deswegen über mich denken könnten. Wer sich an meiner Begeisterung fürs Team stört, ist an diesem Ort definitiv falsch – nicht ich.

Aber schade, dass Oliver heute nicht dabei ist. Zu gerne hätte ich ihn angesprochen. Nicht, um ihn zu drängen und zu verlangen, sich zu entscheiden. Wenn er noch mehr Zeit braucht, um zu wissen, ob wir Freunde bleiben können, dann akzeptiere ich das. Das Warten ist es mir allemal wert. Außerdem ist es nichts Schlechtes, dass er diese Entscheidung nicht übers Knie brechen will. Es soll wohlüberlegt sein, ob er den Kontakt zu mir abbrechen will oder damit leben kann, mit mir weiterhin nur befreundet zu sein. Aber gerne hätte ich ihn trotzdem kurz gesehen, ihn vielleicht sogar gefragt, wie es ihm geht.

Wollte er genau das vermeiden? Ist er heute deswegen nicht beim Training dabei, weil er mir extra aus dem Weg geht?

Aber heute Morgen wusste ich ja noch nicht einmal selbst, dass ich an diesem Tag unter den Zuschauern sein würde. Das hat sich spontan so ergeben, da ich kurzfristig freibekommen habe – denn in unserer Trainingshalle hat es einen Wasserrohrbruch gegeben.

Wie dem auch sei. Oliver wird sich melden, wenn er so weit ist. Es ist sicherlich besser, wenn ich mich bis dahin gedulde. Selbst die Frage nach seinem allgemeinen Wohlbefinden könnte im Moment unangenehm für ihn sein, wenn sie von mir kommt und vor allem dann, wenn auch noch Corey sowie die anderen *Lizards* dabei sind. Leider.

Die ersten Jungs wollen sich gerade in die Kabine zurückziehen, da kommt eine Frau im Hosenanzug zu ihnen. Ihr Business-Zweiteiler hat ein kräftiges Blau, das für eine solche Aufmachung zunächst ungewöhnlich erscheinen mag, doch ich erkenne schnell, dass es sich um den Blauton der *Lizards* handelt. Die Frau überlässt nichts dem Zufall – so ist Brenda Miller aus der Presseabteilung eben.

Breit grinsend steuert sie auf die Spieler zu. „Schaut mal, was ich hier habe, Leute!“ Sie stellt einen Stapel mit Zeitschriften auf einem freien Sitzplatz ab und hält das oberste Exemplar hoch, um damit stolz herumzuwedeln.

„Oh, die Ausgabe ist schon da?“ Freudig nimmt Coach Caldwell das Exemplar an sich.

Mehr und mehr der Jungs strömen zur Pressesprecherin und lassen sich von ihr ein Exemplar der Ausgabe aushändigen. Corey lässt sich direkt zwei geben und kommt damit zu mir, überreicht mir eines davon.

Längst blättern die ersten Personen um uns herum gespannt in der Zeitschrift. An der Umschlaggestaltung erkenne ich, dass es sich um ein renommiertes Ballsport-Magazin handelt.

„Ist das ..." Mehr sage ich nicht, als ich es aufblättere.

„Unser bisher ausführlichstes Team-Porträt", bestätigt Corey meine Vermutung. „Ab morgen wird es überall erhältlich sein. Das sind unsere Belegexemplare."

„Ich erinnere mich", erwidere ich, stehe auf und blättere im Magazin nach dem Artikel. „Du hattest mir von dem Termin erzählt und – oh." Ich bleibe bei dem Artikel hängen und stelle fest, dass er viele Seiten lang ist. „Wow, die haben euch ja echt viel Platz gegeben, um die *Liverpool Lizards* vorzustellen."

„Ja, und der Text ist richtig gut geworden", kommentiert Corey und blättert selbst in seinem Exemplar.

Überrascht sehe ich ihn an. „Du kennst ihn schon?"

„Natürlich. Jeder einzelne von uns hat seine Freigabe erteilt – erst dann wurde der Artikel für eine Ausgabe fest eingeplant."

„Das ist natürlich super." Aufmerksam schaue ich mir den Artikel an ... die moderne Gestaltung, das angenehme Schriftbild, die professionell und gleichzeitig sympathisch wirkenden Fotos und nicht zuletzt den Fließtext. „Alle Achtung, da stehen auch so einige private Dinge über manche von euch drin. Nichts Schlimmes, aber durchaus Interessantes."

„Wer wollte, durfte ein bisschen etwas über sich fernab der Karriere als Rugby-Spieler erzählen", sagt Corey zu mir. „Aber keine Sorge – das war zu hundert Prozent freiwillig und ich habe extra nicht mitgemacht. Ich weiß ja, dass über dich lieber nichts in dem Artikel vorkommen sollte."

„Mmh …“, mache ich nur noch gedankenversunken und lese mir den mehrseitigen Text weiter durch. Er ist frisch aufgemacht, aber auch seriös. Die *Lizards* kommen darin authentisch, liebenswert und gleichzeitig als ernstzunehmende Gegner rüber. Gerade die privaten Dinge, die zwischendurch eingestreut werden, runden den Bericht perfekt ab. Die Details, die verraten werden, sind geschmackvoll und tragen dazu bei, dass man beim Lesen tatsächlich das Gefühl hat, den Jungs gegenüberzusitzen und sich nett mit ihnen zu unterhalten. Die Bilder dafür hat die Redaktion offensichtlich exklusiv anfertigen lassen. Sie zeigen die *Lizards* in herbstlicher, hochwertiger Freizeitkleidung. „Der ist wirklich gut gemacht.“

„Freut mich, wenn du das auch so siehst“, kommt es von Corey. „Wir hoffen, dass wir dadurch noch bekannter werden und viele neue Fans für uns gewinnen können.“

„Davon ist auszugehen“, sagt Chris zuversichtlich, nachdem er die Bemerkung aufgeschnappt hat.

Auch Sam gesellt sich zu uns. „Hey, Corey, gehen wir gleich zusammen etwas essen?“

„Au ja“, ergänzt Chris und hält sein Exemplar hoch. „Ich sehe auf den Fotos blendend aus – das müssen wir feiern.“

Es freut mich, zu merken, wie gut die Stimmung zwischen ihnen und Corey ist. Zusammen essen zu gehen, kann sicherlich zum Teamspirit beitragen.

Sam richtet sich an mich: „Du bist herzlich eingeladen, uns zu begleiten, Lorraine.“

Lächelnd winke ich ab. „Danke, aber ich habe sowieso noch etwas vor. Geht ruhig ohne mich.“

„Bist du sicher?“, will Corey wissen und schlingt den Arm um mich. „Ich habe dich gerne dabei, das weißt du hoffentlich.“

„Natürlich. Aber ich habe wirklich noch etwas vor.“

„Verrätst du mir, was?“

Geheimnisvoll schmunzle ich. „Später. Wenn ich weiß, ob es klappt.“ Dann rede ich wieder lauter, um mich auch an Chris und Sam zu wenden: „Viel Spaß, Jungs! Wir sehen uns.“

Zum Abschied geben Corey und ich uns einen weiteren Kuss. Es fühlt sich toll an, dies nun auch in der Öffentlichkeit machen zu dürfen. Dann verschwindet er zusammen mit den anderen in Richtung Umkleide, während ich mich zu den Parkplätzen begebe und mit unserem gemeinsamen Auto nach Hause fahre, wohlwissend, dass Corey schon irgendwie heimkommen wird, etwa mit einem Taxi.

Schon auf der Rückfahrt will ich das erledigen, was ich noch vorhatte: Über die Freisprechanlage tätige ich einen Anruf, bevor es dafür heute zu spät wird. Falls es das nicht schon ist. Mal sehen, ob er rangeht. Ist er um diese Uhrzeit noch im Büro?

„Ms. Richardson“, höre ich ihn den Anruf entgegennehmen. „Ich wollte gerade zur Tür raus.“

„Guten Abend, Mr. Pine.“ Ich lenke den Wagen in die nächste Straße. „Dann habe ich ja Glück, dass ich Sie noch erwische.“

„Was kann ich für Sie tun?“

Ein Durchatmen meinerseits. „Ich habe es mir anders überlegt: Ich möchte nun doch gerne ein Interview für ein

Zeitschriften-Porträt geben."

„Oh, woher kommt der Sinneswandel, wenn ich fragen darf?", wundert er sich.

„Ich möchte das Interview gerne mit der Zeitschrift haben, in der morgen ein Artikel über die *Liverpool Lizards* erscheint. Können Sie das arrangieren?"

„Wenn Sie mir den Namen des Magazins sagen könnten, dann ... na ja, ich nehme mal an, ich werde es morgen schon mitbekommen, andernfalls wäre ich nicht gut in meinem Job."

Ich lache. „Gut, dann verrate ich nichts weiter und lasse Sie Ihres Amtes walten, Mr. Pine."

***

Eine Woche später ist es so weit: Ich halte den ersten Entwurf des Artikels über mich in den Händen ... und bin begeistert! Die Fotos sind toll geworden. Sehr stilvoll, gleichzeitig habe ich das Gefühl, dass sie mich zeigen, wie ich bin und gerne gesehen werden möchte.

Und der Text erst.

Dreißig Männer prügeln sich um einen kaputten Ball.

Ich kann kaum glauben, dass die Journalistin dieses Zitat von mir über Rugby nicht nur reingenommen, sondern sogar zur Überschrift gemacht hat. Aber diese Headline ist witzig und macht neugierig auf den Artikel – das könnte funktionieren. Außerdem ist sie wirklich passend, denn ich spreche in dem Interview offen über meine Beziehung mit

Corey, aber auch darüber, dass mein Bruder William und dessen damals bester Freund Oliver schon in der Jugend viel Rugby gespielt haben. Als die Reporterin die Unterschiede zum Fußball angesprochen hat, konnte ich nicht anders, als an meine Scherze mit Oliver zu denken und Rugby ein wenig auf die Schippe zu nehmen. Viel von diesem Humor ist in den Artikel eingeflossen, das gefällt mir. Hoffentlich wird das bei den Leserinnen und Lesern gut ankommen und sie verstehen, dass das Ganze als Scherz gemeint ist, während es gleichzeitig tatsächlich die Differenzen zwischen beiden Sportarten veranschaulicht.

„Hey, ich bin zu Hause!“, ruft Corey in die Wohnung, als er sie betritt. Er schaut sich nach mir um und findet mich in der Küche.

„Hey“, begrüße ich ihn und gebe ihm einen Kuss.

Corey legt seine Jacke sowie seinen Schlüsselbund ab und entdeckt den Ausdruck in meinen Händen. „Was hast du da?“

„Den Entwurf des Artikels über mich, damit ich ihn freigeben kann.“

Er holt sich gekühltes Wasser aus dem Kühlschrank und genehmigt sich einen Schluck. „Und, gefällt er dir oder möchtest du irgendetwas geändert haben?“

„Er ist perfekt“, erwidere ich freudestrahlend.

„Prima. Darf ich mal sehen?“

Ich reiche ihm den Ausdruck, damit er ihn sich ansehen kann.

Aufmerksam liest er ihn quer. „Wow, dieses Foto von dir …“ Er streicht mit dem Finger über die Konturen meines

Abbildes. „Du hast ja diesmal so viel an." Frech grinst er.

Als mir klar wird, dass er damit auf meine Unterwäsche-Fotos anspielt, gebe ich ihm einen Klaps gegen den Oberarm. „Du bist doof." Das meine ich natürlich nicht ernst. Es ist schön, dass ich mit ihm so herumalbern kann. „Und wie war es mit den Jungs?"

„Sehr cool. Chris, Sam und ich haben uns den neuen Actionfilm mit Keanu Reeves angesehen." Auch er strahlt nun, als er davon erzählt. „Meine Güte, die zwei sind die witzigsten Filmkommentatoren, die mir je über den Weg gelaufen sind."

Ich lächle. „Verstehst du dich deswegen mit den beiden so klasse, weil …" Mein Lächeln verschwindet, als ich die Frage im Kopf automatisch schon folgendermaßen beende: *Weil du mit Oliver nicht mehr sonderlich gut auskommst?*

„Weil sie Australier sind?", versucht Corey den Satz zu Ende auszusprechen, als ich still bleibe. „Ja, das kann gut sein." Gedankenversunken blickt er an mir vorbei. „Ich schätze, sie geben mir tatsächlich ein bisschen das Gefühl, wieder in Down Under zu sein. Auf jeden Fall mag ich ihre Mentalität sehr."

„Das freut mich", sage ich, bleibe jedoch angespannt.

Zwar reden wir jetzt gar nicht über Oliver, aber dafür hat Corey mich soeben an etwas anderes erinnert: Eines Tages könnte es passieren, dass er zurück nach Brisbane ziehen möchte. Schließlich hat ihm Australien gut gefallen und er hat sich in dem Rugby-Team von Brisbane sehr wohlgefühlt. Die Stimmung bei den *Liverpool Lizards* wird zwar vor allem in letzter Zeit immer besser, aber was ist, wenn ihm das nicht reicht? Was, wenn er nach zwei Jahren den Vertrag nicht verlängern möchte? Und was wird überhaupt meine nächste

Station nach Liverpool?

Darüber sollten wir eigentlich langsam mal sprechen. Doch aufs Neue schiebe ich es vor mir her, da ich Angst vor dem Ausgang dieses Gesprächs habe. Es könnte sein, dass uns dabei klar wird, dass unsere Beziehung ein Ablaufdatum hat.

20. Kapitel

~ Corey ~

„Ausgezeichnet, Craig!", lobt Coach Caldwell ihn, nachdem Craig souverän das nächste Tor erzielt hat. „Weiter so, yeah!" Caldwell applaudiert sogar und grinst auch noch eine Minute später mit sich selbst um die Wette.

Es wundert mich gar nicht, dass unser Coach heute beim Ligaspiel so gut drauf ist. Die Stimmung im Team wird besser und besser. Die Spieler lernen sich immer näher kennen, die Mannschaft wächst als Einheit zusammen. Dies ist sicher den kürzlichen Match-Siegen, der wachsenden Fanbase und der positiven Medienresonanz zu verdanken.

Aber ganz bestimmt auch den beiden kleinen Jungs, Dennis und Kevin, die mit ihrer Begeisterung für die *Lizards* alle anstecken. Einmal konnten sie vor einem Ligaspiel nicht zu uns in die Umkleide kommen, um uns wie üblich viel Erfolg zu wünschen und um uns Glücksbringer zu überreichen. Sie waren verhindert, weil sie übers Wochenende auf einem Schulausflug außerhalb der Stadt waren. Wir haben alle gemerkt, wie sehr sie uns fehlen. Längst ist ihr Auftritt in der Kabine zu einem Ritual für uns geworden, das einfach dazugehört. Zumal sie dies sogar schon ein paar Mal geschafft haben, wenn wir gar nicht im *Parks Stadium* in Liverpool gespielt haben, sondern irgendwo anders. Wie oft sie ihren Vater dazu überredet bekommen, mitzudürfen, ist schon erstaunlich. Doch ich denke, er merkt auch, wie gut die Euphorie seiner Söhne uns tut.

Jedenfalls gelingen die Spielzüge stetig besser. Unser Team erzielt immer mehr Erfolge und wir finden immer mehr

Beachtung. So kann es gerne weitergehen. Der Gegner ist nun, nach unserem letzten Tor, zwar wieder im Ballbesitz, aber so gut, wie wir heute als Team drauf sind, bin ich mir sicher, dass wir das Ei sehr bald schon wieder ...

„Ah!“, brüllt Oliver schmerzerfüllt und stürzt, kaum dass der nächste Spielzug angepfiffen worden ist. Jemand vom gegnerischen Team hat ihn hart attackiert, dadurch kommt er unglücklich mit dem Kopf auf dem Boden auf.

„Oliver!“, rufen mehrere.

„Mr. Rogers!“, rufen andere.

Viele eilen zu ihm, als er sich nicht mehr regt und bewusstlos daliegt. Auch ich verspüre das Bedürfnis, dies zu tun, doch ich will den Weg für die Mediziner nicht versperren, die gerade herbeigestürmt kommen. Mit etwas Abstand beobachte ich das Geschehen voller Sorge.

Alles ging gerade so schnell. Hoffentlich ist seine Verletzung nicht allzu schlimm!

***

„Eine Gehirnerschütterung?“, wiederholt Lorraine, als ich wieder zu Hause bin und ihr in der Küche davon erzähle.

„Sogar eine schwere.“

Sie hält sich die Hand vor den Mund. „Oh mein Gott, der Arme!“

„Es geht ihm den Umständen entsprechend gut“, sage ich weiter, um sie zu beruhigen.

„Dann ist Oliver inzwischen wieder bei Bewusstsein?“, fragt sie.

Seufzend begebe ich mich zum Hängeschrank, um mir ein Glas herauszuholen. „Nicht nur das. Ich habe am Spielfeldrand sogar noch mitbekommen, wie er eifrig mit unserem Teamarzt John diskutiert hat.“

„Lass mich raten: Oliver hat darauf bestanden, dass er sofort weiterspielen darf.“

„Das stimmt“, bestätige ich. „Aber dafür hat John natürlich keine Freigabe gegeben. Nach einer schweren Gehirnerschütterung wäre das auch unverantwortlich. Er muss sich jetzt unbedingt schonen – wochenlang. Nur scheint Oliver das anders zu sehen.“

Verträumt lächelt Lorraine und schüttelt dabei den Kopf. „Das ist so typisch für ihn …“

Zweifellos muss sie gerade an alte gemeinsame Zeiten denken. Daran, wie sie ihre Jugend mit Oliver verbracht hat. Daran, was ihn ausmacht. Selbst wenn er sich verletzt, bringt er sie also zum Schmunzeln – noch immer. Ich muss zugeben, dass mir dies einen Stich mitten ins Herz versetzt.

„Er wird sich damit abfinden müssen“, erwidere ich trocken und atme durch, während mich das Verlangen überkommt, das Thema zu wechseln. Also bemühe ich mich um eine fröhlichere Miene. „Hey, heute ist doch der Artikel über dich erschienen.“

„Ja, genau“, freut sie sich und bekommt leuchtende Augen. Sie eilt zu ihrer Tasche und holt ein Exemplar der Ausgabe hervor. „Hier, für dich.“

Freudig blättere ich die Zeitschrift auf und finde den Bericht über sie. *„Dreißig Männer prügeln sich um einen kaputten Ball“*, lese ich die Überschrift vor. Amüsiert lache ich. „Wie bist du denn darauf gekommen?“

„Ach.“ Grinsend zuckt sie mit den Achseln. „Das ist seit langem ein Insider zwischen Oliver und mir.“

Mein Lächeln verflüchtigt sich.

„Deswegen wird er auch diverse Male im Text erwähnt, siehst du?“ Lorraine stellt sich dicht neben mich und zeigt auf die Stellen. „Hier, hier und hier.“

„Aha“, entfährt es mir nüchtern, als ich feststelle, dass wir nun doch wieder über ihn sprechen und sie seinetwegen so strahlt. „Und ... hast du schon erste Reaktionen auf den Artikel mitbekommen oder ist es dafür noch zu früh?“

„Doch, doch, dank des Internets geht das heute ziemlich schnell. Der Bericht kommt gut an. Unser Pressesprecher rechnet sogar damit, dass Fußball und Rugby dadurch viele neue weibliche Fans bekommen.“

„Schön“, kann ich mich nun wieder aufrichtig freuen. „Mehr weibliche Fans könnten beide Sportarten gut gebrauchen.“

„Absolut.“ Erwartungsvoll sieht sie mich an. „Corey ...“

„Ja, Lorraine?“

„Wo ist Oliver jetzt? Im Krankenhaus?“

Ich stutze und frage mich, worauf sie hinauswill. „Wieso fragst du?“

Frohen Mutes winkt sie ab. „Ach, ich kann ihn ja einfach

mal anrufen und schauen, ob er rangeht.“ Schon holt sie ihr Handy aus der Hosentasche hervor.

„Er bleibt jetzt zur Beobachtung für zwei Tage in der Klinik“, beantworte ich ihre Frage endlich.

„Ah, okay.“ Sie lässt das Smartphone in der Hand sinken, verliert aber nicht ihre Entschlossenheit. „Dann gehe ich morgen während der Besuchszeiten hin – er wird sich bestimmt freuen.“

„Denkst du?“, bringe ich nur murmelnd hervor und suche verzweifelt nach einem Grund, der dagegensprechen könnte. „Vielleicht schläft er den ganzen Tag und braucht diese Ruhe auch.“

„Quatsch, doch nicht Oliver.“

Hat sie gerade nur *Oliver* oder stattdessen *mein Oliver* gesagt? Ich bin mir nicht sicher.

„Ich weiß doch, wie er ist. Diese Zwangspause macht ihn fertig. Er ist ein Draufgänger, der immer Action braucht. Es wird ihm schwerfallen, in der Klinik die Füße stillzuhalten. Selbst die Schonzeit danach zu Hause wird hart für ihn – das weiß ich einfach.“

Tief sehe ich ihr in die Augen. „Hat er sich denn schon bei dir gemeldet? Also … seid ihr noch befreundet?“

Bedauernd presst sie die Lippen etwas zusammen. „Leider nicht. Aber in dieser Situation kann ich nicht anders. Ich werde zu ihm fahren und hoffe, dass er sich darüber freut. Ich möchte ihn nicht drängen, wirklich nicht. Aber ich weiß genau, wie wichtig es jetzt ist, dass er sich nicht ausgeschlossen und abgehängt fühlt. Das kann ich nicht ignorieren. Verstehst du?"

Nein, will ein Teil von mir trotzig widersprechen.

Doch leider hat sie recht. Ihre Argumentation klingt plausibel. Das, was ich über Oliver weiß, passt genau dazu, wie sie ihn gerade beschrieben hat. Wie könnte ich sie da anlügen?

„Sicher", antworte ich also, wenn auch widerwillig.

***

Einen Tag später ist es dann so weit. Lorraine steht zu ihrem Wort, sagt einen Termin ab und schaufelt sich so Zeit frei, um zu Oliver ins Krankenhaus zu fahren. Weil ich es niemals fertigbringen würde, sie im Regen stehen zu lassen, habe ich ihr natürlich verraten, in welcher Klinik sie ihn findet. Keiner von uns beiden schlägt vor, dass ich mitkomme. Irgendwie steht das für uns nicht zur Debatte – auch wenn wir dafür unterschiedliche Gründe haben mögen. Oder? Ich gehe davon aus, dass sie Oliver die Gelegenheit geben möchte, mit ihr über ihre Freundschaft zu sprechen. Ist das auch Lorraines Grund dafür, mich nicht zu fragen, ob ich sie begleite?

Jedenfalls verabschieden wir uns voneinander, dann verlässt sie allein das Haus und lässt mich zurück.

„Glückwunsch, Oliver", brumme ich vor mich hin. „Du musstest dich wortwörtlich auf den Kopf stellen, aber es hat gereicht, um Lorraine in deine Arme zu locken."

…

Herrgott, was ist denn bloß los mit mir? Was rede ich denn

da?

Lorraine hat die Karten vor ihm auf den Tisch gelegt, was mich anbelangt. Es ist herzlich unwahrscheinlich, dass sie vorhat, mich mit Oliver zu betrügen. Schon gar nicht, wenn er verletzt ist. Ich vertraue ihr.

Und ihm. Schließlich hat er in den ganzen letzten Tagen keine weiteren Versuche unternommen, um ihr näherzukommen.

Also hör auf, dich wie ein trotziger Junge aufzuführen und in Hirngespinste hineinzusteigern, ermahne ich mich selbst. *Lorraine ist einfach nur eine gute Freundin für jemanden, der sich im Moment nicht sicher ist, ob er es in Anbetracht seiner Gefühle schafft, weiterhin mit ihr befreundet zu sein. Das ist es, was hier los ist. Führ dich nicht so auf, als hätte man dir wehgetan. Um dich geht es nicht.*

Tief atme ich durch und frage mich, was für ein Freund ich für Lorraine sein möchte.

Ein guter – natürlich.

Lorraine bewegt mich dazu, die beste Version meiner Selbst sein zu wollen. Für sie.

Aber was bedeutet das in der Praxis der aktuellen Situation?

21. Kapitel

~ Oliver ~

„Aber warum denn nicht schon heute?“, will ich wissen und klinge fast schon nörgelnd.

„Tut mir leid, Mr. Rogers“, entgegnet der Arzt, „aber es wäre wirklich besser, wenn wir Sie noch eine weitere Nacht hierbehalten und erst morgen entlassen.“

„Aber bisher hat es doch auch keine Zwischenfälle gegeben“, widerspreche ich. „Wie wahrscheinlich ist es da, dass ich in den kommenden vierundzwanzig Stunden Hilfe brauche?“

„Das ist unwahrscheinlich, das stimmt, aber nicht unmöglich. Bitte bleiben Sie noch einen Tag hier in der Klinik. Ich kann Sie nicht zwingen, muss Ihnen jedoch dringend dazu raten. Wie lautet Ihre Entscheidung?“

Ich atme ein, um etwas zu sagen.

„Natürlich bleibt er so lange hier, wie Sie es empfehlen“, kommt mir jemand mit einer mir vertrauten Stimme zuvor.

Ich sehe zur Tür und erkenne, dass sie geöffnet wurde und eine Person im Rahmen steht. „Lorraine“, entfährt es mir überrascht.

Lächelnd klopft sie gegen den Türrahmen und tritt ein. „Für Besucher ist nun geöffnet, oder? Ich wollte nicht stören.“

Der Arzt erwidert das Lächeln und nickt. „Ich nehme an, Sie sind eine Freundin des Patienten.“

Lorraines und mein Blick treffen sich, als er *eine Freundin* sagt. Ist sie das? Noch immer habe ich ihr nicht mitgeteilt, wie ich zu unserer Freundschaft stehe, nachdem sie mir für eine romantische Beziehung einen Korb gegeben hat. Weil ich mich immer noch nicht entschieden hatte.

Wenn es aber darum geht, ob sie ruhig hören darf, was der Arzt mir zu sagen hat, so lautet meine Antwort: „Ja."

„Eine gute Freundin sogar", sagt der Arzt. „Immerhin rät sie Ihnen dazu, auf mich zu hören, und das ist nie verkehrt." Er zwinkert.

„Ich weiß, du bist ein Neandertaler", ergreift Lorraine das Wort und kommt näher, „aber du bist doch hoffentlich nicht so unvernünftig, die Klinik heute schon zu verlassen, wenn dir davon abgeraten wird, oder?"

Verwundert blinzelt der Arzt. „Neandertaler?"

Da muss ich schmunzeln. „Schon gut – sie darf so mit mir reden. Das ist ein Insider zwischen uns."

„Verstehe."

Grinsend sehen Lorraine und ich uns an, als sie bei meinem Krankenbett ankommt. In dem Moment weiß ich es: Ich will nicht, dass sie aus meinem Leben verschwindet. Schon gar nicht als guter Kumpel.

„Stimmt das denn, Mr. Rogers?", will der Arzt wissen.

„Was? Dass ich ein Neandertaler bin?"

Der Mediziner muss sich ein Lachen verkneifen. „Dass Sie hierbleiben."

„Ich schätze schon."

„Gut, da bin ich ja beruhigt." Er widmet uns einen letzten

Blick. „Dann lasse ich Sie nun allein und schaue später wieder nach Ihnen."

„Danke", lässt Lorraine an meiner Stelle verlauten. Als der Doktor weg ist, fügt sie an: „Entschuldige, ich wollte eurem Gespräch nicht lauschen. Aber anscheinend war es gut, dass ich es versehentlich doch gemacht habe." Frech grinst sie.

Damit bringt sie mich ein weiteres Mal zum Schmunzeln, ehe ich wieder ernst werde. „Ich nehme mal an, du hast von Corey erfahren, dass ich hier bin."

„Ja", bestätigt sie. „Mittlerweile habe ich auf YouTube auch den Tackle gesehen, mit dem du bei eurem letzten Ligaspiel ausgeknockt worden bist – puh, das muss wehgetan haben!"

„Halb so wild. Im Gegensatz zu euch Fußballern, die bei jeder Gelegenheit eine große Szene machen und weinerlich werden, sind wir Rugby-Spieler hart im Nehmen."

Seufzend setzt sie sich auf meine Bettkante. „Diesen Spruch lasse ich dir heute ausnahmsweise mal ohne einen Konter durchgehen."

„Ja? Schade. Deine Kommentare geben dem Ganzen doch erst den Spaß und den Reiz."

„Ich weiß, ich weiß. Trotzdem. Du hast schon genug durchgemacht." Sie deutet auf meinen Kopf. „Tut es noch sehr weh?"

„Ich stehe unter Schmerzmitteln – also nein."

Sie nickt. „Jedenfalls hast du recht: Alle reden zwar über deine Verletzung, aber die Diagnose und deinen Aufenthaltsort hat Corey mir verraten."

Hat er das freiwillig getan oder musste Lorraine es aus ihm

herauskitzeln? Das würde ich nur zu gerne wissen, aber vielleicht ist es taktlos, sie danach zu fragen.

Leidvoll schnaube ich. „Das einzig Schlimme ist die Spielpause, die über mich verhängt wurde. Gerade jetzt, wo wir mitten in der Saison als Team so richtig auf Hochtouren kommen und Aussicht auf einen Spitzenplatz in der Liga haben!“

Verständnisvoll sieht sie mich an. „Ich weiß. Das auszusitzen, ist hart für dich, nicht wahr?“

Ich halte inne. „Bist du deswegen hier? Weil du dir das schon denken konntest?“

Lorraine senkt den Blick und nickt. „Mir ist klar, dass du mir noch keine Antwort gegeben hast, aber ... ich konnte auch nicht einfach still abwarten.“

Das nächste Lächeln zaubert sich in mein Gesicht. „Wir sind uns ziemlich ähnlich, was? Also, mal abgesehen davon, dass du dich für die falsche Sportart entschieden hast.“

Sie zeigt sich belustigt über meinen Spruch. „So schlimm kann es mit deinen Schmerzen ja wirklich nicht sein, wenn du immer noch so frech sein kannst.“

„Hey, ich bin ganz normal.“

„Ja, für deine Verhältnisse bist du das durchaus.“

Mann, was habe ich unseren verbalen Schlagabtausch vermisst!

Aber ...

Wenn man sich gegenseitig immer wieder derart herausfordert ...

Dann ist man nicht verliebt. Man ist eng befreundet. Geschwisterlich.

Das wird mir gerade bewusst. Nicht, dass ich mir weiterhin falsche Hoffnungen machen sollte, auch wenn Lorraine mich besuchen gekommen ist – sondern dass sie gar nicht meine Mrs. Right ist. Deswegen ist sie das früher auch nie gewesen. Unser Wiedersehen war so überraschend und angenehm, dass ich einem Irrtum unterlegen bin. Anscheinend ist jetzt die Zeit gekommen, dass ich mir grundsätzlich eine feste Beziehung ernsthaft vorstellen kann. Aber Lorraine ist nicht die Richtige dafür. Das hat sie früher erkannt als ich. Doch nun, da es auch mir klar wird, macht das alles entspannter. Zwischen uns. Wir müssen unsere Freundschaft nicht beenden!

Gerade, als ich ihr das sagen will, scheint sie das schon zu wissen, denn sie rutscht näher an mich heran und kramt etwas aus ihrer Tasche hervor. „Sieh mal, mein Artikel ist erschienen." Sie reicht mir die Sportzeitschrift, in der Bilder von ihr neben ihrem Interview abgedruckt sind.

Als ich die Überschrift lese, schaue ich sie vorwurfsvoll an, allerdings gleichzeitig mit einem Grinsen. „Du kannst es einfach nicht lassen, Rugby schlechtzumachen, was?"

Lorraine lacht. „Wenn es nun mal die Wahrheit ist?"

Aufmerksam lese ich den Artikel schon mal quer. „Steht da wenigstens auch etwas darüber drin, wie lahm Fußball ist?"

„Das eher nicht, schließlich ist das *mein* Interview, aber schau mal." Sie zeigt mir die Textstellen, in denen ich vorkomme.

Wie gebannt lese ich den Absatz, der davon handelt, wie

sie aufgewachsen ist. William und ich werden darin mehrmals erwähnt. Sympathisch und ehrlich, aber nicht zu offen geben die Zeilen einen Einblick in unsere gemeinsame Jugend. „Wow“, murmle ich. „Schön geschrieben.“ Als ich verinnerliche, dass ich in dem Bericht über ihren Werdegang vorkomme, bekomme ich fast feuchte Augen … aber natürlich nur fast. „Wirklich schön. Du hast der Redakteurin tolle Antworten gegeben. Und die Fotos sind auch toll.“

Sie strahlt. „Danke.“ Ich will ihr das Magazin zurückgeben, doch sie winkt ab. „Behalte das Exemplar ruhig. Ich habe mehrere als Beleg bekommen. Ich hoffe, die anderen Berichte in dem Magazin sind auch interessant, dann hast du wenigstens ein wenig Ablenkung, sobald du den Kopf wieder beschäftigen darfst.“

„Danke“, greife ich ihren Wortlaut von eben auf. „In ein paar Tagen darf ich wieder fernsehen und lesen, dann nehme ich mir das Magazin gerne vor. Was sagt denn deine Familie zu dem Bericht? Hast du mit ihnen schon darüber gesprochen?“

„Ja. William und Cathy sind begeistert. Das freut mich sehr.“

Eindringlich sehe ich sie an. „Und deine Eltern?“ Ich frage dies in dem Wissen, dass sie damals nicht allzu begeistert gewesen sind, als Lorraine sich für eine Karriere als Profi-Fußballerin entschieden hat.

Sie weicht meinem Blick aus. „Das …“ Sie kratzt sich am Hinterkopf. „Die habe ich noch nicht gefragt.“

„Möchtest du das denn noch tun? Falls sie sich nicht sowieso von sich aus bald dazu melden.“

„Ehrlich gesagt ...“ Lorraine verzieht den Mund. „Ich habe in letzter Zeit nicht auf ihre Anrufe reagiert. Das ging los, als meine Fotos mit der italienischen Unterwäsche veröffentlicht wurden – verstehst du?“

„Oh“, mache ich. „Ach so.“

Sie zeigt sich wieder freudig. „Egal. Heute bist du der Star. Kann ich dir irgendetwas vom Getränke- oder Snackautomaten holen?“

Lange muss ich nicht überlegen. „Eine Uhr, mit der ich die Zeit um zwei Wochen vorstellen kann, damit meine Schonzeit vorbei ist.“

„Hm, ich befürchte, die Zeitmaschinen-Uhren sind gerade ausverkauft“, scherzt sie sogleich wieder mit. „Ja, als ich hergekommen bin, habe ich einen Vermerk am Automaten gesehen.“

Lächelnd sehe ich sie an. „Lorraine.“

„Ja, Oliver?“

„Ich bin froh, dass du hergekommen bist.“

Sie erwidert das Lächeln. „Ich auch.“

***

Als es zwei Tage später an meiner Tür klingelt, bin ich verwundert. Im Moment besuchen mich viele Leute, was sehr erfreulich ist, aber eigentlich sprechen sie vorher immer mit mir ab, wann sie vorbeikommen. Entweder bekomme ich ein Paket oder jemand hat sich spontan dazu entschieden, aufzutauchen.

Definitiv Letzteres ist der Fall, denn als ich die Tür aufmache, ist es Corey, der vor mir steht.

„Hi“, sagt er.

„Hi“, erwidere ich.

Verhalten lächelt er. „Wie geht es dir?“

„Hauptsächlich nervt mich die Übelkeit, aber es ist auszuhalten.“

„Verstehe“, gibt er leise von sich und senkt den Kopf.

„Willst du hereinkommen?“, höre ich mich fragen, ohne darüber vorher nachzudenken. Anscheinend möchte ich ihm das wirklich gerne anbieten, dabei hätte ich vor einer Minute noch nicht sagen können, ob es so ist.

„Gerne.“

Ich biete ihm etwas zu trinken an, dann setzen wir uns in meinem Wohnzimmer gegenüber voneinander hin. Ein Moment des angespannten Schweigens entsteht. Unbeholfen sieht Corey sich um.

Plötzlich holen wir im selben Moment Luft und sagen synchron: „Was Lorraine angeht …“

Ich muss lachen. „Sorry.“

„Du zuerst“, fordert er mich freundlich auf und macht eine entsprechende Handbewegung.

Mein warmer Blick ist ihm sicher. „Ich freue mich sehr für euch beide.“

„Ja?“, hakt er nach.

Entschieden nicke ich. „Und dass sie und ich Freunde bleiben. Das freut mich auch."

Als er erkennt, dass ich es absolut ernst meine, entspannt er sich sichtlich. „Mich ebenfalls."

Spätestens in dem Augenblick wird mir klar, dass Corey auch nie versucht hat, Lorraine von mir fernzuhalten. Das und die Erkenntnis, dass ich nicht wirklich in Lorraine verliebt bin, verändert alles. Jetzt weiß ich: Sobald ich wieder fit bin, werden Corey und ich auf dem Spielfeld wieder eine starke Einheit bilden. Zumal er das auch zu wollen scheint.

„Ich kann es kaum erwarten, wieder einsatzbereit zu sein", sage ich vorfreudig.

Auch Corey zieht einen Mundwinkel hoch. „Darauf warten wir alle – das versichere ich dir. Aber dein Ersatz ist ganz okay."

Ich horche auf. „Ersatz?" Darüber habe ich ja noch gar nicht nachgedacht. Aber natürlich: Irgendwer muss meinen Platz in der Mannschaft einnehmen.

„Er heißt Ken, ist aus dem B-Team und spielt so lange auf deiner Position, bis du wieder da bist."

Mit ernster Miene bewege ich den Kopf zu einem Nicken. „Na, hoffentlich hat er es nicht dauerhaft auf meinen Posten abgesehen."

Corey zeigt sich gelassen. „Eher nicht. Ken ist noch ziemlich jung. Er ist gerade erst einundzwanzig geworden. Er hat sowieso vor, erst einmal in der B-Mannschaft zu bleiben. Aber er hat sich gefragt, ob du ihm vielleicht Tipps geben könntest, um auf der Position des Außenverteidigers besser zu werden. Deswegen soll ich fragen, ob es in Ordnung wäre, wenn er während deiner Auszeit mal vorbeikommt. Was denkst du?“

Meine Augen leuchten auf. „Ich darf mir die Schonzeit damit vertreiben, den Coach zu spielen?“

„Nur bei Ken“, stellt Corey klar. „Aber ja.“

Der Gedanke gefällt mir. Ich frage mich, ob das Ganze sogar Coreys Idee gewesen ist. Es wäre gut möglich, dass er Ken dazu ermutigt hat, mich zu fragen. Nun bereue ich es erst recht, Corey gemieden zu haben. „Hör zu …“, beginne ich reuevoll. „Es tut mir leid, wie es in letzter Zeit zwischen uns gelaufen ist.“

„Das muss es nicht, Oliver. Du hast weder Lorraine noch mir eine Szene gemacht. Jedenfalls nicht, wenn man es mit meiner Ex Cynthia vergleicht. Also Schwamm drüber.“

Erleichtert atme ich auf.

„Aber nur …“, fährt er fort.

„Ja?“, hake ich hellhörig nach.

„Nur, wenn du mir versprichst, die zwei Wochen Schonzeit auch brav einzuhalten.“ Er zeigt auf meine heimischen Fitnessgeräte. „Kein heimliches Training in der Zeit, in Ordnung?“

Ich spiele den Genervten. „Herrgott, du klingst ja schon wie mein Arzt. Und wie Lorraine. Und meine Eltern. Und der Coach. Und einfach alle.“ Ich grinse.

„Dann ist wohl ein Funken Wahrheit daran“, sagt er zufrieden.

„Also gut, einverstanden“, verspreche ich ihm. „Ich werde auch zu Hause erst wieder trainieren, wenn der Arzt mir dafür bei der Abschlussuntersuchung grünes Licht gibt.“

„Prima. Bis dahin vertreiben Lorraine, Ken und ich dir mit abwechselnden Besuchen die Zeit.“

Auffordernd nicke ich ihm zu. „Kommt auch gerne mal alle drei zum Essen vorbei. Oder nur Lorraine und du – wie ihr möchtet. Das Essen müsst ihr natürlich mitbringen … ich bin schließlich der arme Patient.“

Er lacht. „Zufälligerweise sind Lorraine und ich ganz gut darin, zusammen am Herd zu stehen. Das bekommen wir also hin.“

***

Endlich ist die Bettruhe vorbei, die der Arzt mir für zu Hause verordnet hat. Jetzt darf ich mich wieder mehr bewegen, auch wenn ich noch keine körperliche Anstrengung zulassen darf. Also tätige ich einen Anruf.

„Oliver, hey“, begrüßt Lorraine mich durch die Leitung. „Wie geht es dir, was macht deine Genesung?“

„Hey, Lorraine. Ich komme direkt zur Sache: Mir fällt die Decke auf den Kopf, deswegen möchte ich an die frische Luft. Aber allein im Park herumzuspazieren, ist armselig. Begleitest du mich?“

„Also, erstens ist das ganz und gar nicht armselig. Wer mit sich selbst im Reinen ist, hat kein Problem damit, auch mal in der Öffentlichkeit allein zu sein. Andere machen sich darüber gar nicht so viele Gedanken, wie man erst einmal denkt, wenn man leicht zu verunsichern ist. Und du bist doch keine verunsicherte Person, stimmt's? Das ist sicherlich die Verletzung, die da aus dir spricht."

„Na gut", gestehe ich ein. „Dass du auch immer so schlau sein musst. Und zweitens?"

„Zweitens komme ich aber trotzdem gerne mit. Wann und wo genau sollen wir uns treffen?"

Eine Stunde später ist es so weit, und wir schlendern gemeinsam durch den Newsham Park, direkt am größeren der beiden Seen entlang. Die frische Luft, die Pflanzen, das Vogelgezwitscher sowie die Angler haben eine meditative Wirkung auf mich. So auch Lorraine. Ihre Gesellschaft empfinde ich ebenfalls als beruhigend. Wäre ich wahrhaftig verliebt in sie, wäre ich nun aufgeregt. Zu wissen, dass es vollkommen okay ist, dass sie jetzt mit Corey zusammen ist, lässt mich lächeln. Es freut mich sehr, dass ich mit beiden anscheinend problemlos befreundet sein kann. Vielleicht stehen wir uns ab sofort sogar noch näher, als es früher der Fall war.

Aber als ich bemerke, wie gedankenverloren Lorraine neben mir hergeht, überkommt mich das Bedürfnis, für sie da zu sein. Als guter Kumpel. Wie könnte ich ihr jetzt eine Freude machen? Was beschäftigt sie im Moment am meisten?

Da muss ich an unser Gespräch im Krankenhaus denken. Daran, dass sie mit ihren Eltern nicht über das Zeitschriften-Interview spricht, weil sie sich davor scheut, mit ihnen über die Unterwäsche-Bilder zu reden.

Ich erinnere mich noch gut daran, dass ihrem Vater und

ihrer Mutter damals eine andere Berufswahl für Lorraine vorgeschwebt hat. Als sie beschloss, Profi-Fußballerin zu werden, haben sie ihr keine guten Chancen vorhergesagt. Aber auch später, als Lorraine dann Karriere machte, ist es offenbar nicht dazu gekommen, dass sie sie aktiv unterstützen. Das muss hart sein. Doch ohne den Versuch, mit ihnen darüber zu reden, kann sich nichts daran ändern.

„Lorraine."

„Ja?"

„Hast du inzwischen mit deinen Eltern geredet?"

„Woher weißt du, dass ich daran gerade denken musste?", fragt sie überrascht.

„Ich habe nur geraten. Also. Hast du?"

Sie schüttelt den längst wieder gesenkten Kopf. „Nein, immer noch nicht."

„Und hast du vor, das bald zu ändern?"

Mit einem besorgten Lächeln sieht sie mich an. „Das schiebe ich schon ewig vor mir her – ich weiß. Und da sag noch einmal jemand, ich sei erwachsen."

„Das eine schließt das andere doch nicht aus." Ich bleibe stehen und sehe sie eindringlich an, sodass sie ebenfalls anhält und den Blick erwidert. „Wenn es um die Eltern geht, sind wir doch alle im Herzen immer noch Kinder. Das schließt aber nicht aus, dass man sich in anderen Lebensbereichen erwachsen verhält. Es ist daher nur normal, dass dir etwas nahegeht, wenn es deine Mum und deinen Dad betrifft."

Nun wird ihr Lächeln breiter. „Das hast du schön gesagt, Oliver. Danke dafür."

Ich atme genüsslich durch und schaue mich um. „Heute ist ein schöner Tag, oder?“

„Ja, absolut.“

„Hier ist es gerade so schön ruhig … und ich bin an deiner Seite … wäre das vielleicht die perfekte Gelegenheit, um einen Anruf zu tätigen?“

Der Ausdruck in ihrem Gesicht verändert sich, als ihr klar wird, worauf ich hinauswill. „Ich soll … meine Eltern anrufen? Jetzt?“

„Du *sollst* gar nichts. Aber du *könntest* es tun.“

Zögernd schaut sie auf den idyllischen See.

„Es sei denn, du denkst, dass bald eine *noch* bessere Gelegenheit kommen wird.“

Grinsend schüttelt sie den Kopf über mich. „Du versuchst mich nicht zu drängen, aber irgendwie dann doch, was?“

„Vielleicht.“ Ich schmunzle ebenfalls. „Funktioniert es denn?“

Lächelnd stößt sie Luft aus und holt ihr Handy hervor. Nachdem sie ein paar Mal aufs Display getippt hat, hält sie erneut inne. Dann tippt sie erneut. Anschließend stellt sie auf laut, sodass auch ich das Freizeichen hören kann. Anscheinend erlaubt sie mir, mitzuhören. Damit habe ich nicht gerechnet, aber es bedeutet mir viel, zeigt es doch, wie nahe wir uns stehen – als Freunde, die sich seit einer Ewigkeit kennen.

„Hallo?“, ertönt eine Männerstimme, die ich schnell ihrem Vater Maxwell zuordnen kann.

Nervös klemmt Lorraine sich die blonden Haare hinters Ohr. „Hey, Dad.“

„Lorraine.“ Die Überraschung ist klar herauszuhören. „Wie schön, von dir zu hören. Wie geht es dir?“

„Ich würde gerne mit dir und Mum sprechen. Ist sie in der Nähe?“

„Ja, Moment, ich hole sie dazu.“

Als wir abwarten, sehen Lorraine und ich uns an. Die Anspannung ist ihr ins Gesicht geschrieben. Es ist kein Geheimnis, dass sie mit einem unangenehmen Gespräch rechnet.

„Lorraine?“, fragt dann ihre Mutter Emma in die Leitung.

„Hi, Mum. Ich wollte mich mal wieder bei euch beiden melden. Wie geht es euch?“

„Oh, danke, uns geht es gut“, antwortet Emma. „Wir sind gerade im Garten beschäftigt.“

Verhalten lächelt Lorraine. „Wie immer also. Freut mich.“

„Und wie geht es dir?“, will Maxwell wissen. „Rufst du wirklich nur so an oder ist irgendetwas passiert?“

„Das ist wohl eine Frage der Betrachtungsweise“, kommt es kryptisch von Lorraine zurück – sie tastet sich vor.

„Wie meinst du das?“, hakt ihr Vater nach.

Sichtlich holt Lorraine Luft, um Mut zu fassen. „Ich wollte mit euch über die Fotos sprechen, die von mir veröffentlicht worden sind. Habt ihr sie gesehen?“

„Natürlich“, erwidert Emma und klingt erfreut. „Wir haben

den Artikel auch schon mehrmals gelesen. Er ist wirklich gut geworden. Sehr frisch und witzig, aber auch authentisch."

Kurz lächelt Lorraine. „Danke, das ist schön." Sie wird wieder ernst. „Aber ich meinte vor allem die Fotos, die schon etwas früher erschienen sind." Sie schluckt, wohl weil sie einen trockenen Mund bekommt. „Für die Werbekampagne der italienischen Modemarke."

Schlagartig wird es still am anderen Ende der Leitung.

„Habt ihr die auch gesehen?", traut Lorraine sich zu fragen – so unsicher habe ich sie tatsächlich noch nie erlebt.

„Ja." Bereits nach dieser kurzen Antwort muss Maxwell sich räuspern, als wäre auch sein Mund trocken geworden.

Wieder kommt Schweigen auf. Unangenehmes Schweigen.

Ratlos schaut Lorraine zu mir, daraufhin mache ich eine auffordernde Geste. Sie soll es weiter versuchen.

„Ich weiß, das ist nicht unbedingt die Art Fotos, die ihr gerne von eurer Tochter sehen wolltet."

„Das stimmt", bestätigt Emma trocken.

Diese Aussage trifft Lorraine, auch wenn sie schon davon ausgehen musste, dass es so ist. „Aber ... ich ..." Sie bekommt feuchte Augen und sieht erneut zu mir.

Diesmal weiß ich leider nicht, was ich sagen oder tun soll, um ihr zu helfen. Wenn ihre Eltern sie nach wie vor nicht unterstützen wollen, kann man da leider nichts machen. Es war einen Versuch wert, aber wenigstens hat Lorraine nun Gewissheit und kann ...

„Ich stehe trotzdem zu diesen Bildern", reißt Lorraine

mich mit gefestigter Stimme aus meinen Gedanken und wirkt auf einmal wieder ganz selbstsicher. „Sie sind geschmackvoll, und ich gefalle mir so, wie man mich darauf sieht. Niemand hat mich dazu gezwungen. Ich war nicht in Geldnot oder wurde sonst irgendwie dazu genötigt. Die Zusammenarbeit hat von vorne bis hinten Spaß gemacht, und das Ergebnis passt zu mir. Ich fühle mich auch nicht unwohl dabei, so viel Haut zu zeigen. Das ist heutzutage ganz normal. Ich mag meinen Körper so, wie er ist. Das war nicht immer so, aber heute ist das der Fall. Jeder, der das anders bewertet, hat Pech gehabt."

Erneut hüllen ihre Eltern sich in Schweigen.

Doch ihre Tochter bleibt standhaft. „Wenn ihr auch zu diesen Leuten gehört, dann …"

„Nein, Lorraine, das tun wir nicht", stellt Maxwell klar.

„Ach nein?", fragt sie verdutzt.

Da höre ich Emma seufzen. „Wie sollen wir das erklären …" Sie sucht nach den richtigen Worten. „Wir haben immer noch gut im Kopf, wie unzufrieden du früher mit deinem Körper warst. Du fandest deine Schultern zu breit und deine Hüften zu schmal. Auch deine Stimme hat dir nicht gefallen. Erinnerst du dich, wie oft du mit uns darüber gesprochen hast? Wir konnten sagen, was wir wollten – du hast dich selbst sehr kritisch betrachtet, immer mit anderen Mädchen verglichen und hast dir gewünscht, anders auszusehen."

„Darum geht es euch?", wundert Lorraine sich. „Aber … das ist doch ewig her."

„Das mag sein. Aber wenn wir solche Fotos von dir sehen, haben wir Angst, dass du dich damit erst recht für niveaulose

Kommentare im Internet angreifbar machst, die deinen Körper betreffen", ergänzt Maxwell. „Wir wollten nicht, dass das alte Wunden bei dir aufreißt."

„Wenn wir dich nun aber so reden hören", ergreift Emma wieder das Wort, „haben wir uns anscheinend in all den Jahren umsonst Sorgen gemacht. Du bist wirklich erwachsen geworden und stehst zu dir selbst, weißt, worauf es ankommt." Sie klingt, als würde sie lächeln. „Das freut mich sehr, Lorraine. Du ahnst gar nicht, wie sehr!"

Lorraine wirkt gerührt. Ich bin es auch.

„Bitte entschuldige, dass wir die Situation falsch eingeschätzt haben", sagt Maxwell. „Für uns bist du eben immer noch unsere Kleine. Gerade bei dir, da du unser jüngstes Kind bist."

Lorraine schaut zu mir, beide müssen wir lächeln. Genau über das Thema haben wir eben noch gesprochen. Diese Wahrnehmung ist wechselseitig: Erwachsene fühlen sich ihr Leben lang als die Kinder ihrer Eltern, zu denen sie aufschauen ... und Eltern sehen ihre Kinder für immer als solche, die sie beschützen müssen.

Doch dann runzelt Lorraine die Stirn. „Moment mal – seit Jahren habt ihr euch Sorgen um mich gemacht? Wie meint ihr das?"

„Deine ganze Karriere als Fußballerin", antwortet Emma. „Das ist ein hartes Pflaster, schon für Männer, aber erst recht für Frauen. Du stehst in der Öffentlichkeit, wirst ständig bewertet, sowohl dein Können als auch dein Privatleben."

„Deswegen wart ihr nicht begeistert, als ich diesen Weg eingeschlagen habe? Ihr hattet Angst, dass ich mit dem medialen Druck nicht zurechtkomme?“

„Als wir von den Gerüchten rund um deine Sexualität gelesen haben, waren wir so besorgt wie noch nie“, erzählt Maxwell. „Wir haben versucht dich anzurufen, um zu fragen, wie es dir damit geht, aber du warst leider nicht erreichbar.“

„Darum habt ihr angerufen?“ Nun kann Lorraine die Freudentränen nicht zurückhalten. „Um mir beizustehen – nicht um mir Vorwürfe zu machen?“

„Natürlich, Lorraine“, entgegnet Emma. „Wir sind deine Eltern. Und wir sind unfassbar stolz auf dich. Das waren wir schon immer.“

„Und jetzt wissen wir auch, dass du damit klarkommst, in der Öffentlichkeit zu stehen“, fügt Maxwell an. „Bitte verzeih uns, dass wir dir das nicht zugetraut haben. Hätten wir mehr an deinem Werdegang teilgenommen, hätten wir vielleicht schon früher gemerkt, dass du dich verändert hast.“

„So oder so hätten wir dir deutlicher zeigen müssen, was unsere Bedenken sind“, sagt Emma. „Wir wollten dich damit nicht noch mehr verunsichern. Dabei haben wir dadurch überhaupt erst Verunsicherung in dir aufkommen lassen. Das tut uns sehr leid.“

„Schon gut.“ Lorraine wischt sich die Augen trocken und lächelt erleichtert. „Ich bin einfach nur froh, dass wir endlich darüber gesprochen haben. Nun ärgere ich mich auch darüber, das nicht schon viel früher mal gewagt zu haben. Aber lasst uns nicht in der Vergangenheit feststecken, sondern uns darüber freuen, dass wir das jetzt geklärt haben.“

Daraufhin klingen Emma und Maxwell ebenfalls erleichtert und froh. Die drei verabreden sich und wollen sich bald endlich mal wieder treffen. Sie sprechen noch darüber, dass so etwas nun auch wieder unkomplizierter möglich ist, da Lorraine zurück in England ist. Sie sagt es nicht so direkt, aber ich höre aus ihren Worten heraus, dass diese erste Aussprache mit ihren Eltern sogar ein Grund sein könnte, dauerhaft in England zu bleiben.

„Danke“, sagt Lorraine zu mir und umarmt mich, nachdem sie das Gespräch mit Emma und Maxwell beendet hat. „Danke fürs Anschubsen. Ich hatte echt Bammel, als das Telefonat losging, aber dass es sich so toll entwickeln würde – ich bin gerade überglücklich!“

Lächelnd erwidere ich die Umarmung, ehe wir uns wieder ansehen. „Was du gerade zu deinen Eltern gesagt hast, war durchaus reif, hörst du? In gewisser Hinsicht haben sie dir tatsächlich Unrecht getan. Aber du bist nicht nachtragend, sondern blickst nach vorne und weißt, dass du selbst auch nicht unfehlbar bist. Die Welt wäre ein besserer Ort, wenn alle so ticken würden.“

Erneut atmet sie durch, um ihr Herz zu beruhigen. „Natürlich bleibt abzuwarten, wie es wird, wenn ich sie besuche und ihnen endlich mal wieder gegenüberstehe. Aber der erste Schritt in die richtige Richtung ist endlich getan. Es wird sich zeigen, wie es weitergeht.“

Ich erhalte mein Lächeln aufrecht. „Das stimmt. Aber ich bin zuversichtlich. Anscheinend habt ihr euch gegenseitig falsch eingeschätzt. Es ist schon erstaunlich, was ein offenes Gespräch bewirken kann.“

Grinsend tippt sie auf ihrem Handy herum. „Das muss ich sofort Cathy schreiben! Ich weiß gar nicht, was besser wäre – wenn sie beim ersten Wiedersehen mit unseren Eltern dabei ist oder nicht. Auf jeden Fall muss ich ihr unbedingt in einer Nachricht tippen, was gerade passiert ist. Hoffentlich hat sie heute Abend Zeit, dann kann ich ihr in einem Telefonat die Details erzählen."

Das kann ich nachvollziehen, deswegen warte ich gerne ab, bis Lorraine damit fertig ist, ihrer Schwester und besten Freundin zu schreiben. Danach setzen wir unseren Spaziergang fort, der auch auf mich eine wohltuende Wirkung hat. Zudem ist es doch immer ein schönes Gefühl, wenn man einem guten Kumpel helfen konnte.

22. Kapitel

~ Corey ~

„Oliver ist wieder da!", freut Dennis sich, als er ihn erblickt, und rennt auf ihn zu.

Kevin tut es ihm gleich. Ungebremst rasen sie Oliver entgegen, sodass sie mit Wucht gegen ihn stoßen, als er sie auffängt.

„Vorsicht, Jungs", gibt Oliver lachend von sich. „Ein solcher Tackle hat mir letztes Mal echt zu schaffen gemacht."

„Nee, wir bringen dir Glück", ist Kevin sich sicher und deutet auf das Kostüm, das er trägt.

Er und Dennis haben sich als Marienkäfer verkleidet. Darüber tragen sie blau-weiße *Lizards*-Trikots, allerdings nicht in ihrer Größe, sondern sie müssen irgendwie an zwei Exemplare unseres Teams gekommen sein, auf die noch keine Nummern und keine Nachnamen gestickt worden sind. Wer weiß, wie sie das wieder angestellt haben. Entweder nutzt ihr Vater heimlich seine Connections, um ihnen zu helfen ... oder die zwei verfügen über Fähigkeiten, die wirklich erschreckend sind. Ihr Anblick bringt jedenfalls auch mich zum Schmunzeln.

Als sie Jay und Darren erblicken, achten sie nicht weiter auf Oliver, sondern rennen auf die beiden zu.

„Bekommen wir ein Autogramm in unsere Bücher?", fragt Dennis.

„Von euch haben wir noch keine", fügt Kevin an.

Lachend sieht Oliver ihnen hinterher, als ich mich zu ihm

begebe. „Die kurze Aufmerksamkeitsspanne der beiden ist bemerkenswert."

„Ebenso wie ihr Können, Dinge zu beschaffen, die sie eigentlich nicht bekommen sollten", erwidere ich belustigt. „Falls sie keine Rugby-Profis werden, machen sie wahrscheinlich als Geheimagenten Karriere."

Oliver sieht mich an. „So wie James Bond?"

„Klar", sage ich. „Die besten Geheimagenten sind doch immer Briten."

„Jungs", meldet sich Coach Caldwell zu Wort und kommt in die Kabine. „Es ist spät. Ihr müsst nach Hause und euch bettfertig machen."

„Och, Menno", nörgelt Kevin.

Dennis hingegen ist weiterhin damit beschäftigt, mit Jay und Darren zu reden: „Wenn ich groß bin, spiele ich mit euch in einem Team", verkündet er vorfreudig.

Ein weiteres Mal tauschen Oliver und ich einen Blick aus und müssen dabei grinsen, weil der kleine Dennis eine Sache nicht zu berücksichtigen scheint: Wenn er mal im A-Team der Erwachsenen spielt, dürfte jeder von uns Anwesenden seine Karriere als aktiver Spieler beendet haben.

„Was wir in fünfzehn Jahren wohl machen werden?", überlege ich laut.

Gelassen winkt Oliver ab. „Ach, dafür gibt es tausend Möglichkeiten. Sollen sich doch Zukunfts-Corey und Zukunfts-Oliver damit befassen."

Zu sehen, dass er mir gegenüber wieder ganz der Alte ist, freut mich.

„Ich habe gehört, dass wir uns bald zu viert treffen“, sage ich zu ihm.

Er bewegt den Kopf zu einem Nicken. „Dann lernst du William kennen, oder?“

„Ja. Ich bin gespannt, ob er eher nach seiner Schwester oder nach seinem besten Freund kommt.“ Ich zwinkere.

Doch Oliver zeigt sich zurückhaltend, als er diesen scherzhaft gemeinten Spruch von mir vernimmt. „Leider haben er und ich nicht mehr so viel Kontakt wie früher. Im Moment ist der Platz als mein bester Freund also frei.“

Ich stutze. Meint er damit, dass er und William sich wieder annähern könnten … oder war das eine Anspielung auf mich?

„Aber denk nicht, dass wir dann bloß herumsitzen oder aber Rugby spielen werden“, sagt Oliver weiter und wird wieder vergnügt. „Es wird ein Mittelding aus beidem werden – wir werden herumstehen.“

„Herumstehen?“, wundere ich mich.

„Ja. Sehr wahrscheinlich spielen wir in Zweier-Teams Fußball gegeneinander. Lorraine ist nämlich gut darin, ihren Willen durchzusetzen. William und ich haben früher auch immer Fußball mit ihr gespielt, anstatt dass sie sich mal auf Rugby eingelassen hätte.“

Ich lache. „Und du kannst es einfach nicht lassen, über Fußball herzuziehen, was?“

„Als wenn Lorraine jemals aufhören würde, Rugby zu beleidigen. Wie hältst du es nur mit ihr aus?“ Er grinst, als er mich das fragt.

Dass wir so locker miteinander reden können, bestätigt

mir, dass unser Verhältnis wieder so unbeschwert und freundschaftlich ist wie am Anfang. Zwar hat zwischen uns keine direkte Aussprache stattgefunden – wir Männer sind darin nun mal nicht so gut, wenn wir unter uns sind. Aber dafür haben wir unsere eigene Art, miteinander zu kommunizieren. Und so, wie Oliver sich verhält, ist zwischen uns wieder alles in Ordnung.

Zum Glück. Unsere Dynamik hat mir echt gefehlt, als sie verschwunden war.

Aber es ist schon interessant, dass auch Oliver mir das Gefühl von Heimat gibt. Die Empfindung, angekommen zu sein. In Liverpool bei den *Lizards*.

„Craig! Bekommen wir von dir auch ein Autogramm?“, fragt Dennis ihn, als er endlich auch in die Kabine kommt. Schon hält er ihm sein Büchlein hin, in dem er unsere Unterschriften sammelt.

Doch Craig bleibt stehen, starrt den Jungen an und regt sich nicht mehr. Als würde der Anblick des Achtjährigen irgendetwas in ihm auslösen. Etwas Aufwühlendes. Denn für den Bruchteil einer Sekunde meine ich, in Craigs Augen so etwas wie Verzweiflung aufblitzen zu sehen.

Dann allerdings macht er wieder eine ernste, fast schon böse Miene und geht einfach an Dennis vorbei. „Jetzt nicht.“

Traurig bleibt Dennis zurück und weiß nicht, was er tun soll, fühlt sich zurückgewiesen.

„Zuerst bin ich noch dran“, behauptet Oliver und eilt zu dem Kleinen, um ihm das Buch abzunehmen. „Okay?“

Da findet Dennis zu seinem Strahlen zurück.

Verflucht, Craig Thompson ist einfach unmöglich. Er gibt mir ganz sicher kein Gefühl von Heimat. Wie kann er da erwarten, dass ich ohne Erklärung seinerseits mit der Vergangenheit abschließe? Das kann unmöglich sein Ernst gewesen sein. Unter diesen Umständen ist es für mich jedenfalls schwer vorstellbar, unserer Freundschaft von damals eine zweite Chance zu geben. Ich bin nicht nachtragend, sondern realistisch! Zweifelsohne ist es Craigs kühle Art, die mich dazu bewegt, bei meiner Meinung und auf Distanz zu bleiben.

Hm ...

Wann genau und warum ist Craig überhaupt so ein Eisblock geworden? So ist er doch früher nicht gewesen. Was mag dahinterstecken? Hängt das mit dem, was er mir angetan hat, zusammen? Das werde ich vielleicht nie erfahren. Aber was soll ich machen? Einfach so tun, als wäre nichts geschehen, kommt mir unvorstellbar vor.

„Jungs!“, ruft Coach Caldwell in die Kabine hinein. Längst wartet er draußen auf dem Flur auf seine Söhne. „Ich sage es nicht noch einmal. Wir fahren jetzt nach Hause!“

***

Angespannt sitzen Lorraine und ich uns am Esstisch gegenüber und sehen uns an. Gerade habe ich ihr gesagt, dass ich ihr etwas mitteilen möchte, und sie gefragt, ob wir uns dafür hinsetzen können.

„Muss ich mir Sorgen machen?“, fragt sie. „Ist

irgendetwas passiert?“

„Etwas passiert“, wiederhole ich murmelnd. „Sozusagen, ja. Aber Grund zur Sorge ist das hoffentlich nicht.“

„Jetzt erzähl schon, Corey.“ Sie legt die Hand auf meine und sendet mir einen inständigen Blick zu, der voller Neugier, aber auch voller Wärme und Liebe ist. „Was willst du mir sagen?“

„Ich möchte nicht länger, dass wir die Dinge auf uns zukommen lassen. Ich möchte mich gerne festlegen.“

„Inwiefern?“, wundert sie sich und neigt den Kopf etwas.

„Ich … würde gerne länger in Liverpool bleiben. Definitiv.“

Sie bekommt große Augen. „Du meinst …“ Sie hält inne und hört mir aufmerksam weiter zu.

„Genau. Also auch dann noch, wenn meine erste Vertragslaufzeit bei den *Lizards* endet. Ich fühle mich im Team wohl und wir sind auch auf Erfolgskurs. Mein Ziel ist es, den Vertrag mit ihnen zu verlängern. Deswegen werde ich alles dafür tun, dass sie gar keine andere Wahl haben, als mich hierbehalten zu wollen.“

Gespannt warte ich ihre Reaktion ab. Einst haben wir uns dahingehend geeinigt, uns keinen Druck zu machen, wenn es darum geht, was unsere nächsten Stationen sein werden. Doch inzwischen hat sich meine Einstellung zu diesem Thema geändert. Wie steht sie dazu? Verschrecke ich sie gerade, weil sie sich möglicherweise in die Ecke gedrängt fühlt?

„Corey“, sagt sie und stößt Luft aus.

„Ja, Lorraine?“

Sie strahlt. „Ich wollte dir bei der nächsten Gelegenheit das Gleiche sagen.“

Zunächst frage ich mich, ob ich meinen Ohren trauen kann, denn das klingt zu schön, um wahr zu sein. „Im Ernst?“

„Ja!“, ruft sie glückerfüllt aus. „Ich möchte auch gerne hierbleiben, und zwar dauerhaft.“

Erleichtert lächle ich. „Dann … bleiben wir noch eine ganze Weile lang weiter Mitbewohner?“

„Na ja …“ Sie steht auf und umrundet den Tisch, um zu mir zu kommen, lässt dabei ihre Fingerspitzen neckisch über die Tischplatte gleiten. „Wenn du unser Verhältnis so nennen willst?“ Sie beugt sich zu mir herunter und gibt mir einen Kuss.

Ohne zu zögern, lege ich die Hand an ihren Hinterkopf und küsse sie zurück. „So – und noch vieles mehr.“ Ich erhebe mich ebenfalls und ziehe sie in eine Umarmung, die in einem leidenschaftlichen Zungenkuss endet.

Unsere Atmung wird schneller.

„Gut, nachdem wir das geklärt haben …“ Ihre Finger ertasten meine Lippen.

„Ja?“, raune ich ihr erwartungsvoll entgegen.

Erregt und mit geröteten Wangen lächelt sie. „Gehen wir heute zu dir oder zu mir?“

Lachend drücke ich sie fest an mich, als wollte ich sie niemals wieder loslassen. „Es wird langsam echt Zeit, dass wir dein Bett verkaufen.“ Dann hebe ich sie hoch und trage sie auf Händen über die Schwelle *unseres* Schlafzimmers.

Dabei lässt Lorraine es sich nicht nehmen, die Beleidigte zu spielen. „Wieso mein Bett? Wir könnten auch deins loswerden."

„Könnten wir, aber mein Bett ist größer. Außerdem ist es *unser* Bett, Madame."

Sie krault meinen Nacken, während sie sich von mir zu den Laken tragen lässt. Wir beide wissen, was gleich passieren wird. „Brauchen wir denn unbedingt ein großes Bett?", fragt sie gespielt unschuldig.

„Auf jeden Fall." Vorsichtig lege ich sie ab und beuge mich über sie. „Das ist besser für unsere gemeinsamen ... Workouts." Grinsend falle ich über sie her, was sie nur zu gerne mit sich machen lässt.

Willst du wissen, wie es mit Craig weitergeht? Dann hol dir jetzt den 2. Band der „Liverpool Lizards": (K)ein Single-Dad fürs Herz von Josie Charles!

ENDE

IMPRESSUM

Deutsche Erstausgabe 2024
ISBN-13: 9798325745980

Achtern Bek 23, 24647 Wasbek
Umschlaggestaltung: Nancy Salchow | Logo: Josie Charles
Bildmaterial: #328998771 © by alesgon, #214426919 © by Laura Crazy, #519087125 © by Pixelbuddha, #551250905 © by alswart – allesamt https://stock.adobe.com (Cover); #1096549 © by Samuel1983, #6438853 © by Kiloueka, #305224 © by Clker-Free-Vector-Images – allesamt Pixabay (Logo)
Satz: Carina Regauer
Lektorat: Helene Prigge & Iris Freinberger
Korrektorat: Susanne Koßow
Druck: Amazon EU Media S.à.r.l, 38 avenue John F. Kennedy, L-1855 Luxemburg

https://www.crscott.de

 Die Figuren und Handlungen sind frei erfunden. Geschilderte Örtlichkeiten können von realen Schauplätzen inspiriert sein, beinhalten aber oftmals fiktive Angaben. In expliziten Liebesszenen wird meistens auf Verhütungsmittel verzichtet, was man im echten Leben nicht leichtfertig tun sollte.

LUST AUF MEHR?

Auf Amazon findest du weitere Liebesromane von C. R. Scott. Sie freut sich immer über Rezensionen!

EXTRA E-BOOK

Abonniere den Newsletter und du erhältst das E-Book „Love the Fiancé – Ein Verlobter zum Verlieben“ extra! Vor allem erhältst du Infos über Neuerscheinungen und Gewinnspiele von C. R. Scott.

Jetzt anmelden:
https://newsletter.crscott.de (Kindle)
https://news-letter.crscott.de (tolino)

Oder QR-Code mit dem Handy scannen:

Printed in Poland
by Amazon Fulfillment
Poland Sp. z o.o., Wrocław

50856155R00155